# 关于我变成史莱姆这档事 ④

Regarding Reincarnated to Slime

Story by Fuse, Illustration by Mitz Vah

[日]伏濑 / 著
[日]Mitz Vah / 图
程 宏 / 译

时代出版传媒股份有限公司
安徽少年儿童出版社

著作权登记号：皖登字 12181856 号
ⓒ Fuse ⓒ Mitz Vah ⓒ MICRO MAGAZINE, INC.
All rights reserved.
Original Japanese edition published in 2014 by MICRO MAGAZINE, INC.
Translation rights in Simplified Chinese Arranged with MICRO MAGAZINE, INC.
本作品中文简体字版由风车影视文化发展株式会社授权安徽少年儿童出版社在中华人民共和国（不含台湾、香港和澳门特别行政区）独家出版发行。

图书在版编目（CIP）数据

关于我变成史莱姆这档事. 4 /（日）伏濑著；（日）Mitz Vah图；程宏译. — 合肥：安徽少年儿童出版社，2020.7（2021.12重印）
 ISBN 978-7-5707-0754-6

Ⅰ.①关… Ⅱ.①伏…②M…③程… Ⅲ.①长篇小说—日本—现代 Ⅳ.①I313.44

中国版本图书馆CIP数据核字（2020）第070095号

GUANYU WO BIANCHENG SHILAIMU ZHEDANGSHI 4
**关于我变成史莱姆这档事4**

［日］伏濑 著
［日］Mitz Vah 图
程 宏 译

| 出 版 人：张 堃 | 责任编辑：王卫东 张万晖 | 责任校对：张姗姗 |
| 责任印制：郭 玲 | 版权运作：柳婷婷 | |

出版发行：时代出版传媒股份有限公司　http://www.press-mart.com
　　　　　安徽少年儿童出版社　　E-mail：ahse1984@163.com
　　　　　新浪官方微博：http://weibo.com/ahsecbs
（安徽省合肥市翡翠路 1118 号出版传媒广场　邮政编码：230071）
出版部电话：(0551) 63533536（办公室）　63533533（传真）
（如发现印装质量问题，影响阅读，请与本社出版部联系调换）

印　　制：安徽国文彩印有限公司
开　　本：635 mm × 900 mm　1/16　印张：23
版　　次：2020 年 7 月第 1 版　2021 年 12 月第 3 次印刷

ISBN 978-7-5707-0754-6　　　　　　　　　　　　　　定价：48.00元

版权所有，侵权必究

# 目录 —— 人魔交流篇

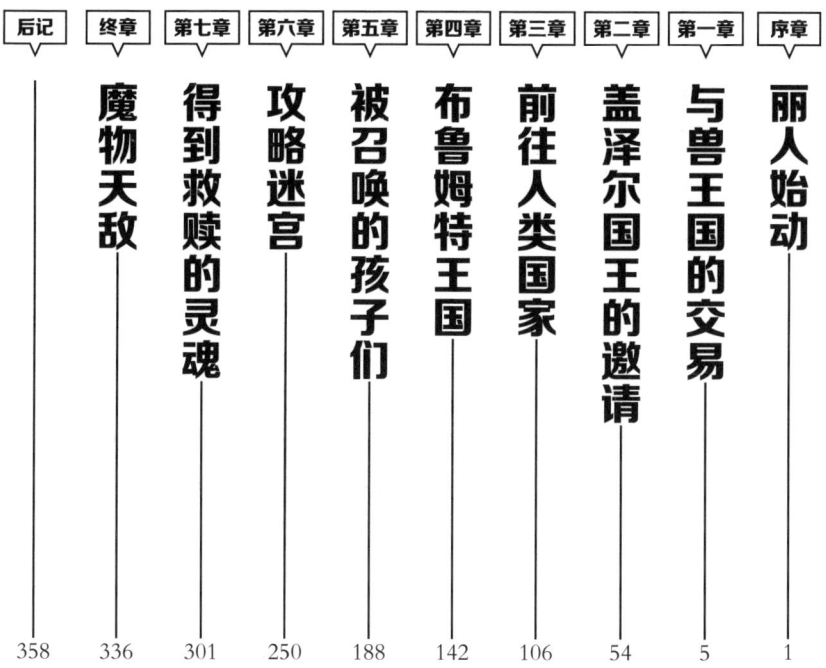

| 章节 | 标题 | 页码 |
|---|---|---|
| 序章 | 丽人始动 | 1 |
| 第一章 | 与兽王国的交易 | 5 |
| 第二章 | 盖泽尔国王的邀请 | 54 |
| 第三章 | 前往人类国家 | 106 |
| 第四章 | 布鲁姆特王国 | 142 |
| 第五章 | 被召唤的孩子们 | 188 |
| 第六章 | 攻略迷宫 | 250 |
| 第七章 | 得到救赎的灵魂 | 301 |
| 终章 | 魔物天敌 | 336 |
| 后记 | | 358 |

序章

丽人始动

Regarding Reincarnated to Slim

坂口日向十分无聊。

她在神圣法皇国露贝利欧斯宫殿中有一个专用单间。

她在自己的房间里感叹，这个世界很"无聊"。

*

刚陷入这个世界时，日向才十五岁。

高中一年级的开学典礼那天，她不想待在家里，于是去了学校。

回家的路上，她刚穿过每日必经的神社前的马路，突然刮起一阵强风。大风吹得她睁不开眼。当她再次睁开双眼时，眼前已是一幅陌生的景色。

日向很开心。

她的母亲被宗教迷惑，从那之后便再也不顾这个家，现在她终于可以解脱了。

她的父亲早已从人间蒸发。赛马爆出大冷门之后，她父亲赌红了眼，结果给她家留下了一大笔债。

她的母亲不堪父亲的暴力，被宗教蒙蔽，逃避现实。

日向煞费苦心地陷害了自己的父亲，想为母亲换一笔生命保险金，可母亲……

明明只要再坚持一下保险金就能到手。

事情很顺利，不会暴露。

她的父亲已从人间蒸发，这样就够了。

不过仔细想想，日向有必要继续行动。她要惩罚蒙蔽自己母亲

## 序章
### 丽人始动

的坏人，也许有一天她甚至会对母亲……

日向冷静地分析状况，所以她才不想待在家里。

她本以为在这里不需要再作恶，然而……

"喂，这里也有一个！"

"哦！还有一个年轻女人啊。太好了！"

世界充满绝望，日向想到。

世界上都是"丑陋的家伙"。那种世界应该毁灭。

我要夺取。我不会让自己失去任何东西。

"确认完毕。成功获得专属技能'篡夺者'。"

我是正确的。我的计算不会错。因为世界不会改变。

"确认完毕。成功获得专属技能'数学者'。"

日向的视野突然变得十分清晰。她心中的迷雾散去，思维变得冷静透彻。

既然眼前这些男人想要谋害我，那我就先进行掠夺。

她的能力刚刚觉醒，肉体能力此时绝对算不上强，但她做到了。

尽管也有人十分关心日向，但她无法信任那个人。

因为那人太弱了。

日向有预感自己迟早会有所动摇，所以她离开了。

之后她又拔了很多次刀，夺取了他们的知识与技术。

日向凭借自己的力量，成了称霸这个世界的强者。

关于我变成史莱姆这档事4
Regarding Reincarnated to Slime

斗转星移——
日向终于遇到了——
她遇到了值得自己侍奉的神。

在这个世界上，神是真实存在的。
她拔刀和对方的好坏无关。
因为在神面前，众生平等。
日向奉神的命令继续着她的战斗，没有任何质疑。
魔物也一样。
神的命令是绝对的，神绝不容许魔物活在这世上。
日向用自己绝对的力量解决魔物，因为它们是神的敌人。
此时，她已不是那个少女。
神之右手——是法皇直属近卫师团首席骑士，是拥有圣骑士团长头衔的丽人，是魔物天敌。

*

日向收到一个噩耗——恩师井泽静江死了。
她是这世上唯一一个关心日向的人。
日向既不伤感，也没有憎恶。
她不知道自己胸中奔涌的感情是什么。

我不会放过它。区区一个魔物，竟敢把那人……

这个噩耗宣告她无聊的时光结束了。
日向圣女般美丽的脸上露出冰冷的微笑，她开始行动了。

第一章

# 与兽王国的交易

Regarding Reincarnated to Slim

我开心地看着孩子们嬉戏。
三个男孩和两个女孩——他们看到我之后开心地跑了过来。
他们问我:"老师!今天我们要做什么?"

他们眼中泛着光。
好胜的男孩。
怯懦的男孩。
沉闷的男孩。
活泼的女孩。
聪明的女孩。

他们都是我可爱的学生。
而我的心中,喜悦、悲哀、苦闷交织在一起……
"是啊。我们今天做什么呢?"我回道。
这是不久之前的日常,我抛弃了这样的生活,再也回不去了。
但这不是我……应该是那人(静)的记忆。
她曾当过教官,这是她对这世界的留恋。
我知道她不想连累那些孩子。
但她离开之后,那些孩子会哭泣,他们可能以为自己被抛弃了。
其实静在不在都一样,他们本来就……
嗯?
他们本来就怎么样?我在干什么……

# 第一章
## 与兽王国的交易

这时，我醒了。

拜托了。那些孩子……
那些孩子？是指那个梦中的孩子们吗？
救救那些孩子。
救……他们到底怎么了？
没人回答我这个问题。
一个想法传进我的心里，想让我做一件事，却没有下文。
之后，那个声音便消逝在黑暗中。

梦的碎片渐渐消散。
这个想法（请求）也被我遗忘在梦中……

*

我感觉自己做了一个梦，我已经很久没有做梦了。
我变成这副身体（史莱姆）之后不会感到困，只有在魔力耗尽的非常时期才会做梦。
这可不行。我振奋起精神，最近每天都在努力睡懒觉。
我在努力偷懒。
这话似乎很矛盾，实则不然。
因为给自己的内心留一点空间是件好事，而且为了自己的目标而努力不会感到痛苦。现在这份努力有了成果，我已经可以在短时间内放空意识、放松身心。
换句话说，我的实验成功了。
我成功让自己做梦了。

虽然我忘了梦的内容,但这不重要。

那毕竟是个梦嘛。

"这样一来,我每天都可以懒懒散散地……"

"利姆鲁大人,您在说什么傻话呢?"

她生气了。

朱菜笑着生气很可怕。

我在朱菜的催促下从床上爬起来,同时在心里想道。

我白天很忙,既要在白老的指导下进行战斗训练,又要视察工程进展,晚上放松一下应该不至于遭报应吧。

从暴风大妖涡(卡律布狄斯)身上夺得的能力也已经完成了"解析鉴定",而且也没有迫在眉睫的问题需要解决。

顺带一提,我从卡律布狄斯身上得到的是"魔力妨害"和"操纵重力",这两项都是高阶技能。

"魔力妨害"与"操纵分子"统合之后进化成了高阶技能"操纵魔力"。

将其与"多重结界"连接之后我的防御力也得到了大幅提升。

这样一来,我对魔法攻击也有了充足的应对手段。再加上加维鲁他们进化成龙人族的时候,我得到了"魔法耐性",我现在可以直接承受住大多数的魔法攻击。

原本就有"暴食者",只要能发现,我就可以吃掉魔法攻击,从而使其无效化。但有了"魔力妨害"之后,我就不怕偷袭,这意义重大。

我得到的另一项能力(技能)是"操纵重力"。

这项能力很有研究的价值。

我很遗憾没能夺得格鲁米德的"飞行系魔法",但得到"操纵

# 第一章
## 与兽王国的交易

重力"之后,问题就解决了。现在我无须咏唱就能随心所欲地进行高速飞行。

这次我没有心急。我可忘不了自己在学"水压推进"时的失败。

不顾后果、鲁莽行事很容易出洋相。于是,我每晚都在验证能力(技能),没有心急。

先从飘浮开始,然后再开始练习低速飞行。我可以用翅膀在一定程度上控制飞行,所以学习的过程比我预想的要简单。

现在,我已经可以不用翅膀进行飞行了。

"多重结界"可以解决空气阻力的问题,相信不久之后,我的飞行速度就可以超越音速。

我计划接下来要稳步练习。

我正想着,这时朱菜吃惊地叹了口气,对我说道:"利姆鲁大人,您还浮在空中呢。您今天要给我兄长红丸和利古鲁阁下送行。请您严肃一点,保持威严的形象。"

"原来是今天啊。我明白了。"

今天是红丸他们启程的日子。

\*

米莉姆已经离开了几个月。

每一天都十分平静。

我的每一天依然十分忙碌,却非常平和。

在那期间,兽王兼魔王卡利昂的使者来访了。

尽管我们没有签订正式的书面协议,但卡利昂依然愿意遵守约定。

使者说："我国提议双方互相派遣使节团，以确认两国建交是否有利，贵国意下如何？"

我二话不说立即同意并通知了使者。

今天，使节团将前往兽王国犹拉瑟尼亚，是个值得纪念的日子。

使节团的团长是我的得力助手红丸。

我任命利古鲁德的儿子利古鲁去辅佐他。他迟早会接手这个国家，所以我想让他去访问别国增长见识。

此外，使节团中还有几名人鬼族（大型哥布林）的干部候选人。

我们的国家叫鸠拉·特恩佩斯特联邦国——简称魔国联邦（特恩佩斯特）。

这个国家刚刚成立，方方面面都缺乏经验。我们全员团结一致，力争弥补各方面的差距，一天也不敢松懈。

所以，我觉得这次兽王国犹拉瑟尼亚之行，他们会有很大的收获。

另外，我们也已做好万全的准备以迎接魔王卡利昂派来的使节团。

我打算让他们参观我们的国家，希望他们能学习我们的优点。如果顺利的话，双方可以维持良好的关系，说不定还能开展贸易。

如果一切顺利，那两国正式建交的日子也就不远了。

总之，要一步一步慢慢来。

我转换心情准备去送他们启程。

我清醒过来之后变成人类形态。

由于有个仪式，所以我要换好礼服出席。

这样看来，我倒是有点怀念衣物不足的时期。这里现在准备了

## 第一章 与兽王国的交易

各种服装,比我在日本生活时的种类更加齐全。

在生活方面,以前根本无法和现在这种奢侈的生活相提并论。

提炼砂糖的问题现在也得到了解决。

食谱中也多了烹煮类的料理,虽然种类还很少,但现在也已经能吃到点心类的食物了。

我现在甚至掌握了睡懒觉的技术,接下来要考虑的应该是娱乐。

离我的目标还有很长的路。

我的想法源源不断,实现的道路十分艰难。我再怎么努力也看不到自己欲望的尽头。

也不知道要过多久,我才能过上边吃薯片边享受游戏的日子。

但不管这一天有多遥远,我都不会放弃。

就算是为了这个目标,也要让使节团努力完成交流的使命。

众魔物已经聚集在广场上,我穿上礼服站到他们面前。

各族魔物一片哗然。

他们极少见到我的人类形态,所以显得很兴奋。

我本以为要过一阵,他们才会安静下来……

"安静!"

紫苑怒吼一声,众魔物瞬间安静下来。

不愧是紫苑,一下就镇住了场面。

既然那些兴奋的魔物已经静了下来,那我就开始致辞。

"各位,请务必努力!"

我用这话激励他们。

"这就说完了吗?"朱菜疑惑地问道。

唔——看来我的致辞太短了。

我记得学校里没人愿意听校长的长篇大论，我本以为在众人面前的演讲也一样……想不到他们这么期待我的讲话。

"我的话似乎短了点。那我就再讲几句……"

我开了这么一个头，然后开始讲在别国的注意事项。

卡利昂是魔王，而且还是雷厉风行的武斗派。他治理的国家是不是一个法治国家值得怀疑。

"你们听好了。你们要去的是一个魔人的国家，在他们眼里，力量就是一切。绝对不能让他们看扁了。一旦退缩就会被他们牵着鼻子走。也许你们打不赢对方，但内心一定不能屈服，你们一定要坚持住！不要忘记，我和其他同伴都是你们的后盾。你们要清晰地表达自己的意愿。还有，如果对方有意开战，你们就立即逃回来。你们此行也是为了确认两国今后能否进行交流。如果我们要忍气吞声才能和对方交流，那这种关系不要也罢。我希望你们用自己的眼睛看清楚两国能不能建立起愉快的友谊。有劳各位了！"

我总结完之后，雷鸣般的欢呼声响彻广场。

这场面就像明星开演唱会一样。

也许我致辞的内容并不重要，他们只是想听我说话罢了。

使节团的成员都很认真地在听，但其他人明显只是想借机热闹一场罢了。

算了，这也没什么。魔物天性散漫，光是能认真听我说话，就已经是很大的进步了。

虽然这话我天天挂在嘴边，但最后还是再叮嘱一下最重要的问题吧。

"还有一件事……我允许些许失败，但我们决不能主动惹事。特别是红丸，记住了吗？"

# 第一章
## 与兽王国的交易

　　我之前那番话的前提是对方来找我们的麻烦，如果我们主动惹事就没意义了——必须让他们清醒地认识这个问题。

　　"哼，就交给我吧。我也是会进步的。听利姆鲁大人这么说，任何人都清楚不能鲁莽行事。"红丸自信满满地回应道。

　　我怕的就是你这份自信……

　　在这方面，他也就比米莉姆强一点。这份自信实在靠不住。

　　红丸确实比紫苑强。

　　听了红丸的话，紫苑重重地点点头。看着这一幕，我在心里默默地叹了口气。

　　我本来想让紫苑代表我去……但这太危险了，简直是一场豪赌。

　　不……仔细想想红丸虽然看上去性急，但其实很有远见。把他拿来和米莉姆、紫苑那两人相提并论实在太失礼了。

　　"那就交给你了。本来应该我亲自去的……"

　　"哪里的话。在能确保安全之前，您不应该进入魔王的领地。"红丸明确地否定了我的话。

　　红丸应该是想亲自确认卡利昂是否信得过吧。不仅是卡利昂，他也想了解卡利昂国内的所有魔人。

　　红丸想搞清楚与兽王国犹拉瑟尼亚建交对我们的国家（特恩佩斯特）是否有益。最重要的是，他们会不会对我不利。

　　我很高兴红丸有这份心。正因为这样，我才更担心他……

　　他和率真的紫苑不同，我担心他会故意找碴试探对方。

　　可是，只派利古鲁他们去魔人的国家，我也放不下心，必须要有一个强大的人保护他们。

　　苍影要在暗中保护国家，白老也忙于训练士兵。

　　克鲁特要指挥施工也脱不开身，加维鲁也投身于提取高阶回复药并批量生产低阶回复药的工作中。

紫苑本身就不在考虑范围之内，所以只能派红丸去。

"我明白了。那就有劳你了。"

"遵命！"

"利古鲁，你们也要好好努力！要吸取他们的长处。"

"明白。我会广增见闻！"利古鲁两眼放光地应道。

那是充满干劲的眼神，看来他是真心想要挑战新事物。

这样看来，我相信他们也没问题。

"岚牙，你也躲在红丸的影子里和他们一起去。我希望你在暗中保护他们，别被人发现。"

"明白。主人请放心！"

岚牙遵照我的命令嗖一下潜进红丸的影子里。有红丸的妖气作掩护，我想岚牙应该不会被发现。

"好！那我们一起欢送使节团启程！"

听到我的话，朱菜轻轻使了个眼色示意乐队开始演奏。这支乐队的成员都是经过精挑细选的人才。

音乐隆重喜庆。

在城镇居民的注视下，使节团出发了。

他们正迈向充满希望的未来。

希望两国能积极进行这类交流，最终正式建交。

就这样，我们的使节团启程进行第一次拜访。

\*

送走了红丸他们，我还有一堆事要做。

我想尽早去人类城镇玩一玩，工作却源源不断，根本没有那个

# 第一章
## 与兽王国的交易

时间。

好的开始是成功的一半。

工作也是这样,如果在起始阶段图省事,到后期多半会遇到大麻烦。国家管理更不用说。

虽然我想去逛一逛,但现在甩手就太荒唐了。

现在警备部门和军事部门的一把手同时出使他国,因此必须有人顶上他们的位置。

我把警备部门交给苍影代理,军事部门交给白老代理。

这样一来,暂时就可以放心了。

接下来就要准备迎接兽王国犹拉瑟尼亚的使节团。

现在的问题是希波库特草的栽培和回复药的生产现场,这可不方便给他们看。其他信息都可以公开,但封印洞窟要隐藏,这是关键。

封印洞窟只有一个入口,只要用大岩石封住,外人就无法进入。加维鲁他们还可以通过转移魔法阵出入,于是我毅然决定封住洞口。

我担心这么做会影响氧气浓度,但只要在四处留下通气孔应该就没问题了。

而且贝斯塔知道一种方便的魔法。

"至于这个空气……有一种魔法可以探测环境的变化。一旦环境产生变化,无法维持生命活动,这种魔法就会发出警告,您不必担心。"

他打消了我的顾虑。

贝斯塔这个男人的能力实在很强。

如果没有走上歪路,他现在可能会成为盖泽尔国王的得力助手并为其效力……

可他现在为我效力，倒是帮了我不少忙。

因此，我决定封住封印洞窟的入口。

对了，说到贝斯塔，我想起了另一件事。

其他地方都可以给使节团参观，所以我要详细检查迎接的准备工作，可是……

我们新建了一座迎宾馆供来宾住宿。这和卡巴鲁他们及尤姆那伙人住的宿舍不同，这是一座如豪宅一般极其奢华的酒店。

这里不仅有奢华的硬件，相关人才也在培养。

朱菜的那些徒弟已经成了一流的厨师。他们现在甚至可以凭直觉调出恰到好处的味道。他们火候掌握得很准，刀工也很精湛，无论什么场合都能够独当一面。

女性（哥布林美女）也将卡巴鲁和尤姆他们作为练习对象，从中学习接待宾客的方法。现在要她们接待王公贵族估计还很勉强，但接待普通人和冒险者已经绰绰有余了。

我打算最终从中选出优秀的人让她们正式从事接待宾客的工作。如果只会接待平民的话，把贵宾交给她们我也不放心。

这时候需要贝斯塔出场。

我缺乏这方面的知识，所以需要贝斯塔进行补充指导，教会她们如何接待真正的贵族。经过他的指导，工作人员已经达到了接待王公贵族的标准。

"你们做得非常好。只要继续努力，你们就能成长为顶尖的服务人员。无论接待哪一国的王族都不会给我国蒙羞。我期待你们今后的活跃表现。"

她们做得非常棒，连贝斯塔这个神经质的家伙都能满意。

"感谢您的指导。"所有人一齐向贝斯塔鞠了一躬。

## 第一章
### 与兽王国的交易

贝斯塔显得十分得意。

"贝斯塔,真有你的。把这事交给你果然是正确的!"

"哪里哪里。如果有这种好差事,你就随时吩咐。"

听到我的慰劳,贝斯塔爽朗地笑了。

我给了贝斯塔免费住宿的权利作为谢礼。贝斯塔的住宿生活也算是视察,可以检查工作人员是否有所松懈。这是一石二鸟的办法。

就这样,迎接使节团的准备工作进展顺利。

另外还有一个大型活动,可以说这才是重点。

就是出访矮人王国——武装国多瓦贡的计划。

这件事也已经通过使者商定了日程。这个活动是我们国家最重要的喜事。

这是一个对外宣传武装国多瓦贡这样一个大国正式承认魔国联邦(特恩佩斯特)国家地位的机会。

这件事的意义不只是两国签订条约正式建交,还要以此让其他国家意识到魔国联邦(特恩佩斯特)的存在,这对国家今后的发展很有帮助。

这是最重要的问题。

我已经把尤姆捧为英雄,菲茨也放出了对我们有利的传言,因此外界已经开始把我们当成协助英雄的友好的魔物集团。

在这背景下,我们受到了大国的邀请。这是个不可多得的机会,我们可以一口气博得外界信任。

在这个活动取得成功之前,我们都不能松懈。去人类城镇游玩的事等国家走上正轨之后再说也不迟。

"这件事无论如何都要取得成功!"

听到我这话，朱菜和紫苑点头表示赞同。

"这是自然。"

"交给我吧。我紫苑一定会做好秘书的工作。"

我再次鼓足干劲着手各项工作。

我在精力允许的范围之内，解决了我能想到的一切问题，等待命运之日的来临。

*

托蕾妮跪在我面前向我报告使节团即将到来。

使节团一进入鸠拉大森林，她就来通知我了。

"谢谢你专程来通知我。"

"哪里的话，这不过是举手之劳。"

说完，托蕾妮露出了微笑。

托蕾妮的举止还是那么优雅。她带着透明感的神秘脸庞能俘虏所有人的心。

如果我不是史莱姆的话，估计一下就沦陷了。

啊，如果盯太久的话，会惹朱菜和紫苑不快的。史莱姆连眼睛都没有，也不知道怎么回事，她们似乎很清楚我在看哪里。

她们有超能力吗？或者是凭女人的直觉？

总之要避免节外生枝。

"如果还有其他事的话，就要再劳烦你了。"

"这事不足挂齿。那我就失礼了。"

托蕾妮留下一个微笑便消失了。她还是那么神龙见首不见尾，真是个谜团重重的女性。

因此，我对所有人发出通知，使节团会在数日后抵达。

# 第一章
## 与兽王国的交易

尤姆等人恰巧这时来到了城镇。

和我计划的一样,尤姆在法尔姆斯王国成了英雄。但一回到这里,他就放松下来,变回了真实的自己。

他想在白老的指导下进行修行——但这只是一个冠冕堂皇的借口,我知道他的真实目的是温泉和美味的料理。

他说这次回来要住几天再走,我也不忘提醒他别惹出麻烦。

"听好了,魔王卡利昂的使者会来这里,你们也要注意别惹事。"

"喂喂,老爷,你把我们当成什么人了?那可是魔王的部下,你觉得我们会蠢到去找他们的麻烦吗?"尤姆耸了耸肩说道。

话是这么说,但不可否认这世上也有蠢到难以想象的家伙……

"我更好奇为什么魔王的部下会来这座城镇。"

尤姆不等我回答,又提出了一个问题。

魔王卡利昂下属的一个重要干部成了魔王级魔物"卡律布狄斯"的核心。经过一场大战之后,我把那人从核心中分离出来,我们因此结缘,与兽王国犹拉瑟尼亚建交的事也提上了日程……当时,尤姆和他的人已经离开了,所以他不知道之后发生的事。

我也很犹豫是否应该对他们说实话。

"对了,我也没和你说过呢。那这样,等泡完澡之后,你来接待室吧。"

"嗯,我明白了。"

听到尤姆的回答,我指定了时间。

紫苑轻车熟路地记下了这个预约。她本来只是一个名义上的秘书,想不到现在越来越像样了。

那么,这事要怎么对尤姆说呢?

也许应该把事情的经过告诉尤姆,他的部下就没必要知道了。

19

于是，我决定说出大致内情。

我要简单说明我的出身以及我和魔王的关系。

哪些能说、哪些不能说倒是值得考虑，就算他四处吹嘘也不会给我添麻烦。估计就算他说我曾经是人类，也基本没人会信。

也许应该趁这机会把事情全部说出来。

他现在刚到城镇，让他一直站着听我说也不大好，这个话题就等他安顿下来之后再说吧。

尤姆卸下行装泡完澡之后来到了接待室。

"你要和我说什么？"

"你可别被吓到哟。"

我劝尤姆坐到椅子上。

这是一张有靠背和扶手的长椅（沙发），表面蒙着皮革，松软舒适。

我走到他对面的椅子跟前。

"我想提醒你一下，你可别被吓到哟！"

"被吓到？有什么事能吓到……"

尤姆似乎想说什么，但我无视他的话，变成了人类形态。耳听为虚、眼见为实，这样最有效。

"什……"

尤姆吃惊得说不出话来，看来我的警告没什么效果。

"我都叫你别被吓到了。"我边说边坐到椅子上。

朱菜见机走进了房间，和我的计划一样。

朱菜点点头给我和尤姆端来了饮料。她往做工精美的玻璃杯中倒入了浅浅的一层无色透明的液体，这杯子是矮人三兄弟的老二特

# 第一章
## 与兽王国的交易

鲁特的作品。

然后，朱菜再度点头，站到我的身后。

接着，我拿起玻璃杯。

我闻了闻气味，确认了这股沁人心脾的芬芳之后对尤姆说："总之先来一杯吧？"

尤姆被我变为人形的样子吓到，同时又被朱菜楚楚可怜的样子迷住，一动不动地定在那里。听到我的劝酒，他终于回过神来。

"啊……啊。不好意思，那我就来一杯……"

尤姆说完，拿起玻璃杯一口气把酒倒进嘴里，结果被呛得不轻。

"咳咳……咳。呃……这到底是……"

朱菜慌忙把水递给他，尤姆接过水一口气喝光。他咳了一阵终于缓了过来。这时，他似乎对自己喝的东西产生了兴趣。

"你不习惯蒸馏酒（Spirits）吗？我曾经为矮人王国的人办了一场宴会，酒被他们喝完了还嫌不够。前不久，他们带了麦芽酒（Beer）和葡萄酒（Wine）过来。那些家伙说这种酒喝不醉，像喝水似的一个劲地往嘴里灌。所以，我想让他们尝尝这个。这是我知道的一种烈酒，这是一号试制品。"

整人计划非常成功。

尤姆也自夸海量，所以我想拿他做个实验。

尤姆刚才喝的是用葡萄酒蒸馏而来的白兰地。

说来有些惭愧，多亏有"解析鉴定"，我才能重现那最棒的味道。而且我的专属技能"暴食者"也发挥了巨大的作用。

发酵和腐烂唯一的区别就是产生的物质是否有害。

我用"大贤者"控制"暴食者"的腐蚀效果，成功让原料腐烂的同时又不产生对人体有害的物质。

换句话说就是成功实现了发酵。

使用这种能力可以轻松提取酵母和酒曲。

我已经把酵母给了朱菜,所以我们的餐桌上才会有面包。至于酒类,不用说也知道我面前这些就是成果。

酒曲方面还有很多问题,目前还在研究。估计用不了多久就能做出清酒、味淋和味增。如果能弄到大豆的话,酱油应该也能做出来。

我的能力(技能)拥有巨大的潜力,实在厉害。

我曾想过把能力(技能)用在个人兴趣方面会不会不大好,但这些应该没问题。物尽其用,才能发挥出它真正的价值。

酿酒的第一个阶段是发酵,只要解决了这个问题,之后就简单了。

这里不仅有白兰地,还有用麦芽酒蒸馏而成的威士忌。

这些酒的酒精浓度都很高,不习惯的人喝下去会产生一种灼喉感,但爱酒的人痴迷于这种味道。

我边解释边给尤姆演示正确的饮用方式。

遗憾的是我这副身体不会醉酒。尽管如此,我还是感觉有些恍惚,也许是因为想起了过去醉酒的感觉吧。

"原来如此。这酒确实很美味啊,老爷。"

"我没说错吧?"

"虽然掺水的味道也不错,但要我选的话,我更喜欢只加冰的。"

"你品味不错嘛,尤姆老弟。"

缓解了他的紧张之后,我开始切入主题。

"那么,接下来——"

接着,我把自己的事粗略地说了出来。

我说出了自己转生以及其他琐碎的事,我也不清楚尤姆能理解

## 第一章
### 与兽王国的交易

多少。他也喝了不少酒,也许烂醉之后就会把一切都忘了。忘了也没关系,所以我也不吝惜这些酒。

我也想过是不是该在清醒的状况下说这些事,但这事还牵涉那些魔王,所以需要创造一个轻松的环境来聊。

而尤姆他……

"不,我相信你的话。因为从我知道魔物在建设城镇的那一刻起,就知道这件事很不寻常。"他轻描淡写地说道。

这家伙的适应力真强。

他现在已经不会再被呛到了,正享受地喝着白兰地,似乎很喜欢这个味道。

"喂喂,你相信我吗?"

"我不是说过了我相信你吗?话说回来,魔王啊……想必他派来的部下也非常强吧。"

"唔——谁知道呢?他们只是来调查两国建交是否有价值,又不是来找碴的。"

"不过,你派去他们国家的是红丸吧?你应该是考虑到他可以应付意外情况,对吧?我觉得对方应该也有同样的想法,会派相当强的魔人来这里……"

"也许吧,这也没关系。如果我们主动惹事,那建交的事就没得谈了。和魔王卡利昂敌对,对我们一点好处都没有。我想和你说的只有一件事。我白天也说过,别去找使者的麻烦。这话也要和你的部下交代清楚。我希望两国能够建立起和平的关系!"

"我明白啦,老爷。我们也没那么蠢,去找那种人的麻烦简直不要命了!"

这样我就放心了,这个话题就此结束。

尤姆对这些酒的评价很高,看来去矮人王国的时候这会成为很好的特产。

之后,我和尤姆东拉西扯,越聊越开心。那天晚上,我们喝到很晚才散。

*

几天之后,兽王国犹拉瑟尼亚的使节团按计划到了。

我以史莱姆的形态率领众人出去迎接,朱菜和紫苑跟在我后面。另外还有利古鲁德和管理国家的那些大型哥布林长老。

苍影在暗中保护我们。如果有情况,他会直接跳出来。

此外,尤姆等人也在一旁,所以看上去也有点排场。

使节团一行人来了。

黄金装饰的奢华马车队列光彩夺目。

拉车的是大型魔兽白雷虎(Thunder Tiger)。它们身上炫白的雷光时隐时现,大老远就能感受到威武的气势。

既然拉车的不是马而是老虎,那这车是不是应该叫作虎车?

拉车的白雷虎十分强大,如果把车上的装饰换掉,也许就能成为战车。

"好威风啊……"

"这也没什么大不了的。这些野兽加起来也比不上利姆鲁大人的威仪。"

紫苑这话盖过了我的感慨,但她这话简直是在讽刺我。

不不不,紫苑小姐!这虎车真的很威风吧?

"不管怎么看,对方都是在炫耀自己的实力吧?如果称那种华

# 第一章
## 与兽王国的交易

丽的车队没什么大不了的，那我们在这里讲排场岂不是更丢人？"

"是吗？那种装饰在战斗中毫无意义。"

"不不，现在的事和战斗搭不上边吧……"

紫苑真是的……她脑子里除了战斗就没别的事了吗？

估计这是魔王卡利昂精心挑选的阵容，决不能因为不适合实战就加以嘲笑。

"从艺术上来看，细节处还是差点火候，不如特鲁特的技术。而且我们还有凯金和伽卢姆他们的协助，真是万幸。"

"老爷你真会说话。"

"你这么说，我们会骄傲的。"

听到我的夸奖，凯金和矮人三兄弟露出了自豪的笑容。

他们每次都会陪我胡闹，老实说，他们真的帮了我很大的忙。他们的工作干得很好，再怎么夸也不为过。

在我们交谈时，马车队列庄严地进入了城镇。

最前面的一辆马车格外豪华，车门打开，两名女性走了下来。

第一位女性拥有一头光亮笔直的白发，身体动作轻柔，瞳孔如猫咪一般。她虽然是位美女，散发出的妖气却十分凶猛，似乎是名凶狠的武将。

第二位女性拥有一头金黑斑驳的头发和宝石般美丽的蛇类瞳孔，显得有些妖艳。她乍一看是个端庄的美女，却带着一股冷酷的气息，似乎任何人都无法接近。

这两位魔人明显实力超群。

从魔素量（能量）来看，她们和之前来的法比欧相当，估计这两人是……

"初次见面，鸠拉大森林的盟主阁下。我是阿尔薇思，人称'黄蛇角'阿尔薇思，是魔王卡利昂大人的三兽士之一。"

她果然是个大人物，没想到卡利昂派出了他最高层的干部。

这么说来，另外一个也……

"哼，我们根本没必要向这群家伙问好，阿尔薇思。我本来还很好奇鸠拉大森林的盟主是个怎样的魔物，可是你看，不就是只弱小的史莱姆嘛。再怎么胡闹也得有个限度吧！"

"注意你的言辞，苏菲亚。你的举止无异于给卡利昂大人脸上抹黑——"

"阿尔薇思，你真烦，别来命令我！矮人也就算了，他们竟然还和那些人类——那些矮小、狡猾、卑劣的人类混在一起，这也太丢魔物的脸啦！"

那个名叫苏菲亚的魔人一个劲地抱怨，似乎相当讨厌人类。

如果只是看不起我倒是还能忍，可她竟然还蔑视诋毁在场的人类——也就是尤姆等人，这事可不能就这样算了。

而且我曾经也是人类，对这话更是不能忍。

尤姆他们担心破坏两国的友好关系，所以在一旁忍气吞声。他们听从了我的忠告。

仔细想想，尤姆这几个月来实力提升了不少。那个苏菲亚的诋毁毫无根据。

"喂喂，我说你是不是太小看人类了？你别太过分啊！尤姆，你也不想被人看扁吧？你也可以让她见识一下你的实力，我同意了。"

虽然尤姆还在忍，但我看可以不忍了。

这也是人之常情嘛。毕竟尤姆和我一起在白老的指导下修行，也算是同门。虽然修行的内容不同，他的技量（等级）远不能与我

关于我变成史莱姆这档事4 Regarding Reincarnated to Slime

以及红丸相提并论……

可他在白老的指导下修行却没有任何怨言，这也许是因为他那不服输的性格吧。

而且不知道为什么，尤姆会让我想起我在日本时的后辈田村。

田村是个傲慢却又可爱的后辈。尤姆称我为老爷，追随着我，他也是一个可爱的后辈。与其说是后辈——不如说是以白老为师的同门，说起来尤姆也算是我的师弟。

听到他被人这样诋毁，比我自己被人小看更火大。我好像稍微有点理解盖泽尔国王的心情了。

"咦，我吗？"

尤姆吃惊地向我确认，这时我的怒火已经被点燃了。

他怎么这么意外？搞得好像这事和他无关一样。希望他这时候好好表现一番，让对方尝尝他的厉害。

"嗯。只要没死，我都能救回来，你不必留情，让她看看你的厉害！"

"喂喂，老爷……你不是说别惹事，要建立和平友好的关系吗？"

"你个蠢货！别说那么幼稚的话！虽然我不想惹事，但现在是对方在挑衅，我们自然要奉陪。"

是的，既然对方要惹事，那我们也奉陪到底。

而且，有件事让我稍微有点在意。

"头儿，你快上啊！"

"被人看扁了还忍气吞声就太没面子了！"

看来尤姆手下那些五大三粗的汉子也很生气。

"喊，那就没办法了。老爷，剩下的事你可要帮我搞定啊？"

尤姆说完轻轻一笑，嗖一下拔出自己的爱刀斩龙刚刀摆好架势。

# 第一章
## 与兽王国的交易

看来我的话点燃了他的斗志。

"交给我吧。回复药多得是,你不用担心,放手去干就是了!"

"明白!"尤姆应了一声,走上前去。

而苏菲亚则高声大笑道。

"哈——哈哈哈!好啊,人类。你能让我满意吗?"战斗在即,苏菲亚期待地叫道。

就在这时……

紫苑本来一直抱着我,可现在她把我交给了朱菜,也不知道她在想什么。

呃……难道她……

我刚想到这里,紫苑就行动了,果然是这样。

"给我等一下。你竟然对利姆鲁大人出言不逊……利姆鲁大人说过不能动手,所以我才默默忍到现在,但现在似乎没这个必要了。你的对手是我!"

紫苑眼中遍布血丝,迅速上前,我根本来不及阻止她。

尤姆上场倒是没什么问题,但换成紫苑的话就不好收拾了……

但现在说什么都晚了。

在这状况下已经阻止不了紫苑了。事已至此,只能随机应变。最重要的是对方也显得干劲十足,现在这气氛容不得我说不。

"有意思!就让我'白虎爪'苏菲亚来确认一下史莱姆的部下能有多强!"

苏菲亚吼道,她露出了老虎凶猛的本性。在纯粹的战斗本能的驱使下,紫苑和苏菲亚大战在即。

这里瞬间化作战场。

至于尤姆。

"真是的。真拿苏菲亚没办法。格鲁西斯,你去当那个人类的对手。"

那个"黄蛇角"阿尔薇思用余光看着紫苑和苏菲亚的战斗,同时对一个魔人命令道。

"就算我是兽王战士团的末席,让我去当人类的对手也太……算了,我就陪你玩玩吧人类!"一个精悍的年轻魔人边抱怨边走上前来。

灰色的头发、灰色的眼睛、褐色的皮肤、发达的肌肉以及动作灵敏的身躯。

他双手把玩着大号匕首,锐利的目光紧紧盯着尤姆。

从态度上看,他根本不把尤姆放在眼里,目光却十分锐利,犹如一个紧紧锁定猎物的猎人。

他虽然嘴上不把尤姆当回事,但看上去决不会掉以轻心。

不愧是卡利昂的部下。

不管怎样,他都是一流的战士。

我记得卡利昂统领的是兽人族。

米莉姆之前和我说过很多事。

她一开始吞吞吐吐,但我给她看了一眼砂糖甜点后,她立即改口说:"这事本来不能说的,不过我就破例告诉你吧。"接着,她详细说明了情况。

兽人正如其名,是可以变身为野兽的亚人。

常见的类目是犬、猫、猿、蛇、鸟等,此外还有一些少见的大象等大型种类。

而猪头族(半兽人)和狗头族(狗头人)等低阶魔物是无法变

身的劣化兽人，也就是说兽人属于高阶魔物。

这一种族兼具人类与魔族的特征，一生下来就是低阶魔人。

一旦变身，兽人就能发挥出自己独特的能力。

他们拥有与生俱来的战斗方式，是天生的战士，就算在这物竞天择的世界中，他们也是令人望而却步的强者。

如果米莉姆的情报准确无误，那兽人应该可以从人类形态"变身"成具有野兽特征的形态。他们在野兽形态下才能发挥出自己真正的实力，看来这个格鲁西斯没有拿出真本事……

苏菲亚也是人类形态。

紫苑到底会不会赢，胜负到底如何……

紫苑与苏菲亚，尤姆与格鲁西斯。

这两对的战斗已经开始了。

我在朱菜怀里揣摩着战斗结果，注视着他们。

\*

紫苑和苏菲亚的战斗十分激烈，难以用言语形容。

这两人都是喜欢战斗的类型——也就是战斗狂，所以她们不顾周围的情况，全身心地投入战斗。

目前，她们的速度和力量都不相上下。战斗陷入胶着状态。

据我判断，苏菲亚的魔素量（能量）有压倒性的优势，继续打下去情况应该对紫苑不利。

可是……紫苑却空手和苏菲亚战斗，连大太刀都没拔出来。

也不知道她是不想弄出人命，还是想以此表达自己没有动真格的。面对实力在自己之上的魔人，她应该不会这么从容……

紫苑的参战在我的预料之外，但既然要打就应该全力取胜吧。

"紫苑那家伙没问题吧？她连刀都不拔，似乎想在对方擅长的领域一决高下……"

"利姆鲁大人，您放心吧。别看紫苑那样，其实她的实力仅次于我兄长。"听到我的低语，朱菜答道。

朱菜似乎看出紫苑是鬼人中的第二强者。紫苑她们的战况完全逃不过朱菜的眼睛，看来她的专属技能"解析者"也不可小瞧。

朱菜应该也看出了苏菲亚的强大，却一点也不担心紫苑，这也说明她非常相信紫苑吧。

"虽然我不想承认，但正面交锋的话，紫苑确实比我强……"

潜伏在我影子里的苍影也心不甘情不愿地承认了，这么说来紫苑真的很强。

虽然紫苑秘书的工作让人不敢恭维，但她也有她的长处。

紫苑和苏菲亚专心致志地进行格斗战，比拼技巧与力量，慢慢试探对方的实力。

这两人维持着这种平衡持续战斗着——

另一边是尤姆他们的战斗。

这两人一开始就是高难度技巧的比拼。

尤姆确实变强了，和几个月前简直判若两人。

他一直以英雄的身份在这座城镇和法尔姆斯王国周边的都市及村庄间巡回，每天都在击退魔物，提高自己的名望。估计他在这些日常战斗中积累了丰富的经验。他的技量增加（等级提升）迅速。

现在，他是当之无愧的 A 级强者。

乍看之下，他的纵斩凭的只是他的臂力与斩龙刚刀自身的重量，但事实并非如此。这是经过精确计算的第一击。他会趁对手躲开这

# 第一章
## 与兽王国的交易

一击放松警惕的时候，使出挑斩形成多段攻击。

斩龙刚刀在尤姆手中似乎毫无重量。他的后续攻击咄咄逼人，那非凡的技巧与力量简直超出了人类的能力范畴。

尤姆的对手——魔人格鲁西斯也不是等闲之辈。

他以一纸之隔的距离避开了尤姆一击必杀的斩击，而且还能以变幻无常的动作对尤姆发起反击。

他两手拿着大号匕首以惊人的速度发起连续攻击。他如舞蹈般优雅的动作能将猎物逼上绝路，最终将其剁成碎片。

看得出魔人格鲁西斯对自己的速度非常有信心。

尽管魔人格鲁西斯十分难缠，但尤姆脸上挂着开心的笑容。估计在完全发挥出自己的实力与魔人战斗的过程中，他切实感受到了自身的成长。

攻击与防御，攻守在瞬间交替。

格鲁西斯把匕首投向尤姆。

尤姆轻松识破他的动作，接着用斩龙刚刀使出一记纵斩，对格鲁西斯放出必杀的一击。

但格鲁西斯主动倒向地面往前方滚去，逃过了一劫。他从尤姆脚边擦过，利落地绕到尤姆身后。

尤姆转过身准备继续攻击。这时，格鲁西斯投出的匕首如回旋镖一样旋转着飞回了格鲁西斯手中。

格鲁西斯两只手里的匕首斩向尤姆，划出两段交叉的线条。

一柄大剑挡住了他的攻击。

两人的实力不分伯仲，真是一场令人赞叹、令人屏息的精彩对决。

"尤姆那家伙真有一手，竟然和那个魔人格鲁西斯打得有来有回……"

"是啊。真是一场绝妙的战斗。"

我由衷地赞叹尤姆，抱着我的朱菜也表示同意。

哥布塔也一样。白老的指导偏重速度，修行的时候只要反应慢半拍就要吃苦头。如果不想吃苦头，唯一的办法就是磨炼技术，预测出对方的行动。

这就是尤姆那反应速度的秘密。

而且还有一个原因——我给尤姆的骸甲全身铠中也有秘密。

这副铠甲的特征是重量较轻，同时拥有非常高的防御力。不仅如此，它还能辅助装备者行动，拥有提高反应的效果。

在魔素的影响下，武器和防具的性能会产生变化以适应主人的需求。这些装备越用，性能越高。

这副骸甲全身铠也不例外，它应该已经适应了它的主人尤姆。

这也证明了尤姆在这几个月的战斗中已经成功驯化了骸甲全身铠。

正是受这两个因素的影响，尤姆才能拥有不亚于魔人格鲁西斯的实力。

就这样，这两对的战斗愈演愈烈。

其中，紫苑和苏菲亚的攻击越来越猛烈，似乎都想摸清对手的实力……

"哈哈哈！想不到你能让我打得这么痛快。"

"哼，你这兽人别小看人！我现在就让你见识见识鬼人劈天碎地的力量。"

"哈哈哈哈哈哈，那就让我瞧一瞧吧！同时也要让我打得更尽兴！"

决胜的时刻终于要来了。

苏菲亚笑着伸长双手的指甲，双手化作利爪挥向紫苑。她的指甲泛着苍白的电光。她是白雷虎的主人，自然也拥有操纵雷电的能力。

但紫苑也不在她之下。

她没有拔出大太刀，直接用双手挡住了苏菲亚带电的利爪。这一瞬间，电流从紫苑的体表流过，如同被避雷针引走的雷电。

苏菲亚的利爪被紫苑挡了下来，没能划破紫苑的表皮。而电流也被引到地面，没有对紫苑造成决定性的伤害。

苏菲亚发现之后，眯起眼睛，似乎在心中感叹。

紫苑刚才用的是"气斗法"的招数之一"金刚法"。这项招数能操纵斗气，将身体变得如钢铁般坚硬，并且还能用斗气保护体表，分散敌人的攻击。

当然，这肯定不是轻轻松松就能学会的招数。紫苑在实战中的完美运用堪称典范。

"做好准备吧！现在轮到我了——"

"嗯，来吧！我的血液也开始沸腾了！！"

攻防转换。

她们之间应该没有那种约定，但紫苑已经摆好架势，似乎这一切都是理所应当的。

白老也教了我们一套格斗术，但紫苑这招不一样。她似乎打算射出一个追求极致威力的巨大魔力弹。也不知道她搭错了哪根筋，现在正全身心地凝练妖气。

白老的风格是在战斗中随机应变地进行攻击。他不会像紫苑那样毫无顾忌地汇聚并发射全身的妖气。因为在战斗时露出那么大的

# 第一章
## 与兽王国的交易

破绽不过是为对手提供攻击的机会罢了。

可是,苏菲亚张开双手等着紫苑的攻击,也是一副理所当然的样子。

我完全无法理解战斗狂的想法。

紫苑似乎已经蓄好力了。

这个蓄力在战斗中是个致命的破绽,但在旁观者看来只过了一瞬间。

在这期间,苏菲亚挂着期待的笑容一动不动。

紫苑也笑着面对苏菲亚。

"久等了。看招吧!"

紫苑射出了两手间凝练的妖气,其中蕴含着凶恶的破坏力——

"到此为止!"

一个声音宣告战斗终止。

一把金色的锡杖突然伸到紫苑面前。

阿尔薇思制止了她们的战斗。

\*

打算放出气弹的人似乎不止紫苑一个,阿尔薇思的尾巴也伸到了苏菲亚面前。

尾巴。

阿尔薇思是半人半蛇的兽人。她的上半身依然保持着美女的形象,只有下半身变成了黑色的大蛇。

阿尔薇思神不知鬼不觉地"变身"成原本的形态,也就是"兽身化",然后又悄无声息地过去,介入了紫苑和苏菲亚的战斗。

她身上没有一丝妖气。她的技量非同小可,连我都无法彻底抑制自己的妖气。

不愧是三兽士之一——现在没必要吝惜自己的称赞。

在阿尔薇思的呵斥下,格鲁西斯也停止了战斗。尤姆见状也停了下来,把疑惑的目光投向我。

我也对举着一只手的尤姆点点头。

"你满意了吗?我们合格了吧?"

"嗯,你们的实力可不仅仅是合格。我说苏菲亚,你也认同我的话吧?"

"嗯。我也没有不满。我认为你们完全有资格和我们平等来往,我可以确信。"

苏菲亚面带笑容,没有一丝阴郁。而且……

"你们也服气了吧?如果再对对方人类的身份有意见,我可饶不了你们!"她对兽人族的同胞宣告道。

和尤姆战斗的格鲁西斯也点头说道:"苏菲亚大人说得对。能和我打成这样的人类十分罕见,你们对他们要以礼相待。"

格鲁西斯说完,大笑了起来。接着,他把手伸向尤姆。

尤姆也苦笑着伸出手,两人的手紧紧地握住了。

这是双方和解的瞬间。

看到阿尔薇思的反应,我终于确信这些家伙的想法和我想的一样。

他们其实在试探我们。他们是故意惹事,想看看我们的反应。

苏菲亚因为我是史莱姆而看不起我时,我就觉得奇怪了。

因为魔王卡利昂曾经见过我史莱姆的形态,他肯定会把这事告诉他的部下。

而且……

## 第一章
### 与兽王国的交易

魔王卡利昂曾以自己的名义宣誓要和我缔结友谊,我觉得他不会看不起我这个史莱姆,也不会出尔反尔。

于是,我就想苏菲亚是不是有意挑衅。估计她们认为只要诋毁对方的主人,基本都会有人看不下去跳出来。

另外,还有一个原因。

我推测这些兽人非常率真,比如她们的异名。

阿尔薇思说过自己人称"黄蛇角",看到她现在的样子就能明白这个异名的由来。因为她的下半身是蛇,而头上长着两根角。她的角泛着金黄色的光辉,分叉的外形如龙角一般,这种特征一看就知道其中蕴含着某种秘密。

苏菲亚也一样。

从"白虎爪"的异名就能猜出她肯定是个虎系兽人。而且在刚才的战斗中,她用带着雷光的利爪为武器,我的推测应该不会错。

估计之前来的"黑豹牙"法比欧是个擅长用尖牙攻击的黑豹兽人,也有可能是使用黑牙当武器的豹系兽人……

自身的特性本来应该隐藏起来,而他们却把自己的特性拿来当异名,看来兽人族是相当坦诚的种族。

也许兽人族以堂堂正正的正面交锋为荣吧。

既然他们是这种性格,那就不可能会违背自己的主人魔王卡利昂的命令。

我这种推测没有错。


现在还剩下一对。

"紫苑,你也可以收手了吧?"

紫苑凝聚的巨大魔力弹还在她的手中,听到我的话,紫苑为难地看着我。

"这倒是没问题，不过……利姆鲁大人，这东西该怎么处理？"

她指的是魔力弹吧。

"不能让它消失吗？"

"不行。而且我快坚持不住了。"

细看之下，我发现紫苑浑身微微颤抖，魔力弹眼看就要飞出去了。而且紫苑眼中含着泪水。

一目了然，她已经到极限了。

紫苑身边的人唰一下往后退去。

"喂，喂。你要冷静。轻轻地、轻轻地把那东西射到天上去。"

最紧张的应该是紫苑的目标——苏菲亚。

阿尔薇思早已收起锡杖躲到一旁去了。她逃跑的脚步之快堪称完美。

不过她是蛇，没有脚。

苏菲亚也向后退去，但电流在她和紫苑之间奔窜，她无奈地停了下来。看来苏菲亚身上的雷光对紫苑的妖气起了反应，形成了一种绝妙的力场。

"喂，你别分心！"

苏菲亚拼命给紫苑打气。事关她的性命，所以她铆足了劲给紫苑打气。

真拿紫苑没办法。

她竟然用尽全力凝聚出一个连自己都控制不了的魔力弹……

"紫苑，放出来！"

我从朱菜的怀里跳出来，迅速绕到紫苑和苏菲亚中间，然后变为人形，对紫苑伸出左手叫道。

## 第一章
### 与兽王国的交易

"可是……"

"没事。相信我!"

"是!"

紫苑有些惊慌,估计她马上就坚持不住了。

巨大的魔力弹飞了出来。但它被我的左手吸了进去,如流星般转瞬即逝。

我用专属技能"暴食者"吃了魔力弹。

兽人族一行哑口无言。

紫苑舒了一口气瘫坐下来。

我愣在原地叹了一口气。

接着,巨大的欢呼声响起。

硝烟散去,这里又恢复了平静。

顺带一提,我有些好奇,如果我避开她们的挑衅,那她们又会怎么做呢?

"如果我们避而不战,那你们会怎么做?"

"嗯?那就不好办了。不过,我们不会把连战斗都不敢的胆小鬼当朋友。我们可能会就此折返,卡利昂大人应该也不会追究。"

我在城镇里给她们带路的时候试着问了一句,结果她们毫不掩饰地说出了自己的想法。

她们都是直性子,我们可以开诚布公地谈。

这样看来,今后的交流应该也很愉快。

想到这里,我的心情十分愉快。

\*

那天夜里,我们举办了欢迎宴会。

朱菜会亲自下厨,所以我非常期待。

还有各种酒类供大家开怀畅饮。

料理上齐之后,宴会开始了。

巡逻归来的哥布塔跳了一支滑稽的舞,逗得大家开怀大笑。

白老也来了一段剑舞,赢得了兽人族的尊敬。

矮人们和朱菜打了招呼,正拼命地猛喝。他们约好要喝到只剩一个人为止。

尤姆那些人在大庭广众之下开始赌博了。我教了他们麻将,供他们打发时间。

刚才和尤姆战斗的魔人格鲁西斯也在其中,他似乎非常感兴趣,于是也加入了他们的行列。

看着他们,我也跃跃欲试,但朱菜生气了。

朱菜说:"利姆鲁大人又不擅长赌博,请您控制一下自己。"

我也知道自己不擅长赌博。

因为我脑子一热就会把什么事都抛到脑后。

就算"大贤者"在我脑中忠告:"南家在等这张牌的概率是——99%。"我也会想着:"真汉子就是要知难而上!概率什么的统统吃屎去吧。"于是打出那张牌,点了一炮。

这种事挺常见的。

这就是所谓的喜欢却又不擅长的兴趣吧。

如果听"大贤者"的,我肯定能百战百胜……

赌博这事,一旦上头就会一败涂地。虽然我心里明白,却停不

## 第一章
### 与兽王国的交易

下来。

每次都是这样。

这次的目的是款待使节团。

今天就听朱菜的,在一旁陪这些兽人聊天吧。于是,我转到阿尔薇思和苏菲亚那边——

这两人已经彻底喝醉了。

"请别再喝了!"其他使者拼命制止她们。但他们的领导似乎听不进这个忠告。

阿尔薇思用尾巴抱住酒桶,直接把头伸进去咕嘟咕嘟地喝着。那可是苹果白兰地,度数非常高。

这是甘甜醇厚的顶级美酒,我本来想留着以后慢慢品尝。

"到底是谁把整桶酒都拿了出来……"

我怀着悲痛的心情把目光投向另一个醉醺醺的家伙。

那是一只白色的大老虎。这不是比喻,就是字面的意思。

苏菲亚现在完全和人搭不上边,彻底变成了一头野兽。

她面前是一个装满蜂蜜酒(Mead)的大杯,她正一口一口地舔着。

她专心致志地舔着。

这可不行!我在心里喊道。

她们身边倒着十多个酒桶,这两人的酒量一目了然。

这也没什么。虽说是蜂蜜,但用的不是雅皮托采集的稀有蜂蜜,而是采自巨大蜜蜂蜂巢的蜜。虽然这酒用的是天然蜂蜜,产量不高,但还可以再酿。

问题是她们彻底暴露了自己原本的形态,兽人本来应该隐藏自己原本的形态。

"喂喂，兽人应该很少会让别人看到自己'变身'后的形态吧？"我慌忙问道。

这是米莉姆告诉我的，应该错不了……我却得到了一个意外的回答。

"利姆鲁阁下，让您见笑了……"一个名叫恩利昂的兽人不好意思地答道。

他说他是法比欧的心腹，这次是专程来向我道谢的。他为了之前的事一个劲地向我鞠躬致谢。

"我们兽化的形态确实因人而异，但并没有不能给人看的说法。不过您说得也没错，我们一般只会在信得过的人面前兽化。"

他若无其事地几句带过。

接着，恩利昂为我做了相关说明，他和米莉姆讲的差不多，但是更详细。

"喂喂，这不是兽人族的秘密吗……"

"这可不是秘密。这事根本谈不上什么秘密，是所有高阶魔人都知道的常识。"

恩利昂笑着告诉我这是因为他们兽人族藏不住事。看来这对兽人而言真的算不上什么秘密。

也就是说，这不是什么重要的事，米莉姆那家伙却故弄玄虚装作向我透露秘密，其实只是在欺骗我而已……

看来是米莉姆巧妙地从我手中骗走了砂糖甜点。我还天真地以为她很好骗，看来是她更胜一筹。

我暗暗发誓下次决不能大意。

# 第一章
## 与兽王国的交易

我让兽人族一行回到他们的房间。

他们的房间里也有酒桶。虽说她们的兽化形态不是秘密,但女性在大庭广众之下狂饮似乎也不大好。而且我也想让随行的其他人好好放松一下。

欢迎宴会就这样顺利结束了。

到了第二天,两位美女表情清爽地坐在早餐桌前。

无论是苏菲亚还是阿尔薇思,昨晚的酒似乎全醒了。我暗自惊叹道:这两人该不会是酒豪吧?

"昨晚的时光简直如梦境般美妙。这么棒的宴会让我十分感动,我一定要把这份感动告诉主人。"

"我也从没喝过那么棒的美酒。光是能尝到那种美酒,和这个国家的交流就值了。"

"我说苏菲亚,你这话太失礼了。但是……但是那酒确实很美味。是啊,我有生以来从没尝过那么棒的美酒。当然,料理也非常美味,可还是那酒更……"

这两人都对昨天的酒赞不绝口,而料理她们倒是没那么关注。

聊着聊着,我提到如果我们没有着手栽培水果,就不会有丰富的收获。

事实上,现在的粮食问题已经得到了大幅改善。这是因为我们重点栽培小麦、大麦等能当主食的谷物,以及能当作高效副食的芋头。

此外,我们也在进行栽培水稻的试验,现在应该优先改良米的品种。

我问过菲茨他们,但他们也没听说有地方在栽培水稻。这样一来，我们就只能自己培育了。我计划等有希望种出美味大米的时候，就把种小麦的耕地改成水田，开始大规模种植水稻。

这个计划绝不只是因为我的个人喜好。大米的营养价值非常高，和小麦一起摄取可以保持饮食平衡。

拥有肉体的魔物在身体构造方面和人类没多大区别，因此需要均衡的饮食，这就是我的目标。

如果能种出大米，那就有希望大量生产日本酒，不可否认，我对此也抱有一丝希望。

综上所述，我们目前还腾不出手来栽培水果，也无暇开拓新的耕地。施工计划也排得满满当当，克鲁特现在已经忙得焦头烂额。

虽然我也想要带甜味的水果，但粮食问题还没完全解决，现在还不是享受的时候，所以我就放弃了。

我简单说明了现状。

阿尔薇思听了之后……

"原来是这样啊。犹拉瑟尼亚收到的贡品中有水果，我们可以把水果转给你们。所以……"

你们可以用那些水果酿酒，然后再分一些给我们……

我隐约听到了这样的下文。

"我们怎么分？"

听到我的问题，苏菲亚笑了笑，答道："细节你们看着办！我只要有美酒就行。魔王领土的果实品质很高，你就好好期待吧！"

她把一切杂物都丢给了我们。

我也在为这个问题头疼，她这个回答倒是正合我意。

就算不考虑销售，只酿酒供我们自己喝，这些酒也不是一个小

## 第一章
### 与兽王国的交易

数目,这么多酒的搬运也是一个大问题。

如果建立了货币经济体系,那就不用为这样的物物交换而头疼了……

就算兽王国能理解货币经济,他们也没有这个需求,所以自然不会采用这个制度。

没有货币的交易何其麻烦。

这时,我突然想到有个人专门从事这类麻烦的工作。

说起来,听说那些狗头人商人(他们的代表名叫克比)经常去魔王领土行商。这事找他们商量似乎不错。

那就尽快把他请来吧。

克比常驻在商人办公室,所以我一请他就来了。

"利……利姆鲁大人,请问……"

"那么,我会让这位叫克比的狗头人商人去贵国,希望你们能允许他们同行。"

"好啊。我们会保障他们在犹拉瑟尼亚境内的安全。"

"哈?嗯?你们在说什么?三兽士大人!"

"那就太好了。除了酒,如果你们还有什么感兴趣的东西,我们也可以出售。"

我期待地看着阿尔薇思,她似乎一直在等我这句话,立即说道:"既然阁下这么说,还有一件东西我也很感兴趣。你们穿的衣服,布料似乎非常好。我昨晚睡觉用的被子,品质也很好,触感很舒服,我非常喜欢。还请分我们一些。"

那是出自地狱蛾的魔绢,最近刚刚开始大批量生产。看来阿尔薇思很喜欢这个。我让人拿来魔绢绸缎,亲自递给她,她两眼放光,被深深地吸引住了。

47

"请务必分我们一些！"

这种材料不仅漂亮，触感好，而且防御力也很高。我不会轻易答应她——这是交易。

"她似乎想要这个哟，克比老弟。不愧是美女，看来她非常喜欢这种好货！"

"不……不是这样！请……请等一下！到底发生了什么……"

克比一头雾水。

"你看克比老弟也这么说，这是我国的特产，数量稀少、价格昂贵。你们可以拿什么来进行等价交换呢？"

虽然可以用适量的酒和少量魔绢来交换水果，但强硬地发起进攻，精于谋利的克比君一定也会赞同我的做法。

"我们能用来交换的只有这些用于装饰的石头。"

阿尔薇思说着递过了一些五光十色的漂亮石头。

这些石头和魔晶石及其提取而来的魔石十分相似，但魔晶石和魔石都是黑色的，所以应该不是同一种东西。

我用一只手拿着石头使用"解析鉴定"，发现这些石头是宝石。

不用说，这个世界里自然也有各类宝石。

"是宝石啊。既然要换，我倒是想要黄金——"

"利……利姆……利姆鲁大人，您对三兽士大人……"

"黄金啊。我们应该有。"

"嗯，我们有。黄金除了装饰宫殿以外，没有别的用途，所以进贡的黄金我们都用光了。"

"哦，那就用黄金吧。"

黄金的用途很广，可以用于细工，也可以直接在矮人王国流通，还能铸成金币。

## 第一章
### 与兽王国的交易

克比刚才一直显得非常兴奋,想必他对这个买卖非常满意。
他刚才一直开心地摇着尾巴,这肯定错不了。
"听我说利姆鲁大人!这项任务太艰巨了!!"
克比的惨叫声惊天动地,但被我忽略了。

\*

过了一会儿,克比终于冷静了下来,看来他放弃挣扎了。
他似乎明白这事已成定论,开始积极地思考之后的问题。真不愧是商人,转变思维的速度非常快。
接下来,我们要商议细节问题。
这事由恩利昂出面,看来杂事是从者的工作。克比也很有商人的风范,一改之前的态度大胆地和对方进行交涉。
我用余光看着克比,和苏菲亚、阿尔薇思一口气喝下了朱菜为我们泡的茶。

据说兽王国犹拉瑟尼亚不允许狗头人商人入境。这不是针对狗头人,兽王国犹拉瑟尼亚是有名的尚武国度,弱者不得入境。
魔王卡利昂的领土全境要将一切资源都进贡给中央,因此中央的所有需求都能得到满足。
狗头族商人的工作就是来往于除中央之外的各村庄和城镇,为那些被统治的种族补充必需品。
克比从这样的行商人一下升格为承办国家交易的御用商人,也难怪他会如此惊慌。
其他魔王的领土也有类似的情况。
据说有个叫"天空女王"芙蕾的魔王,她的领土中连都市都无法靠近。

那个天空之都——天翼国福鲁布罗吉亚不允许没有翅膀的人进入。

传闻说那个地方位于一座高耸入云的山脉，子民凿开半山腰建造了一座层积型都市。

我曾经从事过建筑行业，很想去拜访参观，但光是听描述就觉得这事很难实现。

魔王米莉姆的统治地域离这里太远了，行商本身就很困难。

唯一的例外是一个叫"人偶傀儡师"克雷曼的魔王，他的领土可以自由进行一切商业活动。

他还建立了货币经济，似乎是位精通经济的魔王。

有传闻说他和东方帝国有生意来往，感觉这是一位很有想法的魔王。

但了解了附近的魔王之后，我认为如果猪头帝的事真有人在背后搞鬼，那幕后主使非这位魔王克雷曼莫属。

毕竟有财力给那些半兽人筹备装备的只有魔王克雷曼。

可是，这事没有证据。

而且那一系列事件不仅和魔王有关，可能还牵扯到人类，这条线索也不容忽视。

现在这事暂且搁置。

在喝茶的时候，阿尔薇思和苏菲亚和我聊了这些。

在这期间，贸易细节的协商也顺利结束了。

"利姆鲁大人，我克比不才，实在不知该如何感谢您。我们一族以行商为业，颠沛流离，想不到您竟然会将如此重任托付给

# 第一章
## 与兽王国的交易

我们……"克比跪在我面前感激涕零地说道。

这次,他的尾巴摇得异常猛烈,简直可以剁肉酱了。

"哦,克比小哥,你要好好干啊。遗憾的是道路的修建没那么快开始,所以你要辛苦一段时间了。"

克鲁特正在修建通往矮人王国的道路,与此同时,我又让他着手修建通往布鲁姆特王国的道路。如果再加一条同时进行的话,克鲁特的负担就太重了。

"您言重了!这是我们的工作!"

克比笑着答道,这话打消了我的担心。

虽然我看不出他的表情,但看得出这是他的真心话。他们一族本来就是在穷山恶水间行商,所以这段路对他们而言应该不算太痛苦。

"你们人手够吗?"

虽然晚了点,但还是要问问关键问题。

"这方面不成问题。多亏利姆鲁大人同意我们在这座城镇设立总部,我们在鸠拉大森林中的活动进展顺利。现在人手充足。"

"这样啊,那就好。那我就只派护卫了。"

"谢谢利姆鲁大人的帮助。"

克比一个劲地向我道谢,然后赶回了自己的总部。他表情严肃,眼神中带着坚定的决心。

看来他非常有干劲,打算全身心地担起这份从天而降的重任。

太好了!实在是太好了!

在交涉阶段可以用传送魔法阵来往,可传送有限制。数量不多倒是没什么,但大量货物基本要靠人力运送。

而且双方必须确认实物,并进行等价交换,否则可能会为日后

埋下祸根。

所以有个值得信任的人从中协调是最理想的。狗头人商人和子鬼族（哥布林）打了多年的交道，他们完全可以胜任这份工作。

可以说，他们是最合适的人选。

我可以放心把事情交给他们，从烦人的物物交换中解放出来。

魔国联邦（特恩佩斯特）和兽王国犹拉瑟尼亚间的正式交易就这样开始了。

*

之后，三兽士苏菲亚和阿尔薇思又住了几天，接着便回兽王国犹拉瑟尼亚了。

她们把部下魔人恩利昂和其他从者留在我这里。那些人似乎接到命令要学习我们国家的各项技术，他们每天都在努力学习。

他们看了凯金和矮人三兄弟的工坊之后十分钦佩，一看到正在施工的建筑物就热心地上去调查强度。此外，在视察道路修建时，我们高效的施工也让他们非常意外。

参观之后，他们说想亲自体验一下这些工作。

"如果您同意的话，我们也想参与这些工作。"

他们向我提出了这个请求。

他们没有规定要逗留多久，在轮换人员到来之前，他们想一直在我们的城镇生活。

我和利古鲁德商量之后，同意了他们的请求。

还不到一个月的时间，他们就能正式和我们的人一起工作了。

没想到这些家伙这么认真，而且他们的脾气也很好。

但这些兽人中也有一个特立独行的人，就是格鲁西斯。

## 第一章
### 与兽王国的交易

恩利昂他们奉命在这里学习技术,但格鲁西斯不同。

"'黑豹牙'法比欧大人命令我谨慎地为利姆鲁大人效力。他说至少要报答利姆鲁大人的恩情——"

于是,他主动揽下了保护城镇的工作。

话虽如此,但他有时和哥布塔他们一起去巡逻,有时和尤姆他们一起在白老的指导下修行,我看他就是凭着喜好行事。

可他似乎挺开心的,这也不是什么问题。

就这样,兽王国犹拉瑟尼亚的使节团融入了魔国联邦(特恩佩斯特)的大家庭之中。

第二章

# 盖泽尔国王的邀请

Regarding Reincarnated to Slim

## 第二章
### 盖泽尔国王的邀请

有个孩子发烧了,他看上去很难受。
冰凉的布放在他的额头上。
趁他头上的布没变温,我把另一片布放入水中冷却,拧干。
我悉心地照料他。
虽然他不是我的亲骨肉。
他微微睁开了双眼,我微笑着说:"没事的。"
他再次闭上眼睛睡着了,似乎放下心了。

我不断重复这个梦境。
画面转暗。
生病的孩子每次都不同。
孩子们很难受。
那应该是个梦,我的心里却十分苦闷。

唔……
我好不容易学会了睡懒觉,结果做的梦却总是这么沉重。
这是上天对我的惩罚吗?
不,这不可能。
要抛开消极的想法,积极面对生活。
如果我一副闷闷不乐的样子,其他人会担心的,所以我必须开朗……

＊

和盖泽尔国王约好的日子快到了。

红丸出使了很长一段时间,现在终于回来了,所以我也可以放心去矮人王国。

如果红丸还没回来的话,我可能会推迟这个计划。因为我担心出访期间的国家安全问题。

我听说了红丸和利古鲁在兽王国犹拉瑟尼亚的事。

起初是红丸在说。

"他们的战士团实在厉害。每一个士兵都训练得非常到位。如果不算魔王卡利昂和利姆鲁大人,单凭我们和他们战斗,能不能赢都是个问题。"

看来红丸的侧重点在军事方面。

据他判断,兽人军团拥有相当强的实力。

"他们的使者也大夸我们的战斗训练……"

"那是因为有白老在。说到训练,我们也不会输。但我们的人数和基础能力差太多了。实话实说,五万兽人比二十万猪头族(半兽人)更危险。避免战争是正确的。"

就连红丸这个盲目自信的家伙都不敢断言能胜过对方,看来魔王军果然没那么容易对付。

但战争毕竟是最后的手段,能避免战争才算高明的外交手段。

"既然这样,那我们就应该制订战术避开正面交锋,不是吗?"

"战术……吗?"

"嗯。一般来说,只要在战斗中击败他方主将就能取胜吧?那

## 第二章
### 盖泽尔国王的邀请

就转变目标,不要尝试击溃来势汹汹的大部队,而是针对指挥官进行攻击。只要抛开那些纵横交错的关系,不就行了吗?"

"针对指挥官……原来是这样……"

"你别想太复杂,和猪头帝战斗时也是这样吧?我们只是击败了他们的首领,而不是全歼二十万大军。我说的就是以部队为单位来实施这项战术。如果能针对这项战术进行训练,那我们应该可以取得一定的优势。"

"你说得对。只要掐断敌军的指挥系统,敌军就会变成一群乌合之众。"

"就是这样。不用说也知道,要是我们陷入这个处境也会非常麻烦吧?只要我们能够夺得先机,就能取得优势。既然提高个人技量比较困难,那就训练协作能力。另外,我们可以利用'思维传递'之类的技能,隐藏指挥官的身份,这样一来多少也能提高一些战斗力吧?"

"有意思。我想到了新的训练方法。刚好最近士兵们对白老的训练叫苦连天,正好可以借此机会进入下一个阶段的训练。"

"嗯。那就请你朝这个方向训练吧。"

红丸开心地笑了笑。

看到兽王卡利昂引以为傲的军团之后,他似乎产生了危机感。

不过,我的提示似乎给了他某种启发,他的不安被吹散了。

他向我保证,在我出访期间,他会在留守的同时和白老一起训练魔物士兵。

接着是利古鲁。

"犹拉瑟尼亚的建筑物比我们国家的粗糙。王宫却穷奢极侈,很明显,所有的财富都聚敛在魔王卡利昂手中。这也不是坏事。因为这是居民的意愿。魔王卡利昂和他的兽王战士团影响力大得可怕，民众能够在他们的保护下安居乐业。"

不愧是魔王卡利昂，他为本国的安全提供了全面的保障。

我一想起他那份霸气，身体便不由得为之一振，也难怪他的国家会有这样一派景象。

利古鲁继续报告："不仅是建筑，在工艺及其他方面也是我国的技术更高。"

"嚯。毕竟我们国家不仅有凯金那些矮人，还有黑兵卫和朱菜。也就是说，我国技术实力也不差嘛。听到这话真让人开心。"

"嗯，利古鲁说得对。我也认为兽人和在他们庇护之下的其他种族生活得十分朴素。"

哦——

不仅是利古鲁，红丸也这么看。这样看来，我们的生活水平提高了不少。

魔王直辖的领地是公认的富饶国度，而我们与之相比也不逊色。

我正想着，利古鲁又继续说道："他们有一点做得非常好，甚至让我目瞪口呆。"

"是什么？"

"是农业。他们国家拥有我们无法比拟的广阔田地，田里种着种类繁多的农作物，硕果累累。真不愧是富庶的土地。而且他们维护管理土地的技术也非常好。"

利古鲁的报告就此结束。

原来是富庶的土地啊。

我们已经签订合同，我国进口一部分作物加工之后再出口给他们……我们能学到他们耕作土地的技术吗？

## 第二章
盖泽尔国王的邀请

"他们的技术我们有可能学会吗?"

"……我估计可以。"

"好!那就让娜娜莉推荐管理部门的人加入下次出访的使节团。让他深入调查一下兽王国的技术是否适用于我国。"

"是啊。虽然现在我们的食物问题已经有了很大的改善,但还在失败中摸索前进。也许兽王国的技术能帮我们改善这一现状。"

利古鲁也赞同我的提议。

下次使节团的学习重点就这样决定了。

我把细节问题留给利古鲁德他们讨论,自己离开了会议室。

我还要去矮人王国,所以还有许多琐事要准备。

我也很忙,要挑选给盖泽尔国王的特产,要将商品的开发状况整理成资料,还要准备自己的服装……

想想就觉得麻烦——不对,应该是非常辛苦。

红丸也跟来了,他一副理所当然的样子。

"咦?你是使节团的团长,你不在场,没问题吗?"

"嗯,没关系。魔王卡利昂值得信任。虽然途中需要护卫,但我们完全不需要担心他的人会在背后捅刀。利古鲁阁下的看法和我一样,我们一致决定下次起就由利古鲁阁下担任团长率领使节团出访。"

"这样啊,那也好。既然魔王卡利昂能得到你们的认可,那就说明他不是个只会用蛮力的蠢货。"

"是啊。其实我试着挑衅过,但他笑着把我打败了。"

给我等一下!他竟然轻描淡写地说了一件非常重要的事!

"我说,没出事吧?你真的没有惹怒魔王卡利昂吗?"

"嗯。再怎么样,我也不至于用'黑炎狱',于是我被他狠狠地修理了一顿。我也需要好好修行。我想起白老说过战斗不能只靠蛮力。我本以为自己在米莉姆大人的锤炼下变强了不少——"
红丸平淡地说着。

不能让他出去。应该让红丸留在国内。

利古鲁当团长更合适,他肯定不会惹出问题。

说不定利古鲁的提议也是出于这个考虑。

而且红丸说,他要在我出访期间保护国家。

是啊。在我出访期间,红丸还有保护国家的工作。

"交给你了。"

"我明白了。我也胜过了'黑豹牙'法比欧,只要来的不是魔王级的家伙,我就可以保护大家!"

哦……

既然是他主动找碴,那我肯定不能夸他,不过能胜过法比欧倒是很不简单。这也是全拜和魔王米莉姆的战斗训练所赐吧,毕竟她的实力远在我们之上。

红丸也有所成长。

他的性格很有攻击性,让他出访我很不放心,但让他留守倒是很合适。

今后,我的外出次数可能会增加,看来有必要让红丸留守本国。

\*

到了出发那天,我换好衣服走出房间。

其他人都忙于各种准备事宜,只有我很闲。

不,还有几个闲人。

他们是凯金和矮人三兄弟。

他们穿上了珍藏的高档正装,漫无目的地走来走去,一副心事

## 第二章
### 盖泽尔国王的邀请

重重的样子。

他们紧张的样子真有意思。

"各位早上好!"

"啊,老爷!"

"早上好!"

"……"

米鲁特还是那么沉默寡言。他连话都不说,我却能理解他想表达什么,真是不可思议。

这四人终于可以回到阔别已久的家乡。

所以他们思绪万千,考虑了很多事情。

"多亏了老爷我们才能再次回到祖国,实在太感谢你了。"

"你说得太对了。你们说呢?"

"就是。"

"……"

他们的话让我有点不好意思,但米鲁特的反应让我笑出了声。这四人显得很开心,所以我也很欣慰。

毕竟可以说是我害这四人被赶出祖国的,所以我一直很介意这件事。

"我也很开心。我很庆幸能认识你们。凯金不仅帮我们打造武器,还帮我统筹生产相关的事务。伽卢姆的工坊包办了我国的各类防具。特鲁特不仅会制作工艺品,还会制作魔法器具。米鲁特帮我管理国家的建设部门并设计各类建筑物。你们都帮了我很大的忙。"

"嘿嘿嘿。能听到你这话是我们工匠最大的荣幸!"

听到凯金的话,矮人三兄弟开心地点头赞同。

你们真是彻头彻尾的工匠啊。我也很开心,和他们一起笑了起来。

等了一会儿之后，出发的准备完成了。

多亏和矮人们聊了一会儿，我彻底把那个苦闷的梦抛到了脑后。

我愉快地启程了。

路途十分顺利。

多亏了克鲁特他们的努力，道路干净整洁。

道路经过拓宽，马车也能通行了。

我们现在正坐着两辆马车享受着他们的劳动成果。

不对。

兽王国犹拉瑟尼亚的使者团坐的是虎车，我们这个是狼车。

拉车的是岚牙下属的星狼族。体形彪悍的狼拉着车，我们惬意地坐在车里。

参加这次出访的除了我和矮人，还有近十人。

首先是我的第一秘书紫苑。

还有第二秘书朱菜。其实朱菜更像是我的专属厨师。纺织品的说明也需要她，估计这次出行她将会大显身手。

其实我想让紫苑留守。可她强烈反对，于是我就把她带上了。

"这不公平！这不公平！！利姆鲁大人竟然丢下我……只带朱菜公主一人去旅行……"

她哭喊着，凭着一身蛮力大肆搞破坏……

那副场面简直惨不忍睹。

这是非常严肃的工作，不是旅行——她完全听不进我的解释。

没办法（其实是因为说服她太麻烦了），我只好把她也带上。

她现在笑嘻嘻地抱着我坐在狼车上，看上去非常开心。

## 第二章
### 盖泽尔国王的邀请

第一辆狼车中除了我和紫苑,还有朱菜。所以在旅途中,紫苑和朱菜轮流抱着我。

第二辆狼车中是那四个矮人,想必那辆车中相当邋遢吧。总而言之,由于种种原因,可以说我是在两位美人的嬉闹中享受着这段旅程。

顺带一提,我把岚牙也带来了。他一直没有现身,在阴影中保护着我。

这不是比喻,他用"潜影移动"一直潜伏在我的影子里。他现在似乎也沐浴在我的妖气之中,舒舒服服地眯着眼睛。

我问他那里的空间会不会太小,他回答我:"没关系,主人!这里其实很舒服。"所以我同意他一直潜伏在我的影子里。

一旦有需要,我可以立即叫他出来,所以这样,我也更放心。因为其他人也能胜任护卫,我计划让岚牙躲在影子里担任影子护卫。

另外还有哥布塔率领几个人鬼族(大型哥布林)当我们的护卫队。

这似乎是哥布塔的直辖部队。

其中有一个家伙显得特别呆。

他名叫哥布象,还在见习阶段。他的名字应该也是我随便起的,这家伙的表情十分呆滞。

"那个家伙没问题吗?"

"你是说哥布象吗?没问题的!"

哥布塔说那家伙只是有点呆,没问题的。

哥布塔本来就有点呆,以他的标准来看,那个大型哥布林也有点呆。看着他那呆滞的表情,我总觉得放不下心。

这怎么看都不像没问题的样子,可似乎不应该太在意。起码他

有能力骑上星狼。

我们在哥布塔下属的六名狼鬼兵部队的护卫下,在道路上行进。

我们以近四十千米的时速在路上疾驰,普通的马车绝不可能有这种速度。即便如此,车身部分仍十分平稳,坐在里面很舒适。

其秘密在于我们的马车拥有独特的缓冲装置。车轴是个独立的部分,没有固定死。多亏了这种构造,我们的马车可以吸收冲击,适应高速行驶。

这项技术也证明了矮人锻造技术的精巧。

而且轮胎里也有秘密。

一般情况下,为了应对这种行驶速度,车轮要进行加固处理,但只进行加固的话,车轮很快就会损坏。所以,我们用树脂加固的轮胎代替普通车轮,帮助减震。

树脂比我想的更柔软,所以很合适。作为轮胎的材料,树脂的性能不亚于我原来的世界的材料。

哥布塔曾俯下身兴致勃勃地盯着车轴和车轮,十分钦佩这种设计。

据说他曾经自己做过板车,估计他是在和自己做的板车进行比较吧。他感慨地叹了口气说:"太厉害了!如果我当时做成这样就好了!"那下次就让哥布塔也一起来制作小板车吧。

话题扯远了。

在精心准备之下,我们的旅途十分舒适。

不仅是车的性能,不用说也知道,最重要的原因是克鲁特他们修建了平坦的道路。

到了旅行的第二天,我们已经能看到远方的加纳特大山脉了。

## 第二章
盖泽尔国王的邀请

多亏了这条路,这段旅程实在是轻松愉快。

这段路程约一千千米,但在森林中赶路很花时间。

我们花费的天数和上次一样,旅途却舒适了很多。

这次我们享受国宾级待遇。

如果我们还全力疾奔的话,未免有失身份。所以,我们这次的日程定得比较宽松。

和上次不同,路上每隔一段距离就有一间小屋。这些小屋是施工时用的,但等这条路成为贸易线路之后,可以把这些小屋改建成旅馆。

所以,夜晚的住宿也不成问题。

我们在旅途中遇到了正在修路的猪人族(高等半兽人)。

他们在监工气势昂扬的指挥下,有条不紊地进行施工。他们现在非常熟练也没有浪费,老实说,这里的秩序比前世的施工现场更好。

那里有理想的环境。

"各位辛苦了!"

我简单慰问道,结果他们所有人同时跪下来向我们行礼。

"竟……竟然是利姆鲁大人!工程正按照计划推进。整地工作已经顺利完成,现在正在处理路面。我们刚从矮人王国那边折返,因此,这里到矮人王国的道路已经全面完工!"

我瞄了前方一眼,一条整洁的道路通向远方。

路面上铺满砂石,上面再均匀地铺上碎石,然后压实。这样的道路已经完全够用了,但他们还在上面铺满切割好的石材。

这就是石板路。

他们竟然能在这么短的时间内准备好石材,并整齐地铺上去,这在以前是项不可能的工作。可是在这个世界里有很多方便的能力,用以前的眼光来看，这些能力简直就是作弊。

克鲁特的专属技能"美食者"的"胃"可以在高等半兽人间搬运（准确地说应该是传送）小型物资。他们可以利用这个特点直接将采石场加工好的石材送到现场的施工人员手上。

所以，他们的效率非常高。如果以前也有这么轻松的施工方式，那工作该有多简单啊……

他们既不用为堆放材料头疼，也不用辛辛苦苦地搬运。他们可以最大限度地利用能力，这种施工方式实在很有魔物的风格。

高等半兽人确实为我们挥洒了很多汗水。他们不会因为自己有那些能力就偷懒。所以，我要向他们表示感谢。

"哦！你们太辛苦了。今天就提前结束工作，好好休息吧。"

说完，我从"胃"里拿出了几个酒桶，咚一下放到地面上。

"你们可别喝太多了。"

现场响起了巨大的欢呼声。

他们争相对我表示感谢，这天我决定就留在这里。

翌日……

"利姆鲁大人，早上好。"

紫苑抱着我走出小屋，数百名高等半兽人士兵已经整好了队列。

"哦！"我不禁感叹道。

昨天因为施工没来向我问好的人早上都赶了过来，排好队列等着我。

"嗯。你们辛苦了！"

紫苑神气且满意地点点头。

朱菜苦笑着向他们问好。

## 第二章
### 盖泽尔国王的邀请

哥布塔他们交头接耳:"呀!真是壮观!"

岚牙潜伏在我的影子里,一副事不关己的样子。反正道路的好坏与他无关,对他而言,这就是无关的事。

我和岚牙不同,对前面这段他们已经修好的道路很感兴趣,所以自然要向这数百名高等半兽人表示感谢。

"各位的付出令我欣喜。今后也拜托各位了!"

我简单地向他们道谢,他们士气高涨。

接着,他们一个个向我问好,我也一一慰问他们。每个人都笑得很开心,所以我也无比欣喜。

顺带一提,昨天赏给他们的麦芽酒备受好评,所以我在出发前又给了队长几桶。

表达感激之情果然非常重要。

我打算交代其他人,今后去慰问部队的时候要带上酒类嗜好品。

之后,他们继续施工,我看了一会儿之后继续上路了。

*

走上完工的道路之后,狼车的状态非常平稳。

我感觉速度似乎也有所提升,看来这项工程是有价值的。

加工好的石板表面比较粗糙,所以能和车轮上的外胎咬合,具有防滑效果。即便在雨天也不用担心车轮会大幅度偏移。想不到这种构造会让车身更稳定,对旅行的商人而言,这倒是个值得高兴的意外。

我满意地坐在狼车中感受着车身的摆动。

到了第四天正午,我们终于抵达了目的地——武装国多瓦贡。

我们上次来的时候在门前排队。

我仰望庄严的大门，怀念地眯起眼睛。

可我还是史莱姆形态，没有眼睛。

因此，我在车内变为人形，换上礼节性的正装。

我刚下车，门前起了一阵骚动。

那一瞬间，我紧张地以为哥布塔惹事了，好在我猜错了。

我循声望去，看到一些矮人跑出来，似乎准备打开大门。

看到这一幕，别国的冒险者和商人十分好奇，在一旁议论。

"哟，大哥。看到你这么精神，我就放心了。"

那人是警备部队队长、凯金的弟弟凯多。

"哦，弟弟，好久不见！我在利姆鲁老爷那里过得很开心。"

"我猜也是。看到你的脸，我就知道了。话说回来，利姆鲁阁下呢？就算不提关照大哥的事，他也是我们的国宾。我得先和他打个招呼……"

这两兄弟在我身边聊着。

这家伙说什么傻话呢。我不是就在……我突然想起我现在是人形。

"凯多老爷……老爷！好久不见。我就是那个女汉子性格的变身系幻觉魔法天才少女利姆鲁！哎嘿！"

我不禁进入了当时的角色，但我立刻对自己这种轻浮的行为产生了厌恶。我发誓决不再做这种事。

不知为何，我现在的外表确实配得上"美少女"这三个字，就和那个谜之设定——我和凯多随便拼凑的调查报告一样。虽说这主要归功于静，但没想到竟然和那个设定完全吻合。

"啊……不是吧？！难道……利姆鲁……阁下？呃，没想到你这么……你真的被邪恶的魔法师诅咒了？"

## 第二章
### 盖泽尔国王的邀请

"当然不是了！客套话就免了，我是利姆鲁啊，凯多队长！"

凯多队长吃惊地看着我，眼睛睁得老大，嘴巴一张一合，却说不出一句话。他的思维彻底混乱了。

我理解他的心情。如果换成我，看到一只史莱姆变成美少女，我肯定也会吃惊地不知所措。

"利姆鲁……阁下也别来无恙……"

大门完全打开之后，凯多终于开口了。

在凯多他们的带领下，我们穿过了大门。

按规定，马车本来应该去其他入口。只有货物可以搬进去，而马车要停在专门的寄放处。

但这次我们是国宾，所以可以堂堂正正地坐着狼车进入大门。

众人的目光集中在我们身上。

拉车的是高大威猛的狼系魔物——星狼。光是这一点就足够吸引眼球了。更重要的是，矮人王国甚至敞开大门迎接我们，我们成了众人的焦点。

"竟然能驱使那么威猛的魔兽，他们肯定不是一般人吧？"

"那些是魔兽吗？我还是第一次见……"

"那车的构造也很不可思议。车轮和车身分离，车身有节奏地起伏。那种结构应该可以在一定程度上保持车身平稳，想必是某位技艺精湛的锻造师的杰作吧。"

"更厉害的是，矮人王国竟然敞开大门迎接他们。他们到底是何方神圣？就连小国的王族都无法享受这种礼遇吧？"

"是啊。他们是某个大国的王族吗？话说回来，护卫是不是太少了？"

# 关于我变成史莱姆这档事 4
## Regarding Reincarnated to Slime

"话说,有件事我非常在意,来的不是国王,而是公主殿下吧?"

"是吧!她很可爱吧!"

四处都是这样的议论声。

失策了。我本来嫌麻烦所以变成了人形,不过既然要变就该变成男性形象……可是那样要持续消耗魔素,也很麻烦。

反正现在也来不及了,而且既然矮人王国把我们奉为国宾,那我也应该自然一点。于是,我也不再多想。

我无视了那些议论,凯多对我重重地点了点头。他和我同乘一辆狼车以便给我带路。

"那些人说得没错。我本来不应该说三道四的,你可是国宾,只带这点人未免有失体面。我这话有些无礼,你要多包涵哟。"凯多有些为难地向我说道。

"哪里哪里,能得到你的忠告,我高兴还来不及呢。毕竟在这方面,我一无所知。话说回来……我们的人太少了吗?"

"嗯,非常少。一般来说,要有更大规模、更华丽的队伍随行,以彰显自己的实力。法尔姆斯王国的人每年都会来访一次,他们的队伍光彩夺目。"

"原来是这样啊……"

我不知道这些事,国家间的来往比我想象的更麻烦。

"我就说应该把狼鬼兵部队(哥布林骑兵)全部带来。天上还要有龙人族进行护卫,要从天上地下共同彰显利姆鲁大人的伟大。"

"不,之前在会议上已经驳回了吧。这样做会削弱本国的防卫。"

听到紫苑低声抱怨,我劝道。

开会时,我觉得紫苑的提议太夸张,不过也许这才是正确的。

"在装备方面,我们可不逊色哟。哥布塔他们统一配备最新型

## 第二章
盖泽尔国王的邀请

的魔法装备。别人一看就明白这些装备的价值和我们的战斗力。"朱菜大方地笑着从旁劝道。

哥布塔他们的装备确实是特异级(独特)的珍品。

目前这些装备为数不多,是宝贵的试制品。武器由黑兵卫打造,防具由伽卢姆制作。做完之后,特鲁特再施加"刻印魔法",将其强化成魔法装备。

我们这次的目的之一就是展示我们的技术,所以给他们配备了最新装备。

给装备刻印魔法的失败率很高,目前还远远做不到给全员发放特异级(独特)装备。也没必要急于备齐顶级装备,现在能有这样的成果已经非常让人满意了。

"我确实很在意他们的装备。不仅是别国的访客,连我的矮人同胞也目瞪口呆地注视着那些装备。"

人数不足算是一个失败,但在质量方面,我们并不比大国差。

"那就好。"说着,我露出了满意的笑容。

\*

在凯多的带领下,我们沿着大路直走,进入了宫殿。

我们在此和凯多告别。

"大哥再见。"

"嗯,弟弟。回头见。"

兄弟道别之后,凯多向我行了一个礼离开了。

出来迎接的是身穿礼服的天翔骑士团团长德鲁夫。

他一副文官的装束,但那锐利的目光肯定错不了。天翔骑士团是王直属的绝密部队,所以他平时要掩饰自己的身份。

"好久不见，利姆鲁阁下。您别来无恙。"德鲁夫严肃的脸上露出笑容，问候道。

"德鲁夫阁下也别来无恙。这次要感谢贵国的邀请。"我也问候道。

"哈哈哈，您对我就别用敬语了。我先带您去见国王吧。不过在这之前……"

德鲁夫爽朗地笑了笑，然后对部下使了个眼色。他的部下基本都是真正的文官，似乎有几名天翔骑士混在其中。

"失礼了！能否卸下武装交给我们？"

"嗯。请吧。"

我轻轻点头，交出了腰间的直刀。那人恭敬熟练地接过刀，放进保管箱中。

朱菜把魔钢制的扇子交了出去，那人十分疑惑，不确定这到底算不算武器。感觉如果我们坚称这是扇子的话，他也会睁一只眼闭一只眼。但这样也好。

紫苑也拿下了大太刀。她没有马上交出去，而是瞪着文官叮嘱道："这是我心爱的'刚力丸'，要是不好好对它，我可饶不了你们。"

说完，紫苑又不舍地看了爱刀一眼，这才交给文官。她似乎还想把刀按在脸上蹭一蹭。

她到底有多喜欢这把刀啊？竟然还给它起了名字。

文官接过那把刀的瞬间，身子一沉差点摔倒，最后总算勉强站稳了。如果刀掉到地上，估计紫苑就要大发雷霆了。

那位文官估计是天翔骑士，因为普通人很难拿起那把大太刀。

我们就这样干脆地解除了武装。

问题是哥布塔他们。

## 第二章
盖泽尔国王的邀请

哥布塔他们还穿着铠甲,所以要换个地方换衣服。

"那回头见。"

"明白!"

反正哥布塔他们也进不了谒见厅,护卫要在前面的房间待命。

只有文官才能随行,我倒是没什么不满。

朱菜也没觉得不妥,但他们竟然把紫苑也当成了文官,实在让我无比感激、无比诧异。

虽然紫苑确实是我的秘书,但不管在谁看来她都是位武将……

如果只有紫苑不能进去的话,估计她又要闹腾了。我要感谢矮人王的宽宏大量。

交出武器之后,德鲁夫带着我们在王宫里走着。

我上次是被人直接从牢房带过来的,所以我好奇地看着周围。

我拥有"魔力感知",所以不用东张西望也能把王宫看个透,非常方便。在别人看来,我现在应该是威风凛凛地走着。

我们就这样走过长长的走廊来到一扇格外奢华的大门前。

"鸠拉·特恩佩斯特联邦国,国主利姆鲁陛下驾到!"守门的士兵大声通报道。

接着,门从内侧打开了。

"请进,盖泽尔国王正在恭候。"

矮人宫女走上前来为我们领路。德鲁夫向我点头致意,然后后退一步,一动不动地站在门边,看来德鲁夫的使命已经完成了。

他的动作十分郑重。

这一系列动作里有很多我不知道的琐碎规则,感觉稍有不慎就会出错。但我的担心似乎是多余的。

"好久不见啊,利姆鲁!"

盖泽尔国王开口之后，状况骤变，我也无暇再去考虑无关的事。

我在催促之下，坐到了盖泽尔国王对面的椅子上。

我非常紧张，朱菜代我问候了盖泽尔国王。然后，她优雅地把特产清单交给了身边的文官。

我不禁在心中感慨，朱菜真厉害。我现在只是不知所措地坐着。

我脸上还挂着笑容，就和事先说好的一样。

朱菜曾对我说："只要利姆鲁大人高傲地挺起胸，我就会出面处理剩下的事。"有她这句话，我只要藏起心中的动摇，优雅地挺起胸就行。

和对方的交涉全由朱菜替我完成。虽说她是魔物，但毕竟是大鬼族（大鬼族）的公主，从小就在这样的环境中长大。

朱菜态度从容、举止优雅，十分迷人。

这短短的交涉似乎花了很长时间。

我根本没听清什么人说了什么话，不过有"大贤者"的自动记录，所以我也不必留心。我打算把这些留作参考，之后再细细学习。

这时，朱菜和文官的场面话终于结束了。

盖泽尔国王准备了宫廷晚宴来欢迎我们。

据说这晚宴通常需要耗费几天进行准备，幸好我们没有迟到。

现在距傍晚还有一段时间。

考虑到我们旅途疲惫，国王为我们准备了房间。退出谒见厅来到房间之后，我终于舒了一口气。

"我刚才紧张死了。"

"呼呼呼呼，是吗？可是，利姆鲁大人仪表堂堂，一点也看不

## 第二章
### 盖泽尔国王的邀请

出紧张的样子。"

"就是啊！我也被您威严的姿态给迷住了。"

"紫苑你毕竟是个秘书，是不是也该加把劲呢？"

"呼呼呼，朱菜公主的玩笑真难懂啊。"

"……我可不是在开玩笑。"

听到朱菜和紫苑的日常对话，我终于恢复了平静。

"但话说回来。能得到国宾的待遇，我很开心，但我不想再来第二次。"

"可是，今后这种机会应该会越来越多，您也许应该适应一下这种场面。"

"有道理。利姆鲁您迟早要称霸天下，这些杂事终究是免不了的。"

紫苑，你等一下。

我之前就觉得奇怪，紫苑好像对我有某种误会。我对称霸天下不感兴趣，只要能和别国和睦相处就行。

"我先提醒你一下，我可没兴趣称霸天下。"

"什么？您竟然……"

紫苑显得非常意外，她这表现反而把我吓了一跳。

朱菜看到这一幕，一脸意外地叹了口气："这事我早就说过了……"

好在只有紫苑一人有这种奇怪的误会，我姑且可以放心。

聊完这些蠢事的时候，晚餐时间到了。

哥布塔他们在另一个房间等候，他们的饮食另有安排。

凯金和伽卢姆他们在觐见盖泽尔国王之后，和我说要好好逛逛怀念的祖国。估计他们现在正在和兄弟或者朋友叙旧吧。

和盖泽尔国王同席的除我之外，只有朱菜和紫苑。

带上紫苑我总觉得有些不放心，好在晚餐顺利结束了。

"那么，吃完之后，可以陪我一会儿吗？"

盖泽尔国王小声问道，于是我微微点头表示同意。

盖泽尔国王嗯了一声，点了点头。

在这场合也不适合推心置腹地谈，我们聊的都是些场面话。

我们也就互相恭维或者拐弯抹角地说点场面话，很难开门见山地谈。

如果不留神，给人留下话柄就麻烦了，所以我们自然也没怎么聊。

还有一个原因是我一直在观察盖泽尔国王吃饭的举止，以确认自己是否有失礼之处，所以无暇和他详谈……

盖泽尔国王似乎也发现了，所以他之后给我留了一些时间。

我们换了个地方，我终于可以放松下来。

"虽然饭菜十分美味，但我无心细细品尝。"

"是吗？晚上有很多罕见的料理，我吃得很开心！"

"紫苑你也该学点礼仪吧。你看看利姆鲁大人——"

"但也不用太过拘谨。礼仪方面的事，只要不会引起对方的不快就行了。"

反正换了场合之后，相应的礼仪也会改变，某些场合的礼仪要求甚至完全相反。我觉得没必要全部记下来。

顺带一提，我们魔国联邦（特恩佩斯特）的食物问题还在改善，把饭菜剩下来是很不礼貌的。我原本是日本人，这项规矩是我凭自己的感性定的。

这终究是我们内部的规矩，与别国无关。

## 第二章
### 盖泽尔国王的邀请

礼仪因国家而异。

有的国家会将热情款待客人视为美德,他们会拿出多到吃不完的食物来款待客人,而客人应该把饭菜剩下来并对主人表达感激之情。

这一点和我以前的世界差不多,我们只要入乡随俗就好。

好在矮人王国和魔国联邦(特恩佩斯特)一样,没必要故意把食物剩下来,和贝斯塔告诉我的一样。

说起来,贝斯塔教过我有关寒暄以及宫廷礼仪等一系列规矩。但我还是很紧张,很不放心,所以刚才吃饭时一直在模仿盖泽尔国王。我现在也算亲身体验过,如果还有下次,我应该会做得更好。

紫苑也一样,她达到了最低要求,所以也没问题。只不过她吃饭的速度稍微快了那么一点点。

"这些饭菜太美味了,我一不留神就⋯⋯"

"你也不必在意。在厨师看来,这样总比饭菜被剩下要好。"我安慰紫苑道。

"利姆鲁大人有点太宠紫苑了⋯⋯"

朱菜虽然嘴上这么说,眼角却带着笑意。

过了一会儿之后——

"你们久等了。"盖泽尔国王来了。

我们要推心置腹地谈谈两国的要事。

\*

我和盖泽尔国王面对面坐下来。

潘和德鲁夫站在他背后充当护卫。

紫苑也站在我背后,朱菜准备了饮品,站在桌旁。

盖泽尔国王和刚才不同，现在比较平易近人。

这样一来，谈话的时候，我就不会紧张。说实话，我松了一口气。

我感谢盖泽尔国王的款待，盖泽尔国王一笑了之。

"呼哈哈哈哈！你是不是紧张得尝不出味道？外交全靠虚张声势。你那表现，就算被人看扁也无话可说。"

"贝斯塔说我合格了。"

"哼。他是个神经质的家伙，估计对自己的主子降低要求了吧。"

他对着我说了一番尖酸刻薄的话。这话反而缓解了我的紧张情绪。

"我下次就会做好了。"

"呼呼呼。我也觉得这种交涉比用剑更麻烦。"

盖泽尔国王悄悄说他想自由自在地去各国走走。

如果不是因为先王骤亡，说不定他现在是个自由自在的家伙。

"那我们就进入正题吧。"

盖泽尔国王说完，气氛变得十分庄重。

我也点点头进入正题。

"明白。首先我要感谢你赦免了凯金他们的罪责。那些家伙也很高兴。"

"哼！我当时要让其他大臣心服口服，驱逐他们是最好的做法。其实我一开始就不想定他们的罪。"盖泽尔国王有些不好意思地说道。

接着，他笑了笑说："而且，让你这个可疑的家伙在我国自由行动可不是什么有趣的事。"

"你这话有点过分啊。不过，要是换成我，估计也会这么做……"

"我就说吧。"

## 第二章
### 盖泽尔国王的邀请

我们两人同时露出了苦笑。

"我真的很为那件事头疼。要把凯金和伽卢姆他们放走,我真的万分心痛。好在从结果上来看,我这么做是对的。"

"嗯。他们真的非常努力。多亏有伽卢姆,我国才能生产各类防具,特鲁特和米鲁特在建设方面也帮了我非常大的忙。而且,凯金帮我解决了很多我搞不定的事,有了他们,我才能建立这个国家。"

"这样啊……仔细想想这样也好。与其把他们关在我国,不如给他们一个自由的环境发挥自己的才干。说起来,贝斯塔怎么样了?"

盖泽尔国王想问的是他为什么没有一起来。

"这个,我倒是叫他 起来……"

是的。我曾叫贝斯塔一起来,但他拒绝了。

"他说'感谢你的邀请,但在干出一番成绩之前我没脸去见盖泽尔国王!'不过……我看他单纯是想埋头研究。"

"呼哈哈哈哈。这倒是很像贝斯塔的作风。那家伙也找到了可以发挥自己才干的地方啊。实在让人欣慰。"

说着,盖泽尔国王露出了笑容。

看来他是由衷地关心自己曾经的部下。这些话他不便直接说出口,其实盖泽尔国王也一样陷入了进退两难的处境。

朱菜见我表达完谢意,不失时机地拿出饮品。

这是我的新产品,给尤姆试过的新酒。

"请。"

"嗯?这是……特鲁特做的吗?"盖泽尔国王拿着玻璃杯感叹道。

水晶般的透明玻璃工艺闪着哑白的光辉。上面的花纹也十分精

79

致，一眼就能看出它的价值。

其实这个玻璃杯还是个魔法器具。这个玻璃杯上的艺术装饰其实被"刻印魔法"赋予了解毒效果。不过，如果要有相应的魔法知识才能发动……

"杯子上刻印了解毒法啊，做得非常精巧。"

盖泽尔国王一眼就识破其中的玄机，并发动了魔法。

"我想给你尝尝这个。虽然也可以试试毒，但我毕竟是魔物，具有一定的毒素耐性。所以就算我没中毒，也不能保证这个一定安全。"

这是我的心里话。

虽然酒精不算毒，但度数太高可能会喝得烂醉。而且，有些人无法分解酒精，会出现急性酒精中毒。

矮人天生海量，应该没有这方面的担心，但还是要以防万一。

盖泽尔国王把玻璃杯放到嘴边，香气令他露出了诧异的表情。

"嚯！这香味可不一般。"

他品了一会儿香气，估计他很喜欢。

我不顾他的反应，一口喝了下去。

一股热流令我的喉咙如火烧一般，感觉我的脑袋一阵发热。可惜这种感觉一瞬间就消失了。

"提示。已成功抵抗毒素。"

"别成功啊！"我在心里抱怨道。

酒精又不是毒。你为什么就是不明白呢？

我辛辛苦苦做出了嗜好品，却无法享受。我的努力全都白费了。

## 第二章
### 盖泽尔国王的邀请

好在其他人能享受到,我只能这样安慰自己。

这世上没有比喝不醉酒更可悲的事了。

"这是什么!"

看到我喝下酒,盖泽尔国王也一口气喝了下去。估计会有一股从未有过的强烈感觉刺激着他的喉咙和肺腑。

不过,以爱酒闻名的矮人就是不一样。他和尤姆不一样,没被呛到。

"好喝。"

他低声赞叹了一句,接着要求朱菜再来一杯。

德鲁夫站在盖泽尔国王背后,羡慕地盯着盖泽尔国王。估计他事先尝过毒,知道这酒有多美味。潘则好奇地歪着头。

"你们也来一杯,怎么样?"朱菜识趣地向那两人劝酒。

"好啊!那就只喝一杯。"德鲁夫开心地接过玻璃杯,似乎一直在等这句话。

"护卫本来不能喝酒,但对我们而言,酒和水没有区别。"

潘拿出一个名正言顺的理由,接过玻璃杯,一口气喝光了。

"唔!唔唔唔!"

看来这猛烈的酒精令潘按捺不住心中的惊异。

"你们不必拘礼。反正这里没有外人,我们像从前一样一起开怀畅饮吧。"

"我不是这个……"

盖泽尔国王笑得像个恶作剧的孩子一样,德鲁夫推辞了一下。

然而……

"好。今天就喝点吧。既然盖泽尔开口了,我也不好推辞。那我就喝了!"

潘啪一下坐到了盖泽尔国王的右边，他这行为和那身经百战意志坚定的形象截然相反。接着，他把玻璃杯伸到朱菜面前，让朱菜再来一杯。

"哇哈哈哈哈！潘，你怎么了？你今天很通情达理嘛，和平时完全不一样！"

盖泽尔国王开心地拍了拍潘的后背，潘轻轻呛了一口皱起眉头。

"你别闹了！反正精锐就在门外待命，也没什么可担心的。而且……我也相信这些家伙不会做出对我们不利的事，防着他们完全没有意义。既然要喝，自然要像上次的酒席一样敞开了喝。"

潘豪爽地喝了一口，对德鲁夫的顾虑付之一笑。德鲁夫也重重地一屁股坐到盖泽尔国王的左边，也不知道他是认同潘的话，还是放弃了抵抗。

"那给我也来点！"

说完，德鲁夫把玻璃杯伸到朱菜面前。

不知不觉间，他的玻璃杯就空了。德鲁夫最终也没能抵挡住美酒的诱惑。

我们喝了一小会儿之后——

"我说利姆鲁，在喝醉之前我先问一下，打败那个暴风大妖涡（卡律布狄斯）的高火力魔法武器到底是什么？据说那是闻所未闻的超强武器，威力凌驾于战略级魔法之上，已经达到了超弩级？"

"啊……那个啊……"

关于那事，我已经说明过事实，德鲁夫却不相信。

那是魔王米莉姆那强得离谱的攻击，也成了我这次出访的契机。

没办法，我就最后说一次事实吧。

"唔……就算我说出事实，你也不会相信。德鲁夫当时就误会了……"

"误会？"

"嗯。其实那不是我们的秘密武器，是魔王米莉姆的力量。"

"哈。利姆鲁阁下又在开这种玩笑了——"

"德鲁夫，你先等一下。我对这事也很感兴趣。卡律布狄斯是天翔骑士团的一百名骑士全力攻击都无法打倒的敌人。在我这个统领军部的人看来，只有战略级魔法才能解决这种敌人。要破解敌人的魔法防御，并给予它巨大的伤害，让它没有恢复的余地，这样的手段才对它有效。珍婆婆是这么说的。估计连'禁咒'核击魔法也无法打倒卡律布狄斯。因为魔法法则会受到干扰，热量无法正常传导。虽然我听不懂这话，但她的结论是无法用魔法打倒卡律布狄斯吧？这么说来，魔法武器应该也一样吧？"

潘抚着自己黑色的络腮胡打断了德鲁夫。

珍就是那个宫廷魔导师（首席魔导）老婆婆。她是魔法专家，她知道魔法对卡律布狄斯无效。

魔法要通过名为魔素的特殊元素为媒介发动。魔素本身会受到"魔力妨害"的干扰，所以魔法对卡律布狄斯无效。

这是我得到"魔力妨害"之后解析得出的结论。

比如用魔法发动的火焰攻击就是燃烧魔素将热量传导给目标。如果被攻击者让魔素远离自己，那热传导率将变得极低。

这个方法同样也可以用来封锁风斩、冰冻、雷击等。可以说，这是一项非常好用的能力（技能）。

只要不用魔素作介质，就能突破这道障碍。

如果不直接以卡律布狄斯为目标，而是利用爆炸产生的热冲击波进行攻击……或许可以造成更大的伤害。

也许在战斗中会偶然出现这样的攻击，但当时战况激烈，我也没注意到，现在说这个也没什么意义。

那么，米莉姆的攻击到底是什么呢……

"说明。有两种可能性。用更强大的力量打破'魔力妨害'，或者是更简单的方式，用不依靠魔素的攻击——由于当时情报（数据）收集失败，所以无法确定情况。另外，前一个可能性更大。"

这是"大贤者"的推论。

"大贤者"无法检测未知物质，所以很难推测后者的可能性。而且魔王米莉姆拥有极大的魔力和魔素量（能量），从理论上说，她完全有可能力压卡律布狄斯。

听了这些解释，我也只能接受"大贤者"的推测了。

"魔法确实对它无效……不管怎么说，把这事推给魔王米莉姆实在太说不过去了。如果说你们是想借此来隐藏自己拥有超越常识的秘密武器，那我倒是能理解。"德鲁夫耸耸肩说道。

看来，比起承认魔王米莉姆参战，他更愿意相信我们拥有谜之武器。

盖泽尔国王转向德鲁夫，若有所思地说道："可是，德鲁夫，你的推测现实吗？要有十倍于战略级魔法的威力才能打败那种敌人。树妖精能使役高阶魔精，可是连树妖精的强大魔法都伤不到那种怪物。能打败那种怪物的魔法需要拥有超乎我们想象的威力吧？但魔王米莉姆……她是龙姬，就算会用人类无法理解的魔法也不足为奇。"

看来盖泽尔国王知道米莉姆的事。

## 第二章
### 盖泽尔国王的邀请

我连米莉姆的攻击是不是魔法都不清楚,但她抹消卡律布狄斯是不争的事实。盖泽尔国王说得对,她的强大已经超出了人类的理解范围。

"也就是说,盖泽尔你认为这真是魔王米莉姆所为?"潘开心地问盖泽尔国王。

"是啊……这是最合理的解释,但当时魔王米莉姆怎么会在那里……我想不出原因。既然你说这是魔王米莉姆干的,那你能不能说说事情的来龙去脉?"

盖泽尔国王把话锋指向了我,德鲁夫和潘也随之看向我。

"那就说来话长了,这事要从我离开矮人王国之后说起。"

接着,我把自己被驱逐出武装国多瓦贡之后的事告诉了他们。

所有人都默默地听我说。

下酒菜越来越少,我说完的时候酒桶已经空了三分之一,真是令人惊叹的速度。

如果这桶是麦芽酒估计早就被我们喝光了,酒精似乎起了一点效果。

"原来是这样……可是……"

"唔,你笼络了魔王米莉姆啊。"

"难以置信……我记得有报告提到有一名少女有某种行动。"

三人互相看着对方,开始交换意见。

紫苑站在一旁得意地说:"哼哼!利姆鲁大人的话绝不会有假!"

我还想着紫苑怎么这么老实,原来她刚才也和我们一起喝着。

朱菜一人又是给大家斟酒,又是准备下酒菜,忙得不可开交。她真是个贤惠的女性,希望紫苑也能学着点。

我正想着，盖泽尔国王他们得出了结论。

"我相信你，利姆鲁。"

"抱歉，我不该怀疑你。只是我一时难以相信……"

"哇哈哈哈！能在这么短的时间内结识最古老的魔王，利姆鲁阁下也是个奇人！"

这三人最终都相信了我的话。

也许让他们以为我手握秘密武器也是件好事，但能解开误会比什么都强。

我本以为今晚的正事就此结束，但我错了。其实以酒宴为名的会谈，接下来才要刚进入主题。

*

话题从我们各自的近况转到了研究成果上。

据说明天的计划是在矮人王国的居民面前发布两国的友好宣言。

夜深时，话题转到了我带来的特产美酒上。

"说起来，你这酒真美味啊。我从没尝过这么烈的酒。这到底是什么酒？"

酒桶都已经空了大半，我的酒能不好喝吗？他们喝的是只加冰块的高度数的蒸馏酒，自然会醉。

"这酒是从啤酒蒸馏而来的，名叫威士忌。"

"哦？什么是蒸馏？"

这个问题不大好解释。

"喜欢研究的人应该会知道吧？酒中的酒精会让人产生醉意，它的沸点比水低。所以，只要将酿造酒煮沸，收集蒸汽就能得到酒精含量更高的酒。这就是蒸馏酒。"

## 第二章
### 盖泽尔国王的邀请

盖泽尔国王边听我简略的说明边点头，应该是听懂了。

"原来是这样。也许异世界人酿造的高级酒也是这么来的。"

"异世界人？"

哦！他突然说出了一个很重要的信息。

如果那个异世界人和我是同乡的话，我倒是想见见他。

"嗯。听说在帝国首都的异世界人会酿酒献给皇帝。那酒也会流向市场，但数量稀少，价格高得令人大跌眼镜。据说那酒无法大批量生产，你这酒也一样吗？"

真遗憾。

就算那人在帝国我也想去，但帝国是个军事国家，出入境会受到严密的盘问。和西方诸国不同，要去帝国应该没那么简单。

那里还有专门对付魔物的部队，我要去就更难了。当然，西方诸国也有专门对付魔物的人，所以我也不能大意。

去见在帝国的异世界人的事不能急，应该慢慢等待机会。

那个异世界人说无法大批量生产很可能是借口。

也许没有相关设施也是原因之一，但这问题只要有钱就能解决。我推测那人是为了保证这种酒的稀缺性，故意限制产量。

"是啊。这是嗜好品，所以产量不算高。不过，限制大批量生产的关键不是技术，而是粮食问题。你想，现在连啤酒都很少吧？啤酒的原料是小麦和大麦，我们目前才刚刚结束试种阶段。明年可以正式投入生产，但能有多少麦子可以用于嗜好品完全取决于收成。"

我告诉他我们只能满足自己的需求。

"这样啊。我国的粮食也要从布鲁姆特王国和帝国进口。"

"是啊。毕竟粮食自给率低是我国唯一的弱点。"

"而且，和武器、防具不同，粮食不能用传送魔法进行运输，所以必须靠商人从中协调。但也正因为这样，我国才能成为一个成功的自由贸易都市……"

原来还有这样的背景。

矮人王国专于防守，但地下大空洞里确实难以生产粮食。虽然洞里也有阳光，却不适合栽培粮食。

所以矮人才会钻研技术，通过贸易弥补这一弱点。

矮人把城市发展为自由贸易都市，鼓励商人来往，进一步强化与别国的经济联系，提高本国的存在价值，最终将矮人王国发展成当今世界的大国。

我国一定要学习矮人王国，通过经济与别国联系在一起。

但是，我有一句无法丢弃的台词。

"我有一个问题。"

"什么问题？"

"嗯。你刚才说粮食不能用魔法传送？"

"啊，这事啊……"

德鲁夫替盖泽尔国王为我说明原因。

他说，传送魔法并非万能，受到大量魔素浸染之后，被传送的有机物会变质。毛皮等物品的品质会受到一定的影响，但食物受到的影响更大，传送之后便不能食用。

我曾听哥布塔说矮人王国有专门的传送商，所以我想去调查看看我们今后的运输问题能不能得到传送商的帮助。然而，我的想法突然受挫了。

"转移魔法不是也能传送人类吗……"

听到我这句牢骚，德鲁夫和潘补充道。

## 第二章
盖泽尔国王的邀请

"确实是这样。我们以前在军事会议上讨论过如何有效投送士兵时,珍婆婆说过二者的原理和消耗的魔力完全不同。"

"哈哈哈。我提出是否能把一个师团投送敌人后方。据说有国家做过尝试,结果白白牺牲了数千人。那个国家被逼得走投无路,于是想出奇兵制胜……结果却导致国家灭亡。"

"喂喂,你们喝醉了吗?你们知不知道自己说的是军事机密!"

"失……失态了!"

"啊……一不小心就说漏嘴了。抱歉抱歉,你忘了刚才的话吧。"

他们似乎说漏了嘴,盖泽尔国王不快地提醒他们。

"真是的,我本来应该把你们送上军事法庭的……"

盖泽尔国王话说得很重,但他完全没有这个打算。

德鲁夫和潘也苦笑着进行反省,他们和盖泽尔国王毕竟是老相识,估计也明白这一点吧。

"这样啊。果然只能踏踏实实地修建贸易道路。进口水果的事好不容易有了眉目……"

"哦?除了我国,还有其他国家和你们建交吗?"

"算是吧。不过不是人类的国家。"

"什么?你说的到底是哪个国家?"

"目前两国的交流只是互相派遣使节团而已,和我们建交的是兽王国……"

"难道是犹拉瑟尼亚?"

"不可能!高傲的兽王竟然会和别国进行贸易?"

"难以置信。这实在是难以置信……"

没想到他们竟然如此意外,我产生了一种整人成功的满足感。

我非常开心，露出满意的笑容继续说道："没错，就是那个犹拉瑟尼亚。我在机缘巧合之下认识了魔王卡利昂。他欠了我一个人情，于是我试着提出贸易的请求。结果，他爽快地答应了，所以我们决定互派使节团。"

"你这家伙，不仅是魔王米莉姆，还结识了兽王啊……如果那些都是假话，那你就是本世纪最大的骗子。可是……"

"你看起来不像在说谎。"

"这么说来，魔国联邦（特恩佩斯特）将一跃成为一个至关重要的国家。不开玩笑，那里可能会成为一个贸易中心。"

"那么利姆鲁，你们打算交易什么商品？"

盖泽尔国王他们虽然吃惊，头脑却很冷静，他们似乎想探探我这话的虚实。

盖泽尔国王的眼中再次出现了王者之气，他想从我的话里为自己的国家寻求利益。这正合我意。

"魔王的国度是个富饶的地方，盛产水果之类的奢侈品，不像我国要费尽心思才能填饱肚子。水果虽是森林的恩惠，但也只够我们自己吃。如果能通过两国的贸易获取水果，我们就有余力酿酒了。"

"果酒啊！难道说果酒也能进行你说的蒸馏？"

"这是自然。朱菜……"

"是。利姆鲁大人。"

等我们提到这事之后，朱菜拿出了另一个酒瓶。这是我秘藏的苹果白兰地，目前的产量非常低。

"请慢用。"朱菜拿出新的玻璃杯分给我们。

她优雅地在玻璃杯中倒了半杯透明的酒。顺带一提，紫苑刚才一直默不作声地在一旁专心致志地喝酒。也不知道她有没有事，我

## 第二章
### 盖泽尔国王的邀请

有些担心。

"嚯！多么馥郁的芬芳！"

这酒的气味比刚才的威士忌更加浓厚芳醇。盖泽尔国王轻轻抿了一口，似乎非常喜欢。

"实在难以置信。这比帝国的高级酒还美味……"

说得好像你喝过一样？我把这句吐槽留在了心里。

和我那个同乡酿的酒不同，这是我用"大贤者"的"解析鉴定"找出最佳酿造方法，精心制作的。而且酒桶的材料是从树人族村庄采集的魔树，酒在这种酒桶陈化，可以保持原材料本身的魅力。

酒在吸收魔树芳香的同时，又不会流失原有的风味。这种绝妙的搭配可以令酒更加香醇。用这种方法酿出的酒陈化之后依然优雅透明，不会变成琥珀色。

如果这一切从零开始，估计光是寻找最合适的素材，就需要耗费好几年。我依靠能力（技能），有作弊之嫌，所以自然不会输给那个同乡酿的酒。

"这项贸易无论如何都要成功。"

这声低语中包含着万千思绪。

德鲁夫和潘也点点头，估计他们相当喜欢苹果白兰地。

这时，紫苑突然站了起来。

"不需要担心，利姆鲁大人会解决一切问题。他让我们的餐桌每天都少不了美味的料理。刚才的话等同于利姆鲁大人已经向我们保证，今后我们的餐桌上也会有美酒！"

说完，紫苑拿起玻璃杯一饮而尽。

接着，她一脸幸福地陷入沉睡。

我无言以对。

## 第二章
### 盖泽尔国王的邀请

你又把一切都丢给我啊——虽然我想抱怨,但她已经进入了幸福的梦乡。

紫苑真是的,每次都这样。

不过,只要能得到紫苑的信任,我就感觉自己什么事都能做到,真是不可思议。我有些无奈,但也很想实现她的愿望。

"既然我们紫苑都这么说了,我自然要尽力而为。"

"呼呼,你真靠得住。利姆鲁你不愧是我的师弟。到时候,你一定要分我一点啊,我等你的好消息。"

这事和师不师弟的又没关系。

虽然我干脆地揽下了这事,但兽王国犹拉瑟尼亚是个遥远的国度。

只是修建道路倒是没什么问题,但现在要想建成石板路是不可能的。

"首先要修建运输道路。"

"这事啊……你部下的工作效率高得可怕。施工速度比我国引以为傲的工程部队高数倍,你的部下不一会儿就能建好道路,看得我后背发凉。"

"就是啊,我也一样。"

"这样没问题吗?我们没有任何付出,根本想不到你们会修出一条这么完美的路……"

"这是我们约好的嘛,不必放在心上。说起来,我还有事想和你们商量。如果可以的话,希望我们双方能积极探讨这事的可行性……"

说着,我露出满意的笑容。

我看他们现在心情不错,于是借机进入正题。

一切都在计划之中。

于是，我开始阐述销售低阶回复药（Low Potion）并邀请药师的计划，这是我这次访问最大的目的。

最终，盖泽尔国王说会积极探讨我的提议，有他这句话我的努力就不算白费。

*

一晚过后，今天要隆重公开两国的友好宣言。

我自然一切正常，不用说，盖泽尔国王也毫无醉意。

但德鲁夫脸色惨白，而潘现在还躺在房间里。

军部最高司令官（统御圣骑）这样没问题吗？尽管我心里这么想，但这毕竟是别国的问题，还是不要深究。

有人在我耳边低声叫我保持笑容，我立即照做了。

我就这样顺利度过了一段紧张的时间。

在轮到我之前，我一直拼命回顾致辞的内容。出发前，我已经和利古鲁德、凯金商定了内容，我看了无数遍，已经烂熟于心。

好，没问题的！我鼓励自己。

盖泽尔国王致辞结束，现在轮到我了。

紫苑举起双手把我高高举到空中。

"嗯——初次见面。我是鸠拉・特恩佩斯特联邦国，简称魔国联邦（特恩佩斯特）的盟主利姆鲁・特恩佩斯特。如各位所见，我是只史莱姆，刚诞生不久。我在机缘巧合之下认识了英雄尤姆，有幸和他成了亲密的朋友。猪头帝入侵鸠拉大森林时，也是因为有他的帮助才没有酿成大祸。武装国多瓦贡是个强盛的国家，在这里魔物和人类没有隔阂，携手并进。我国也要营造这种人类和魔物共存共荣的理想氛围。这也是我个人的理想，我想在鸠拉大森林中建立

## 第二章
盖泽尔国王的邀请

一个国家,在人类与魔物之间搭起一座沟通的桥梁。我的理想得到了盖泽尔国王的赞同,实在感激不尽。我国今后也会维持两国的合作关系,这也少不了各位的支持。包括我在内,我国的居民多为魔物,称我国为魔物之国也不为过,但我们的本性和各位完全一样。希望各位不要因为我们是魔物就心存畏惧,请接纳我们这些新朋友。我发誓这些都是我的肺腑之言,我讲完了,谢谢。"

致辞虽然不长,但这清晰的声音能将我的心意传到多瓦贡居民的心中。

我知道自己的致辞说得不好,所以我决定干脆用我的心里话去打动他们。

此外,我也不动声色地宣传我和尤姆的关系,他的英雄事迹此时已经开始流传。

在我自己看来,这次致辞很完美……但事后,我被盖泽尔国王数落了一通。

太短。太谦恭。吐露太多感情。

他指出了这三点。

盖泽尔国王对这次致辞的评价几乎是零分。这致辞是利古鲁德、凯金和我一起讨论出来的,但他们终究无法给我盖泽尔国王那种建议,这也是没办法的事。

我今后会改正,请放过我吧。

领导者是统治国家的人,因此不应该对国民谦恭。而且,面对别国的国民也要拿出应有的态度,否则会被人看不起。

最重要的一点是,统治者不应该心存期待,这种天真的想法是大忌。

"不要对民众表达你的期待。就算民众辜负了你的期待,你也不能有怨言。领导者要指引人民前进。你要知道自己的想法是否正确，如果连这一点都做不到，那你就不适合执政。好事不会自己送上门，你要主动争取。"

盖泽尔国王本来可以不说这些，毫无疑问，这是他真诚的忠告。

我心怀感激地接受了盖泽尔国王的指正。

我出生在一个和政治无缘的环境里，但现在偏偏成了一国之主。事已至此，与其抱怨，不如把自己力所能及的事统统做好。

仔细想想，盖泽尔国王对我十分关心，能交到这样的知心朋友实在是万幸。

即便我们之间存在利害关系，我也会珍视这份幸运。

*

就这样，我总算熬过了武装国多瓦贡的大型活动。

接下来，就剩下一些简单的讨论，此外还有几天的观光。

德鲁夫负责陪同。

他天翔骑士团团长的身份是一个秘密。他公开的职务是文官长，主要负责辅佐盖泽尔国王的工作。

"那么，你有没有想去参观的地方？我会尽可能满足你的要求。"

有德鲁夫这话，我也不客气地说出了自己想看的地方。

我想参观一切有参考价值的设施，今后可能会派得上用场。

德鲁夫爽快地答应了我那不客气的要求。

接下来的几天，他带我参观了矮人王国内的许多名胜。

他还让我参观了制作工坊、大型传送设施和地下大洞窟的空气调节场所。

这些技术对我们今后的发展非常有用。特别是空气调节设施，

## 第二章
### 盖泽尔国王的邀请

就算是为了在洞窟地下进行研究的贝斯塔他们,我也要尽早建成该设施。

"无关人员应该不能进入这样的设施吧?"

"哈哈哈。普通人是不能进入,但我们之间有技术协议。你已经掌握了更重要的机密,事到如今对你隐瞒也没有意义。"

德鲁夫爽朗地笑着,我的顾虑被一扫而空。

从他的话中可以看出盖泽尔国王有多信任我们。

几天的粗略参观结束了。

但是,说到矮人王国,有个地方一定不能忘记。

没错!就是"夜之蝶"。

上次由于贝斯塔的闯入,我们没能尽兴,但这次不同。

"哥布塔君。"

"在!"

"你准备好了吗?没有疏漏吧?"

"没问题!"

"那今晚我就按照约定带你去那里!"

"终于能去了!我非常期待!"

我们看着对方窃笑着。

为了这一天,我和哥布塔做了周密的计划。

我计划早早爬上床,留下"分身",本尊溜出去和哥布塔会合,然后两人一起去那里。

我已经和凯金他们约好在店里碰头。

今天我们包场,所以不用担心会有不识趣的人闯进来破坏我们的兴致。

今晚我请客。为了这一天，我悄悄地存了一笔钱。上次的金币也有剩余，所以费用问题不用担心。

其实我也不是那么想去，但是我怕哥布塔他们玩得太疯会给店里惹麻烦，所以我要……对了，是监督！换句话说，我是监护人，必须陪他们一起去。

我做好全面的理论武装，等待夜幕降临。

夜晚终于来临了，我得意扬扬地溜出去。

我的准备万无一失，没有忘记留下分身。

朱菜和紫苑的动向也在我的掌握之中。

这项活动最大的障碍就是这两人，所以自然要做好防备。

紫苑和德鲁夫及潘意气相投，正和他们一起进行夜间训练。

竟然刚好和紫苑的训练时间重合，真是个好机会。

而朱菜正在和王宫里的厨师长讨论明天送别晚宴的料理。

简直是天赐良机。

估计这是我唯一一个自由行动的机会。所以我不敢心急，一直静静等待夜幕降临。

"哥布塔，你在吗？"

"嗯。我在这里！"

听到我低声的呼唤，哥布塔悄声应道。

我点点头开始行动。

我们蹑手蹑脚地走在夜路上。

"真让人期待啊！"

我都不知道这是哥布塔第几次说这话了。

想必哥布塔一直挂念着这个地方，早就想去了。他一直笑眯眯的，估计现在无比幸福。

## 第二章
盖泽尔国王的邀请

我们已经事先查清路线,所以顺利抵达了目的地。

"欢迎光——临!姐妹们快看!可爱的史莱姆来了哟!"

"欢迎光临!!"

"呀——终于等到你啦!"

"喂,现在轮到我抱了!"

"你在说什么?我们又没有那种规矩!"

我一开门就响起了欢迎声。

"好久不见!别来无恙啊?"

"很好,很好。老板娘你们也别来无恙?"

啊!我一不小心学起了哥布塔的口吻。

"那还用问吗?你的朋友都已经到了哟。"

今天我包场,所以老板娘说的朋友就是凯金他们。我跟着老板娘走进店里,凯金他们果然已经开心地坐着享受了。

"利姆鲁老爷,这里果然是最棒的地方!"

"利姆鲁阁下,真高兴你今天请我来。"

"我也承蒙凯多队长的关照,我这点心意你就别客气了。我们后天就要离开了,到时候你和凯金又要分开了,所以今天你们就慢慢叙旧吧。"

"嗯,那我们就好好叙叙旧吧。"

凯金还是老样子,三兄弟也乐在其中,真是太好了。

可是,特鲁特这家伙……

他什么时候准备了礼物?竟然自己一个人抢尽风头,真是个不能掉以轻心的家伙。

"喂!你要抢风头吗?"

"老板,这里可是战场哟!太天真是活不下来的。"

特鲁特用这帅气的台词挡回了凯金的吐槽,但是不是真的帅气值得商榷。

我的心中无限感慨,把酒交给了老板娘。这家店的菜单上满是啤酒、葡萄酒、果酒和牛奶。这样一来,这家店就多了加冰或者加水的威士忌和白兰地等成年人的酒饮。

"这是什么?"

"嗯。这是我的新商品。到时候,我也会给盖泽尔国王供应,这是我悄悄给你们店留的,你可以拿出来给熟客尝尝看。我也想听听感想。"

"哇啊!这样没问题吗?"

"嗯。但这酒的产量很低,有钱也买不到,这一点你要注意哟。我要请你帮忙,给熟客一人赠送一杯,调查一下他们最高愿意出多少钱。"

"哎呀呀,你这史莱姆很有手段嘛。你之前在那广场上演讲的时候既死板又紧张,和现在简直判若两人。"老板娘静静地微笑着说道。

她似乎听了我的致辞,实在让人不好意思。我还以为她晚上要工作,白天应该会补觉。

"那个啊。算是演技吧……演技。我的致辞是不是很纯真?"我用这话掩饰内心的羞愧。

"呵呵。就当是这样吧。"老板娘听后笑了笑,说道,"不过,我倒是挺有好感的。你看上去很坦诚。我认为坦诚才是最吸引人的品质。在这方面,你这史莱姆是满分。你让我觉得非常值得信赖。我也想看看人类和魔物没有隔阂、共同欢笑的国家。"

我很开心。

## 第二章
### 盖泽尔国王的邀请

因为我知道有人把我发自肺腑的致辞放在心上，没有嘲笑我痴人说梦。

"谢谢。"

我最终挤出了这么一句感谢。

我们就这样度过了一个愉快的夜晚。

哥布塔一开始很紧张，但不知不觉间也融入其中，表演了自己的那个节目。

虽然受到了戏弄，但他本人玩得很开心，我就不泼冷水了。

时间过得飞快，现在该回去了，可是……

"我们差不多该告辞了。"

"是啊。而且太晚回去的话也会给你们添麻烦的。"

"不麻烦，不麻烦！"

"咦？你们这就要走了？"

"哈哈哈，老板娘。我们还会来的！"

虽然舍不得，但现在必须回去了。

我的"分身"留在房里，万一暴露就要出大事了。

凯多一直在帮凯金他们打理以前住的房子，所以他们可以回那边住。

他说如果我们来的话，可以在那里生活。

我和哥布塔要回迎宾馆。

"你们听好了，回去的时候不能让任何人看到。今晚的事是我们之间的秘密！"

现在自然用不着再提醒，但小心为上。

我本来只想简单提醒他们一下，可是……

"哈？朱菜公主之前问我要去哪里，我全部告诉她了。"

坐在哥布塔那边末席的家伙语出惊人。

什……什么！

我们顿时哑口无言。

"喂喂，你……真的告诉她了？"

"不是吧？哥布象，你都干了什么！！"

"你……啊……这下完了。"

哥布塔的脸都吓白了，哥布塔队里的人也全都慌慌张张的。

"老……老爷。我们先回去了……今天的事，你一定要对朱菜小姐保密啊……"

凯金等人的脸上醉意全无，慌慌张张地离开了。他们把后面的事全部推给我们……

"哥布塔！！你个混蛋到底是怎么教育这个蠢货的！！"

我把愤怒的矛头指向了哥布塔。

"对……对不起！"

哥布塔挂着眼泪向我低头道歉，但现在哭也没用。

可是，生气也解决不了问题。

这时，我听到了……

"你们今晚好像过得很开心啊。"

"利姆鲁大人，你迟迟不回来，所以我们就来接你了！"

是朱菜冷冰冰的声音和紫苑咬牙切齿的声音。

完了。

凯金他们主动跪了下来，那表情简直是在面对世界末日。

看来他们晚了一步。

我也放弃无谓的抵抗，立即向她们道歉。

关于我变成史莱姆这档事4
Regarding Reincarnated to Slime

"对……对不起!"

"咦?你们不需要道歉哟。"

"是啊。我们又没有因为被你们丢下而生气!"

看来朱菜和紫苑的怨念非常深。

接下来……

在"夜之蝶"门口,我们挂着眼泪向朱菜和紫苑跪地求饶。

\*

哥布塔的部下哥布象害得我好惨。

虽然哥布塔也好不到哪儿去,但哥布象更蠢。

今后要防着点哥布象。

第二天……

在矮人王国的最后一顿晚餐结束之后,盖泽尔国王把我叫过去。

"利姆鲁,我决定接受你的提议。"

说完,他给了我一份文件,上面记载有关药师迁居的各类规定。

"这是草案。希望你尽早确认你能满足多少,并给我答复。"

"明白了。我拿回去和其他人讨论一下。"

值得高兴的是矮人王国接受了我国的提议。

在武装国多瓦贡的计划就这样全部完成,我们踏上了归途。

第三章

# 前往人类国家

Regarding Reincarnated to Slim

## 第三章 前往人类国家

我在做梦。
最近，我的梦境越来越清晰——

"快点。"
又是梦。
"拜托了。那些孩子……"
又是这个梦啊。
"快救救那些孩子。"
好，我答应你。
"拜托了。那些孩子在王都。"
王都？
"英格拉西亚王国的首都。那些孩子就拜托你了，再晚就来不及了。"

这时——我醒了。
我发现自己在流泪。
不管怎么想，这都不只是一个梦。
不能再犹豫了，我应该尽快前往人类国家——英格拉西亚王国。

\*

时隔数周，我又回到了魔国联邦（特恩佩斯特）。
我出访期间由红丸和利古鲁德共同管理国家。

"在此期间既没有纠纷也没有财物失窃，一切正常。不过就算有人图谋不轨，也会被我解决掉。"

"魔王卡利昂大人很快就把水果送到了。他用大型鸟系魔兽从空中运过来，但运输量毕竟有限。"

红丸和利古鲁德分别向我报告。

我们城镇的魔物关系一直很融洽，本来也不会出多大的问题。感觉我在的时候反而会出大乱子。

魔王卡利昂送来的水果已经筛选完毕，按品质分成了直接食用和用于酿酒的两类。他们事情办得不错。

看来就算我不在也没问题。

尤姆那伙人也和城镇里的人鬼族（大型哥布林）、猪人族（高等半兽人）等魔物相处得很融洽。估计就算我不在，他们也不会闹事。

城镇中的魔物一直遵守着我定的规矩，对人类也意外地友善。

尤姆的同伴对魔物也没有偏见或歧视，双方处得很好。

虽说他们以前是暴徒或流氓，但本性都不坏。

而且，尤姆这男人有他的人格魅力。估计他是个有统率力（Charisma）的人。

也许是因为我们双方都想建立这个协力关系，我们的合作意外得顺利。

尤姆一行人以魔国联邦（特恩佩斯特）为据点进行活动，定期在森林里的各村庄间巡逻。如果没有异变，就在白老的指导下修行。

这一切都是建立在边境村庄的支援体制已经完善的基础之上。

此前，在村庄发现危险的魔物或魔物群后必须先向自由组合求助，接着组合挑选讨伐队伍，然后才派去前往村庄。某些情况下还要先派调查部队。

# 第三章
## 前往人类国家

那些村庄没有通讯水晶时，从事发到救援抵达至少需要一周的时间，现在有了这种昂贵的魔法道具情况就不同了。

独角魔兽（独角兽）的移动速度非比寻常，即便是远方的村庄，通过通讯水晶发出紧急联络之后，也可以在两天内前往救援。

这都是拜独角魔兽（独角兽）充沛的体力所赐，它们可以不吃不喝，持续奔跑。

它们全力奔跑时，速度峰值比星狼族还快。

真不愧是 $B^+$ 级的魔兽。

我以前的世界中也有独角兽的传说，但传说它只会让少女乘骑，幸好这些独角魔兽（独角兽）没有这种怪癖。

我们城镇周边的安全工作由狼鬼兵部队（哥布林骑兵）负责，但现在人手已经有富余了。

因此，尤姆他们在接到村庄的求助时，会带上五名狼鬼兵部队（哥布林骑兵）为他们提供支援。

既然有余力就以协助为名派出支援，这么做有助于提高各村庄对我们的认可度，因此我积极向尤姆提出这个方案。

对尤姆他们而言，这是求之不得的好事，所以他坦然接受了我的好意。

而且他们也把他们的团体战术、剑术、个人格斗技巧等各类技术教给了我们，似乎也想给我们一些回报。他们的求生技巧和在野营时解决饮食问题的独特方法都很有参考价值。

尤姆一行人和城镇里的魔物慢慢结下了稳固的信赖关系，就算我不在也没有影响。

既然不在也没问题，那我就可以放心去人类的城镇了。

当天晚上，我召集干部开会。

"所以我想悄悄离开，低调地去人类国家和城镇逛一逛。"

我把我的梦告诉了他们。

我估计那是被我吞掉的人——井泽静江托给我的梦。

静的心中有许多牵挂，但她依然决意要去见魔王莱昂。我估计那个梦就是原因之一。

我本想睡睡懒觉，结果却在梦里收到了静的消息……真是世事难料啊。

这是因为我吞掉静的时候，把她的灵魂也一起吸收了吗？

估计是这样。

不过，"大贤者"没有回答。

"大贤者"总是不问自答，这时候却默不作声。不，如果我主动提问的话，它应该会回答，但对于这种无法确定的事，"大贤者"总是含糊其词。

"大贤者"平时总能给我正确的方案，估计它不愿直接承认自己找不出答案吧。

灵魂到底是什么？

就连"大贤者"也不知道。

解释完之后，我环顾众人。

"您的话我理解了。可是，我们可不会轻易让利姆鲁大人单独踏上旅途……"

利古鲁德板着脸阐述自己的意见。

"是啊。万一利姆鲁大人有个闪失，您辛辛苦苦成立的鸠拉大同盟可能会跟着彻底瓦解。"

## 第三章
### 前往人类国家

白老也赞同利古鲁德的看法，不支持我单独离开。

"不过，既然你们不放心利姆鲁大人单独离开，那有护卫随行的话就没问题了吧？"

红丸向我伸出了援手。既然问题的关键是我的安全，那带上护卫他们就无话可说了。

这时，紫苑举起手说道："也就是说，只要我跟去就行了吧？"

估计紫苑没听进我刚才的话吧。她竟然说要跟我一起？如果紫苑跟来的话就不算悄悄离开了。

"不……这次为了避免麻烦，我要隐藏魔物的身份，变成人类潜入。苍影也说过城镇中有许多'结界'，你们都是超越A级的魔物，你们一去就会暴露身份。而且……单论外表，你们头上还有角吧？"

"角不过是装饰！而且我可以用毅力压制住妖气！"紫苑任性地说道。

"你能做到就试试看。"

于是，我让她试给我看。如果她真能压制住妖气，那头上的角就是小问题。这样一来，带上她也无妨。

"哈啊啊啊啊啊——"

紫苑的妖气越来越强。

你搞反了，笨蛋！

"快停下，笨蛋！房子都快塌了！！"

被我骂了之后，紫苑变得无精打采十分消沉。可是，如果现在心软，那我就要带着这个麻烦上路了。

"你实力很强，所以要保护好我们的城镇。交给你了哟！"

"是……是！交给我吧，利姆鲁大人！"

稍稍夸一夸，再给她一个工作，她就恢复了干劲——真是个单

纯的家伙。

由于紫苑的自爆,红丸也显得很不开心。

"这么说来,我又要留守了吧……"他失望地低声说道。

他那个提议的初衷就是想当我的护卫,但红丸和紫苑一样无法隐藏妖气,所以他自然也不能跟来。毕竟他引以为傲的魔素量(能量)就算在鬼人族中也是极高的,所以这也是没办法的事。

而且,我不在的时候,除了红丸也没人能够主持大局。我想来想去能镇住各种族的只有红丸一个。

因为紫苑和苍影不擅政治。

"看来只能让我跟去了。"

朱菜含着笑说道,但她去也有问题。

朱菜的妖气确实比红丸和紫苑低,但也接近A级,无法蒙混过关。

而且还有一个至关重要的问题。

"不行,我还有事要拜托朱菜。我希望你在我外出期间,帮我观察是否有可疑人物出入。"

我给了朱菜一项使命。

如果我在,一下就能发现可疑人物。因为我可以用"解析鉴定"时刻观察城镇。

苍影可以应对正面的入侵,但说不定会有魔人隐藏妖气试图侵入我们的城镇。

既然我们已经引起了魔王的注意,就应该小心为上。我和米莉姆成了朋友,也和魔王卡利昂结下了友谊,所以应该没人会正面找我们的麻烦……

但对方毕竟是魔王,防备是必不可少的,因此让朱菜留在城镇中防备可疑人物更合适。毕竟朱菜的专属技能"解析者"的探查能

# 第三章
## 前往人类国家

力可以与我匹敌。

克鲁特一直默不作声。

修建通往周边国家的道路是魔国联邦（特恩佩斯特）第一项国家工程，克鲁特是这项重任的总负责人，他放不下自己的责任。

克鲁特责任感很强，他很清楚自己应该做什么。

白老和黑兵卫也一样。

"我倒是可以跟去……但估计利姆鲁大人希望我留下来训练士兵吧？"

"哦，我也是。我要协助凯金为大伙打造武器。"

无论是白老还是黑兵卫都很遗憾，但都放弃了。

话虽如此，但我也不想不带护卫就随便外出。

卡巴鲁他们说，我已经渡过了不少危机，实力相当强。这一点我也不否认。

但我和魔王米莉姆交过手，知道那种拥有绝对力量的敌人有多可怕，所以不能掉以轻心。

如果遇到打不赢的敌人，我还能逃，但也有可能在初次交手时被秒杀。就算是为了防范这一状况，也有必要带上护卫。

"放心吧。我跟主人去。你们不用担心，我会保护好主人。"

岚牙得到我的授意，开心地宣布道。

他按捺不住内心的喜悦，尾巴都快被甩飞了。

"而且——我会派出一个'分身'负责和利姆鲁大人联络。一旦有情况，我会立即通知各位，所以你们不用那么担心。"苍影接着说道。

他去过人类的城镇，一看就是个游刃有余的老手。

有这两人一起，我也很放心。

而且我还有几个理想的导游。

"你们放心吧。我和卡拉尔他们搞好关系就是为了这种情况。我想请他们当我的导游。"

"原来如此,那我就放心了。岚牙阁下、苍影阁下,利姆鲁大人的事就有劳两位了。"

利古鲁德的紧张消除了,他同意了我的旅程,估计是被我那番话说服了。

而且——

"那我让哥布塔尽快去联络卡巴鲁先生他们。我去准备行李。"

他立即行动,主动提出帮我准备出行必需的行李。

不愧是利古鲁德,真是可靠的男人。

既然所有人都同意,那我就可以毫无牵挂地启程了。

●

三名冒险者正在森林中走着。

他们是卡巴鲁、爱莲、基德。

他们的工作是探索森林,并完成讨伐或采集委托。

他们的工作十分艰苦,有时需要连日露宿。但现在,探索工作比以前轻松得多。

因为鸠拉大森林中诞生了魔物的国家——魔国联邦(特恩佩斯特)。

他们已经多次造访利姆鲁的城镇。那座城镇是最理想的冒险据点。

每次造访,那座城镇都有变化,可见那里没有停下发展的脚步。

## 第三章
### 前往人类国家

  那座城镇还提供武器修理等各类服务,他们三人都想在那里盖一座房子作为冒险的据点。

  他们三人沿途采集香草和各类水果带去那座城镇。那里的魔物正在搜集这类东西,如果有罕见的品种,他们更是欢迎。因此,卡巴鲁三人每次有发现都会勤快地采集,甚至养成了习惯。

  而且,这对他们也有好处。

  魔国联邦(特恩佩斯特)会栽培珍稀植物,有时甚至会成功量产。如果成功的话,那些植物会被用于料理,他们三人也就有口福了。

  "那座城镇的料理越来越美味了!估计朱菜的厨艺有王都大厨的水准了吧?"

  "我看不只吧?她的料理比故乡的高级料理更美味。"

  "是啊。虽然我对味道不怎么挑剔,但朱菜的料理简直是绝品。其他人的厨艺现在也不能小看。"

  "你说得对。不过,我们的目的可不只是去吃饭。你们还记得吧?"

  卡巴鲁一脸严肃地提醒那两人,让他们别那么兴奋。

  美味的食物虽然也是一个方面,但他们还有更大的人情要还。

  "你们太关注食物了,没忘记我们真正的目的吧?"

  "那还用问?"

  "是啊!难得利姆鲁老爷找我们帮忙,我们自然要报点恩!"

  听到那两人的回答,卡巴鲁也点点头。

  突然出现在鸠拉大森林,瞬间统治了这一带的魔物——魔国联邦(特恩佩斯特)的盟主利姆鲁叫他们过去,有事请他们帮忙。

  当时一个熟悉的大型哥布林哥布塔突然出现,但他们不是第一次面对这状况,所以能够冷静应对。

  哥布塔告诉他们:"利姆鲁大人有事想请你们帮忙。"他们听到这话，不但不嫌麻烦，反而觉得很开心。他们三人立即答应了。

利姆鲁给他们提供了不少方便。

利姆鲁不仅同意他们在城镇中自由行动，还让部下在他们有危险时提供帮助。

不仅是他们三人，那个魔物甚至对人类有大恩。

失控的炎之巨人（伊芙利特）。

统领大军的猪头帝。

能够吞噬国家的暴风大妖涡（卡律布狄斯）。

无论哪一个对小国布鲁姆特王国而言都是前所未有的危机。

解决这一切的就是魔物（史莱姆）利姆鲁。

他们欠下了莫大的恩情。

他们三人行动的理由不只是这些——

"可是可是，他们对这附近的防备如此严密，我们在公会都接不到讨伐委托了。"

"接不到又有什么关系呢？我们可以找他们拿想要的魔物素材，多轻松啊。"

"是啊。我们的等级能提升到 $B^+$ 也是拜利姆鲁老爷所赐！"

"这样是不是不大好？"

"笨蛋！爱莲，你这么说就不对了。"

"是啊！我们应该心怀感激地接受他人的好意！"

"我也是这么想的，可是我们一直没机会报恩……我们给的回报只是说明城镇的情况和自由组合的运作模式等。"

"是啊。我们起码也要打听各类鲜为人知的事情回报利姆鲁老爷……"

"那人不关心琐碎的事吧？他说过搜集对城镇有用的情报也是

# 第三章
## 前往人类国家

项重要的工作。"

那三人就这样聊着。

从他们的对话可以得知，魔国联邦（特恩佩斯特）有警备部队在城镇周围巡逻，维护治安。警备部队名叫狼鬼兵部队（哥布林骑兵），是由大型哥布林和星狼组成的骑兵。

他们行动迅速，为城镇及周边提供安全保障。毫无疑问，森林中的治安之所以这么好就是因为有他们在。

在维持治安的同时，大量魔物素材也集中到利姆鲁的城镇中。利姆鲁会拿出一部分魔物素材给那三人，作为他们提供情报的报酬。

当然，魔国联邦（特恩佩斯特）自己也会使用魔物素材。可是，有件事令那三人觉得很不可思议，魔国联邦（特恩佩斯特）竟然住着大名鼎鼎的矮人工匠。既不能用于制作武器和防具，也无法食用的部位会被当成垃圾处理掉，所以他们可以免费得到那些素材。

这可是件好事。

独角兔（Horn Rabbit）的角。大毒蛙（Poison Frog）的璞。巨熊（Giant Bear）的耳朵。运气好的话还能得到甲壳蜥蜴（Armour Saurus）的角之类的。

只要把这些素材带去公会，公会就会判定他们完成委托。

接受委托，讨伐城镇周边魔物，提交素材。冒险者可以通过这一流程赚取点数，提升等级。对他们三人而言，那些卖不了钱的素材也有很高的价值。

这么做虽然不好，但只要不被发现就没事。卡巴鲁他们抱着这种精神，日夜不停地挑拣他们的垃圾。

其实他们所属的布鲁姆特王国自由组合支部长（公会会长）菲茨对这事一清二楚……

但令人意外的是菲茨只是提醒了一句"你们的锻炼没有松懈吧",因为菲茨想靠他们三人维系和利姆鲁的关系。而且菲茨知道这三人一直在接受白老的指导,白老是那座城镇的魔物的师范。估计他认为就算这三人在工作上偷懒,实力也不会差。

菲茨倒是没什么,但其他人的视线很扎人。

这三人的成绩提升迅速,引起了别人的怀疑。如果做得太过分导致事情暴露就糟糕了,所以他们也要克制一点。

"利姆鲁老爷这次居然亲自请我们帮忙,真反常啊。"

"是啊!我很高兴他会找我们帮忙。"

"是啊。这次轮到我们出力了。"

现在这三人得知利姆鲁有事找他们帮忙。

这消息让他们充满了干劲。

因此,这三人正得意扬扬地朝利姆鲁的城镇走去。

●

据哥布塔说,卡巴鲁他们正在来这里的路上,大概两三天后就能到。

他们似乎很羡慕哥布塔能用星狼的"潜影移动"回来。

爱莲也会使用元素魔法——据点移动,但用这项魔法进行远距离移动时必须要消耗大量昂贵的触媒。所以,这项魔法只能用于短距离的紧急逃脱。

贝斯塔的魔法阵使用昂贵的魔钢进行设置,所以可以不用触媒。

如果也给爱莲她们一个魔钢制的魔法阵,那他们也可以不用触媒……可是,魔法阵又大又重,搬运非常费力。估计对冒险者而言,

## 第三章 前往人类国家

还是昂贵的一次性触媒更好用。

接下来……

利古鲁德正在帮我进行旅行的准备,所以我决定趁这时候把和盖泽尔国王的契约内容告诉贝斯塔和加维鲁。

我在回国的路上,坐在狼车里看了盖泽尔国王的协议文件。

文件的内容是目前从事药师工作的人员名单以及接收他们的最低条件。我们要详细确认其中的内容,并商议是否能接受这些条件。

和凯金他们谈过之后,我心中已经有了答案。

现在只要再和加维鲁及贝斯塔两个当事人确认一下内容就行了。

贝斯塔热衷于研究,连故乡都不回。不知道他的研究是非常顺利还是遇到了瓶颈……

我通过魔法阵来到洞窟内部。

加维鲁过来迎接我,我们一起去贝斯塔的研究场所。

"哦,利姆鲁大人!让您久等了。这里的环境真是太棒了!"

到了之后,我看到贝斯塔正埋头于他的研究,但他一发现我们就赶紧跑过来,礼貌地和我打招呼。

"贝斯塔,好久不见。你精神不错啊,不过好像瘦了点?你有好好吃饭吗?睡觉呢?"我关心道。

"没问题。这里的料理可是绝品,而且每天都有新菜品。我可不想错过任何一道菜。至于睡眠……我确实觉得花时间睡觉有点可惜,但他们也帮我准备了简易帐篷,我可以在这里凑合睡一睡!"

看来他吃饭很正常,但觉没怎么睡。

过劳死可不是闹着玩的。虽然他喜欢研究,但毫无节制也是个问题。

但他是因为自己喜欢才这么做的。我提醒他要有分寸。如果他不留意的话，就强制让他休息。

凯金除了指挥还必须统筹一切生产事务，但贝斯塔不同，他可以一直沉迷于研究。估计对他而言，这里就是天堂。

"那开发状况如何？现在提取的品质稳定吗？"

"利姆鲁大人，提取效果非常完美。问题果然是提取液的成分会与空气成分结合。只要在真空条件下进行提取，就能成功做出完全回复药。现在我们可以稳定生产一些完全回复药。"

听到我的询问，贝斯塔开心地报告道。

"希波库特草的栽培是关键问题，这方面怎么样了？"

"这方面没有问题！只要我竭诚努力就能解决。"加维鲁挺着胸答道。

"是啊。加维鲁阁下现在已经掌握了一些药学知识。"贝斯塔也点头肯定道。

这样一来，我们就可以进入真正的量产阶段了。

我最初的考虑是让黑兵卫用专属技能"研究者"大量复制回复药，但这不是长久之计。

如果只能依赖某个特定的人，那一旦那人不在，整个生产体系就会瘫痪。

必须要创造一个能够持续发展的环境，培养技术人员事关今后的国力。所以才有和矮人王国之间的协议。

"好。盖泽尔国王有意和我国签订协议，增派人手的事有眉目了。"

"哦……"

"想不到……"

加维鲁和贝斯塔咕噜一声咽了口唾沫，等待着我的话。

# 第三章
前往人类国家

"你们先看看这个。"

说完，我摊开写着药师名单和录用条件的文件。

"哦哦，约翰和马尔歇也在里面。按照这个条件，我们应该可以全部录用——"说完，贝斯塔用炽热的目光看着我。

"他们能力很强吗？"

"我希望这些人才能当我的助手。我可以在这里把其中一人培养成后继的研究员。"

"那些人信得过吗？"

"当然信得过。我以矮人的名誉发誓！"贝斯塔自信满满地答道。

我关心的是他们信不信得过。从贝斯塔的表现来看，完全可以接受那些人。

贝斯塔说他们是人才，可以当助手。而且他和我一样，也在考虑培养后继人才的事。

看来这些人都信得过。

"加维鲁，你怎么看？增加一些新人没问题吧？"

"哇哈哈哈哈。您不必担心！我的部下也在进步，护卫方面万无一失。如果能多一些贝斯塔阁下这样的人和我一起工作就再好不过了。"

就算多一些人也没问题，加维鲁开心地答应了。

那我也有答案了。

"好！那我们就接受所有条件，接纳这些矮人药师吧。贝斯塔，有劳你彻查他们的能力和待遇是否相符。加维鲁，你要通知所有龙人族确保他们在洞窟内的安全！"

"是，交给我吧！"

"明白！我加维鲁粉身碎骨在所不辞！"

"还有件事,加维鲁——"

"是,什么事?"

"等你完成这次的工作,我就提拔你为干部。你要好好努力为我效力。"

"哈……提拔我……为干部……干部?"

"嗯。我知道阿毕尔总有一天会解除对你的惩罚,让你担任蜥蜴人族的首领。但你现在是我的部下,我要给你相应的待遇。还是说,你有什么不便之处?"

"您……您这是什么话?我没有任何不便!我……太高兴……太高兴了……呜呜。"

加维鲁似乎非常感动,他的眼泪奔涌而出,哭了出来。

这个男人哭了。

"太好了。真是太好了,加维鲁阁下——"贝斯塔拍了拍加维鲁的肩,祝贺道。

但是,现在说这话还稍稍早了点。

"喂,你听清楚了吧?我说的可是工作完成之后。如果你得意忘形的话,所有努力就都白费了。你可要注意!"

"是!我一定鞠躬尽瘁死而后已!"

加维鲁似乎恢复了平静,他挂着眼泪发誓一定要成功。

就这样,魔国联邦(特恩佩斯特)的特产——回复药的生产体系进入了新的阶段。

\*

接下来,贝斯塔向我说明了现状。

以现在的生产速度,制作一个最高品质的完全回复药需要整整一天时间。希波库特草的采集、使用魔法设置真空作业场所、操作提取器具，光是这些工作就要从早上忙到傍晚。之后还要花十个小时左右才能完成草药汁液（提取液）的提取。必须经过这么长时间提取液才能和魔素融合，所以这个时间无法缩短。

其实在我体内制作的时候一瞬间就能完成……但没必要特地提这事。

据说黑兵卫制作一个需要三小时。

我之前也说过，这次不能让黑兵卫出场，就让黑兵卫专心打造武器吧。

回归正题。

做出的完全回复药稀释之后能生产出一百个低阶回复药。药效似乎还有提升的余地，他们还在继续摸索。

这道工序本来也是贝斯塔使用魔法"生成皮膜"来进行的，但现在加维鲁学会了他的魔法，并帮他完成。因此，生产分工十分明确。

龙人采集希波库特草，贝斯塔进行调和，加维鲁进行稀释。

也就是说，仅仅一天就能生产出一百个低阶回复药。

顺带一提，将完全回复药稀释至二十分之一的浓度之后，药效和矮人王国生产的高阶回复药相同。

那些药的效果如下。

完全回复药：和我的回复药一样是万能药，连部位缺损都能修复。
高阶回复药：连重伤都能完全治愈，但无法修复部位缺损。
低阶回复药：对伤势有一定的治愈效果。

大致是这样。

部位缺损就是断手断脚，可见这药的治疗效果有多可怕。药里的魔素会创造出临时的手脚，随着时间的推移临时部位会和血肉融合，和原生的部位完全一样。

现在的问题是要主推哪种商品。

现在我们一天只能产出一个完全回复药。

所以，稀释成高阶回复药最多二十个，稀释成低阶回复药最多一百个。矮人药师会来这里当研究员，有了他们的帮助，一天的产量可以提升至三倍。

希波库特草的栽培需要时间。

进一步提高生产速度也没有意义。

"好，等生产走上正轨之后，每天留一个完全回复药直接入库。然后再生产一百个低阶回复药以完成盖泽尔国王的契约。此外再生产二十个高阶回复药作为我国的特产，争取打开这个市场。我想建立这三条生产线，能做到吗？"

"嗯。只要约翰他们能来就能做到。而且估计我还可以专职进行指导。"

如果能实现的话，我们就能建立起完善的生产体系。

考虑到今后的可持续发展，贝斯塔转而进行指导工作，着手培养新人很重要。

我估计贝斯塔是想让新人打杂，方便自己埋头研究。

为了让自己轻松一些而锻炼新人——这倒是合情合理。

"那样就没问题了。有劳你们两位了！"

"是！"

"交给我们吧！"

听到两人有力的回答，我转身离开了。

## 第三章
### 前往人类国家

*

就这样，回复药的生产方案定好了。

我从仓库共取出三种回复药各十个收进"胃"中作为样品。

我打算在人类城镇中向商人展示这些样品，并积极交涉，争取让这些回复药成为魔国联邦（特恩佩斯特）的特产。

现在必须去找凯金商量这些商品的售价。

我决定尽快去找凯金谈谈。

首先要回顾一下现状，这个世界的主流货币是金属货币。

这个世界没有纸币。不仅如此，纸类才刚开始在这个世界流通，纸本身就是贵重商品。

说到这个金属货币，没想到西方诸国流通的竟然是矮人王国铸造的货币。

怎么会有这种事？虽然我有疑问，但事实就是这样，所以我也没什么好说的。

按照我以前的常识，国家的国力不同，其国内货币的价值也不同。说货币价值是国力的体现也不为过。

这项规则在这个世界里同样适用。西方诸国中也有国家自己发行货币。

但矮人王国发行的货币品质有保障，是主流官方货币，广为流通。简单来说，矮人王国发行的货币认可度最高，可以说是基准货币。

如果要使用其他货币，就要经过货币兑换商的严格检查，而且手续费高昂。

我手上只有凯多给我的金币，所以也省去了一个麻烦。

这个世界的货币只是单纯的物物交换的价值尺度。

没有发行国债或期货交易等任何提高货币信用的制度。从某种意义上说，这个世界的货币价值真实可靠，没有泡沫……

之所以会这样，是因为西方诸国有个叫评议会的制度，但这事和我没有关系。

要是想太多脑子就乱了，所以这事就先放到一边。

市面上通用的货币主要有三种。

铜币、银币、金币。

我感觉一枚铜币大概等于十元。

相当于一元的零钱叫作卑币或屑币，这些才是各国独自铸造发行的货币，但现在已经没机会看到了。

而一枚银币能换一百枚铜币，所以一枚银币等于一千元。

在农村住宿一晚大概要两枚银币。相当于两千元的价格看上去倒是不贵，但住宿质量完全不同。这两千元享受不到现代日本的服务，当然也不管饭，所以给我感觉非常贵。

最后是金币，一枚能换一百枚银币。价值相当于十万元，因为这个世界是金本位制度，而黄金本身也有价值，所以金币的价值自然不低。

据说有些人一辈子都没见过金币，这个世界的生活水准可想而知。

此外还有一种我没见过的星金币。这是矮人经过特殊工艺铸造的货币，内含经过压缩的魔素。据说这种金币还有艺术价值。

星金币的价值等于一百枚金币，用于大宗交易和国家间的支付。按我的感觉一枚星金币的价值相当于一千万元，因此以我个人的理解，这种货币更像是证券。

顺带一提，虽然我之前在夜店挥霍过，但现在还有十五枚金币。相当于一百五十万元，所以也算有点小钱。

## 第三章
前往人类国家

至于那晚我花了多少，还是不想为妙。

总之，这个世界的货币价值就是这样。

一百枚铜币等于一枚银币，一百枚银币等于一枚金币——非常好理解。

那就去给我们的商品定个价吧。

矮人王国现在出售的回复药是低阶回复药，市场价为三枚银币。这可以作为参考。

想不到价格会这么高。搞不好喝一瓶回复药，一天的工作就白干了。

对冒险者而言，身体就是资本。

冒险者的普遍想法是与其身负重伤无法工作，不如多花点钱买药。

而且讨伐委托就是你死我活的战场，没人会蠢到把药看得比性命还重。

就算队伍中有会使用回复魔法的施法者，自己的性命也要自己负责。魔法从开始吟唱到发动有一个时间差，在这期间很容易丧命。

如果施法者水平有限的话，紧急时刻还是自己喝药见效更快，更可靠。

接着是高阶回复药。

这药的效果是低阶回复药无法企及的。一个高阶回复药使用的提取液可以做五个低阶回复药，所以如果价格低于低阶回复药的五倍就划不来了。

"我说老爷，五倍的价格太便宜了。至少也要二十枚银币。这可不是新手用的便宜货。这药的目标人群是 B 级以上的冒险者，价格定高一点比较好。如果可以的话要尽量卖到二十五枚银币。"

听了凯金热情的解释,我茅塞顿开。

这药确实很方便,如果太便宜的话,涌入大量订单也会出问题。

如果无利可图,努力也没有意义,二十五枚也很合理。

供应给盖泽尔国王的低阶回复药就定为两枚银币一个。一天一百个值两枚金币,也就是二十万元的销售额……矮人王国会定期收购这些药,所以把这当成加维鲁他们劳动的对价也很合适。

大量赚取利润就靠我们独有的商品——高阶回复药。

以二十枚一个的批发价来算,一天的销售额就是四枚金币。如果按二十五枚银币来算,就有五枚金币。这时候,我的交涉能力可以大显身手了。

"交给我吧。我会谈个好价钱,多争取一些利益。接下来就是努力把规模扩大到十倍,乃至百倍,把国库塞得满满当当!"

"就是要有这种气势,老爷!"

我表示同意,我们的商谈结束了。

我的准备工作就此结束。

*

呀——吼!

我在城镇里时总有事要做,神经很紧张。

一想到我可以放下所有重担去旅行,就有种久违的解放感。

能有这个机会,我就非常满意了。

我要珍惜这个机会,好好享受一番。

话虽如此,但我这次去人类城镇有几个重要的事绝对不能忘记。

那个梦的内容自不必说,还要为特产打开销路,此外还有我最

## 第三章
### 前往人类国家

初的目的——寻找同乡"异世界人"也不能忘记。

虽说是同乡，但那两人是静的学生。

据静说，他们都是异世界人。

在给静看故乡的样貌时，我也看到了静的一部分记忆。

神乐坂优树和坂口日向。

这两人我都想见一见，但坂口日向让我有种不好的感觉。

我感觉她是一个只相信自己力量的人。在十年前，她的实力就和静相当，甚至比静还强，老实说我有点不敢去见她。

也许我应该先去见见优树。

而且，优树现在是自由组合总帅，位居自由组合的顶点。

他现在的实力很强，如果我这个魔物能得到他的帮助，那就再可靠不过了。

我伸出手数要做的事，幻想着我从未去过的人类城镇。

我到这个世界将近两年，现在终于可以去人类的国家。

我们的城镇在森林深处。

背靠封印维鲁德拉的洞窟所在的那座山，往东北能望到矮人王国，往东南能望到兽王国。

而法尔姆斯王国位于矮人王国西侧，布鲁姆特王国在魔国联邦（特恩佩斯特）西方。

现在，我们城镇往外有三条路。

第一条通往矮人王国，即将完工。

第二条通往兽王国，还未动工。

第三条通往布鲁姆特王国，我接下来要走的就是这条路。

布鲁姆特王国来我们城镇的路线有两条。

一条是横穿森林直接来我们城镇。

还有一条要经由法尔姆斯王国，途中再走小路穿越森林。

经由法尔姆斯王国要绕远路。但森林中有许多危险，如果时间充裕还是走法尔姆斯王国比较安全。

卡巴鲁他们每次都是走这条安全路线过来。

连接法尔姆斯王国和矮人王国的道路中途有一条进入森林的路。当然，他们需要徒步在兽道中行进。

他们回去的时候也有回去的问题。

来的时候可以让顺路的马车捎他们过来，但回去的时候就未必有那么顺利了。就算运气好能碰上马车，车里能不能坐得下他们三人也是个问题。

所以单程的时间少则两周多则一个月，差距非常大。

而且还有天气和魔物的问题，他们曾自豪地和我说来这里的旅途是一段以生命为赌注的冒险。

当他们看到一条横穿森林的新道路正在建设时，惊得目瞪口呆。

"这条是什么路……"

"嗯？我之前说过要修路连通两国，你们忘了？"

"这话我倒是记得……呃，可是……不管怎么说这也太快了吧？"

唔——很快吗？

以我的常识来看，确实修得很快，但亲眼看见魔物的力量之后，我觉得这速度很普通。看来我已经非常习惯这边的世界了。

"这哪里快？虽然我也很努力，但远远不够。我们必须继续努力，让利姆鲁大人满意——"克鲁特说道。

"不不，虽然克鲁特老爷这么说，但在我们看来这施工速度简

## 第三章
### 前往人类国家

直是天方夜谭。就算是国家亲自监督的工程也达不到这个水准……"

"是啊……就算有数名魔导师级的施法者也达不到这种修路速度……"

基德、爱莲也和卡巴鲁一样目瞪口呆。

真拿这些家伙没办法，一点小事就大惊小怪。

卡巴鲁他们也该习惯了吧。

"算啦，别管这事了。说起来真让人期待啊。陪同的事就交给你啦，卡巴鲁君。"

我兴高采烈地试图转变话题。卡巴鲁闻言终于回过神来，似乎暗暗松了一口气，不知怎么回事，他刚才一直两眼无神地看着新道路。

卡巴鲁慌忙点点头，坐上了狼车。

他们上来之后，我们的狼车往城镇外驶去，但看样子他们还没接受这个现实。

出发之后，卡巴鲁他们依然愁眉苦脸。

过了好一会儿，他们终于一脸疑惑地转向我。

难道是因为他们只住了一夜就仓促折返，所以心情很不好？

其实在我准备妥当的那天夜里，卡巴鲁那三人按计划抵达了。

第二天一大早，我们就出发了，感觉有点对不住卡巴鲁他们。

"这不过是举手之劳。"

"是啊，是啊。我们也一直承蒙老爷你的关照。"

"我们就是为此而来的，你别放在心上！"

他们当时爽快地答应了，但是……

"你们一路辛苦了，我看还是先休息几天养好精神再出发？"

听到我担心的询问，卡巴鲁慌忙摇头。

"老爷，你误会了！你这车的性能太棒了，我们刚才回想起自己来时的艰辛，不禁在心中感慨这没天理的巨大差距！"

接着，爱莲和基德也开口了，他们好像一直在等卡巴鲁的话。

"是啊！这到底怎么回事，到底怎么回事？这马车，不对，应该叫狼车！怎么一点都不会摇晃！！"

"就是啊！使用如此舒适的交通方式怎么能称得上旅行！！"

这两人面红耳赤、喋喋不休地抱怨这狼车离谱的性能。

"等一下，等一下！"我慌忙劝慰这三人。

"谁说不会摇晃了？刚才就一直在颠吧？"

事实上，这只是整平的路基，还没铺设石板，车轮碾过小石子时会颠一下。如果以三十到四十千米的时速在这路上行驶，就会受到不小的冲击。

真希望这条道路能早日完工。

可是，爱莲笑了笑无视了我的说辞，大叫道："哈？这怎么能叫摇晃？普通的马车根本跑不了这么快，而且就算能跑这么快，车上的人也会身陷地狱的哟！"

"就是啊！真正的马车会让人坐到屁股痛的。如果长时间坐马车，必然浑身都会痛！如果你管这微不足道的颠簸叫作摇晃的话，那真到坐马车的时候，你可是会哭的！"

"是啊，老爷。如果坐在这么舒适的交通工具上你还说'啊，啊，好难受'或者'差不多该累了吧'，那我们此前的辛苦又算什么。而且我们的旅途和探索秘境一样，随时都有可能受到魔物的袭击。从这点来看，这么舒适的方式，根本称不上旅行！！"

就算你这么说……旅行就是旅行啊。

"这个……总之你们先静一静。凯金他们从没和我提过这事。

# 第三章
## 前往人类国家

所以，你们不觉得这样很普通吗？"

"不普通。"

"不觉得！"

"一点也不普通……"

这三人齐声否定道。

看来我需要反省。

"不过，现实不就是这样吗？不管怎么说，这就是旅行。"

"不不不，你的想法太奇怪了。"

"对啊！当然轻松一点总是好的……"

"这车是凯金他们做的，他们当然不会对自己的作品说什么。估计只要自己的作品能达到利姆鲁大人的要求，他们就很满意。所以，他们才不会特地提那些常识。而且……凯金和伽卢姆那些大师都在老爷那里吧？这很奇怪吧！"

他们很疑惑：为什么在矮人之中也享誉盛名的一流工匠会成为我的同伴？

关于这件事，我也只能说他们成了我的同伴。

"总之他们是我的同伴，这有什么关系呢？还是说你们不喜欢轻松的旅途，想下来走？"

"啊，我不是这个意思……"

"我刚才不是已经说过轻松一点总是好的！"

"其实我们想坐车。"

这三人太烦了，可我一问他们是不是想徒步旅行，他们又立刻否定。

真是麻烦的家伙。

"那这个话题就此打住！你们不如给我说说人类城镇的事吧！"

133

我强硬地结束了这个话题。

虽然他们还想再说,但他们对这个舒适的狼车很满意,所以也不再纠缠了。

上次坐狼车去矮人王国时,没人说什么,所以我没想到在这方面会有常识性的误会。

我本想在城镇里买马匹拉我的车,但这问题也许应该重新考虑。能提早知道这件事也算个意外的收获。

*

我的旅途十分顺利。

我们一大早出发,现在已经是正午了。

"真是难以置信。那座山已经变得那么小了……"

听到卡巴鲁的低语,爱莲和基德默默地点点头。

这也难怪,拉车的星狼个体是 B 级魔物,和马匹不同,他们跑了这么远的路也不需要休息。而且这速度对星狼而言不过是小跑。他们完全可以用这个速度持续奔跑。

克鲁特苦笑着看了看卡巴鲁他们,转向我说道:"利姆鲁大人,我们的饭怎么解决?前面不远有一间休息小屋。"

克鲁特就是能干,看来他已经让人在前面的小屋里准备了饭菜。

"不愧是克鲁特。我们在那里吃个饭,顺便休息一下吧!"

我刚说完,车里沸腾了。

虽然卡巴鲁他们刚开始的时候大惊小怪的,但现在已经适应了舒适的狼车,他们正悠闲地欣赏沿途的风景。

真是些势利的家伙。

我们到了小屋,克鲁特从驾车席上下来。

# 第三章
前往人类国家

拉车的星狼是岚牙的分身,所以也不需要车夫。

他们只要沿路奔跑就行,就算让他们自己跑也没问题。但克鲁特担心自己体型太大,所以不愿到车里来。

我对他那一本正经的性格很有好感。他这性格也如实体现在工作上,克鲁特简直就是职场典范。

我们边吃饭边讨论今后的行程。

现在通往布鲁姆特王国的道路只修到一半。还有三分之一以上的路没有动工,那里还是森林。

关于这个工程进度——

工程前期,我先在高空调查,定了一条障碍物较少的路线。接着再定点测量高度,确定梯度关系,并在此基础上制订施工计划。

克鲁特按照计划进行施工。

施工人员分为三队。

第一队负责树木的砍伐和搬运。

第二队负责整平、改良路基。

第三队负责铺设石板。

分得比较粗,大致就是这样。

这条路线没有太大的曲折,全长约三百千米。我们距布鲁姆特王国和矮人王国的距离相比近了不少。

茂密的森林、险峻的高山和峡谷以及魔物——这些都是我们两国间的障碍。

这段路修成之后,就算是普通商人徒步来往,单程也只要一周时间。虽说有必要采取措施防范魔物,但这条路意义重大。

如果乘坐马车,布鲁姆特王国与魔国联邦(特恩佩斯特)的城镇间单程耗时约三天。魔国联邦（特恩佩斯特）与矮人王国间单程耗时约十天。

不考虑其他具体因素的影响，从布鲁姆特王国到矮人王国单程大概两周。

据说目前经由法尔姆斯王国前往矮人王国的旅程最快也要三周。走这条路虽然不用考虑魔物的问题，但是需要防范山贼，所以在安全方面需要的经费相差无几。这样看来，我国的地位就更重要了。

啊，现在的问题和路线的重要性没有关系。

关于今后的行程，之后再坐一小时的狼车就会到达施工的最前线。再往前就没路了，所以应该要改为徒步前进。

"原来是这样。也就是说终于要轮到我们出场了。"卡巴鲁干劲十足地说道。

确实如此。

"那就靠你们了！"

"当然没问题。"

"就交给我们吧。"

"嘿嘿，轮到我发挥本领了！"

这三人都很有干劲，应该没问题。

我们吃完饭讨论好行程之后再次上路了。

两小时后，我们在克鲁特和他收下的工程兵的目送下朝森林深处走去。

"嘿嘿，利姆鲁老爷。你要小心。我们已经进入魔境——鸠拉大森林了！"

"不过，有我们在，你大可放心！"

## 第三章
### 前往人类国家

"交给我们吧!"

这三人紧张地说道。

我就住在鸠拉大森林,你们干吗要强调这里是魔境?

卡巴鲁拔出小刀砍断纠缠在一起的常春藤,开辟出一个勉强能过人的缝隙。

基德把耳朵贴在地上,似乎在确认是否有凶恶的魔物靠近。

爱莲的咏唱魔法为我们一个个施加驱虫、毒素感知、皮膜防御等效果。在这森林中可能会被毒虫叮咬,也可能被常春藤的棘刺划伤,潜伏着各类难以察觉的危险。他们熟练的操作令人钦佩。

我也变为人形,从怀里取出面具戴上,一切准备妥当。这样一来,就没办法看出我是魔物了。

一个可疑的冒险者加入了他们的队伍。

"你为什么要戴上面具?"

基德问道,难道他对我隐藏自己的相貌感到不满?

"其实我还无法彻底隐藏妖气。万一触动魔法结界之类的东西,暴露我魔物的身份就麻烦了,这是以防万一。"

听到我的解释后,基德嘟囔道:"其实那副模样怎么看都不像魔物……"不过他似乎理解了。

我们就这么走了三个小时。

现在是傍晚,差不多该准备晚饭了。可是,这三人似乎不打算休息。他们满身大汗,拼命讨论着什么。

我总觉得这条路我们刚才走过,这是怎么了?

他们都是老手,交给他们应该没问题,可是……

有个家伙眼看就要哭了,我还是问问情况吧。

"喂喂,我们没迷路吧?"

"哈……哈哈哈。我们应该不会……不可能迷路的……"卡巴鲁语无伦次地答道。

没问题吧？

我看了看脑中的地图，发现我们确实回到了刚才走过的路。

应该是我的错觉吧……怎么可能是错觉！

"喂！别开玩笑了，你们迷路了吧？"

听到这话，那三人一惊。

"对不起！！"

那三人齐声道歉，同时对我鞠躬。

看来他们真的迷路了。

这也太不专业了吧？

算了……

反正也不赶时间，露宿也很麻烦。

今天就先回施工现场，明天再出发吧。

那里有简易小屋，也能好好休息一下。

刚才已经开了一条路，所以我们花了一小时左右回到小屋。

我用"思维传递"联系了克鲁特，所以施工驿站里已经准备好了饭菜。

那三人十分惭愧。

"我们为什么会在那种地方迷路……"

"我有点没自信了……"

"在这方面，我可是专家。我比你们更受打击……"

看样子他们本来想在我面前露一手，结果现在大受打击。

克鲁特拿出一朵花递过去给他们看。

"难道是因为这个？"

## 第三章
### 前往人类国家

嗯，这是……

"啊！这不是幻妖花吗？采集这种花的任务只有 B 级以上的冒险者才能接，这种花可是很难找的！"爱莲激动地说道。

这种花能让周围的人产生幻觉，还能用于制作魔法物品，非常少见。

"嗯。就是这种花害我们的施工赶不上进度。不好意思，刚才忘记警告你们了。"

说完，克鲁特向那三人鞠了一躬。

我拥有"魔力感知"，估计他没想到我会迷路，所以才会忘记提醒我们。

想想也是。我之前是飞在天上规划路线，会忽略踏踏实实地步行有可能迷路的事也算正常。这不是克鲁特的错。

一定要说的话，这是因为我想体验冒险的感觉，是我的任性造成了这次失败。

"是啊，不好意思，这是我的疏忽。明天我也会出力的！"

我宣布道，我也要反省。

顺带一提，克鲁特说幻妖花会妨碍施工，所以把这一路的幻妖花全部采光了。

一百多株幻妖花装袋存在仓库里。

机会难得，我把这些花全部吞进"胃"中进行解析。

这些花被点燃之后会释放出幻觉粉，埋进土里又会再次生根为祸。这种特性非常麻烦，所以我把花回收之后，克鲁特也很高兴。

既然这花是采集任务的目标，那应该有某种用途，而且还能帮克鲁特解决一个麻烦。

真是一石二鸟。

旅途的第一天就这样结束了。

第二天早上,正如昨晚所说,我打算全力协助他们。
轮到你出场了,"暴食者"先生!
我边想边朝前方伸出右手发动能力(技能)。
我眼前的大树瞬间消失。
"我说克鲁特,我本来想吃出一条和道路一样宽的通道,但那样太花时间了。所以,不好意思,我只把挡路的部分吃掉简单地开一条小路,之后的事就麻烦你了。"
"遵命。这本来就是我的工作,请别放在心上。"
既然克鲁特也答应了,那我就边走边随意吃掉挡路的树木。
这速度比昨天快得多。
"……这样太离谱了。"
"不是吧?怎么会有这种事。"
"我知道利姆鲁先生不是常人,但这也……"
不知为何,这三人显得有些扫兴,但我也管不了那么多。
"喂喂,你们别傻站着,快走吧。"
在我的催促下,我们重新踏上了旅程。

一周之后,我们终于抵达了森林的出口。
我们基本沿着预定的路线前进,没怎么浪费时间就到了这里。
我也不赶时间,所以就好好享受这久违的旅行。
不过,也只有我会这么想,毕竟史莱姆不会感到疲劳,而且也能保持身体的清洁。
爱莲会用"净化魔法",于是我向她学了这项魔法。

## 第三章
前往人类国家

　　我试着用了一下，发现我的魔法效果更好，所以我也对其他人用了。拜此所赐，我们的旅程比一般人舒适得多。

　　点火也很简单，而且我们也带着丰富的食材。

　　最重要的是装在"胃"里的狼车，车身有顶棚，内部有沙发，功能齐全。两张沙发一前一后面对面固定在车里，可以给两个人当床用。

　　我不需要睡眠，所以一直让我一人值夜也没问题，但他们死活不答应。

　　最后我们决定，值夜的两人留在车外，另外两人在安全的车内休息。

　　车里比简陋的旅馆舒服得多，这二人非常满意。

　　"利姆鲁先生，从此以后，我们就一起冒险吧！！"

　　爱莲激动地对我说道，但这是不可能的事。

　　在我成为鸠拉大森林盟主之前也许还有可能，但现在我肩上有责任。虽然国家可以交给利古鲁德管理，但我也不能撒手不管。


　　"遥远的将来——等到这个国家没有我也能正常运转的时候，我也许会去当一名自由的冒险者。不过，估计那时候你们都已经不在了。"


　　这个念头突然从我脑中闪过。

　　估计米莉姆也有这种想法吧？

　　就算交到知心朋友，他们也会比自己早死，面对这种情况，我也会选择孤独吗？我不知道。

　　目前我还没经历过这事，无法回答这个问题。

第四章

# 布鲁姆特王国

Regarding Reincarnated to Slim

## 第四章
### 布鲁姆特王国

布鲁姆特王国,这是一个人口不足百万的小国。

国境内多为贵族领主统治下的村庄。称得上大都市的,只有王都。这是个名副其实的小国。

那三人带着我进入农村。

走出森林之后,我的眼前是一片广阔田地,田地中有一座围着栅栏的村庄,好一片恬静的风景。

我的第一站是位于王都的自由组合布鲁姆特支部。

我计划去见菲茨,让他帮我写一份介绍信给神乐坂优树。

没有预约应该没机会见地位那么高的人,估计需要一封介绍信。菲茨也爽快地答应了,所以我一到,他就会着手帮我准备。

村里会有定时马车去其他地方。

听说一天只有两班,但乘定时马车不用三小时就能到王都。

布鲁姆特王国地方很小,所以能修建四通八达的道路,交通十分便利。

我们上午抵达村庄,在旅馆兼饭店吃了午饭。

我正在休息时,一个吵闹傲慢的声音传进我的耳中。

"然后我用战斧(Great Ax)哐地砸下去,就搞定了这家伙!"

"好厉害!真不愧是彼得!"

"彼得大哥,这是很强的魔物吧?是你一个人搞定的吗?"

"是啊。只要我出手,区区独角熊(Horn Bear)根本不值一提!"

听说有人打倒了强大的魔物,我产生了兴趣。

我往那边瞄了一眼，发现桌子上放着一具死沉的尸体。

我差点喷出嘴里的食物。

我正在想他们说的独角熊是什么，结果那完全就是骗人的。

那只是一只身体里塞着独角兔的熊，根本不是什么独角熊。

动物和魔物很难区分。

而且还有妖兽和魔兽等种类，他们很难严格区分。

比如岚牙，严格来说，他属于"妖兽"。

食物以魔素为主的是"妖兽"，和动物一样吃肉或果实的是"魔兽"。不过这二者很难辨别，而且岚牙也吃肉，分那么清楚也没有意义。

但是，动物和魔物间有一个明显的区别。

那就是实力。

无论是妖兽还是魔兽，都比动物强得多。

动物浸染魔素之后会变异为魔兽，所以自然是魔兽更强。

因此要分辨尸体意外地简单，只要调查肉质马上就有结果。

普通人应该分不出来。

像我这样拥有"解析鉴定"的自不必说……

魔物还会掉落魔晶石，所以这才是最有力的证据。

"喂，有个家伙拿着伪造的独角熊在炫耀，原来还能这样啊？"

"哎？啊，真的有呢。可是利姆鲁老爷，真亏你看得出来。"

"啊，真的有啊！那是独角兔的角。这可瞒不过魔法师……"

"果然一眼就能看出来啊。这又无法提交讨伐委托，岂不是没有意义？"

"老爷，你有所不知。那家伙不是为了提交委托。这招虽然在王都行不通，但在这种小村庄能成为英雄！如果顺利的话可以让别

# 第四章
## 布鲁姆特王国

人以为自己保护了村庄，从而蹭吃蹭住。"

原来如此，这想法倒是不错。

听了基德的解释我明白了，这家伙是骗子。

能长点见识，我就满意了，拆穿这事也不大好，我决定不再多事，可是……

"喂喂，给我等一下。你们竟然说这是伪造的，我看你们是存心找碴吧！竟然小看本大爷，你们做好心理准备了吧？"

在一边炫耀的那个名叫彼得的男人站起身，朝我们这边走来。

这些家伙的耳朵怎么那么灵？

看来我平白无故惹上了一个麻烦……

我正想着，结果……

"咦？那不是卡巴鲁先生吗……"

"爱莲小姐也在！"

"那边那个不是基德先生吗？"

其他客人听到这话之后，一下就围住了饭厅。

那个彼得似乎也听到了这话，他停住脚步，脸色越来越白。

"什……什么……想不到偏偏是你们三位。你们回来怎么都不打声招呼！"

那人搓着手凑过来，一个劲地点头哈腰。

这人变脸的速度堪称典范。

"你谁啊？"

"真是的，我是彼得啊，之前被你们揍得很惨！就是之前在王都惹事的彼得，被卡巴鲁先生教训了一顿！"

看来他在王都惹过事。

据说他当时想偷卡巴鲁的东西，想不到现在他从小偷转职成了

145

骗子……

真不知道他是顽强还是愚蠢。

就算是这样——

这又是怎么回事！

想不到卡巴鲁那三人会这么有名。

他们不认识那个骗子（彼得），对方却很敬重他们。村里的居民也是，看样子他们都很敬仰卡巴鲁那三人。

他们这么奇怪，就算受人敬重也高兴不起来。

真想不到这三人竟然是有名的冒险者。

他们三人最近开始崭露头角，名声迅速传播开来。

嗯……那就是说……

他们经常从我的城镇里带魔物素材回去，难道就是因为这个？他们的表现特别突出……

我怀疑地看着他们三人，他们慌忙地避开了我的视线。

这事我就不多问了，毕竟人人都有不愿提及的事。

但是……

不提归不提，有些话还是要说的。

"你们懂吧？"

"当然！"

这三人心知肚明，齐声答道。

那就好。

这样一来，在有需要的时候，这三人应该也会不遗余力地帮助我。

还有彼得也是。

"如果你也想在其他人面前保住面子，那在别人需要帮助的时

## 第四章
### 布鲁姆特王国

候你也应该出点力,知道吗?因为你平时的行动也会影响别人对你的看法。"

"是……我会注意的。"

我简单提醒了一句,就放过他了。

卡巴鲁他们也清楚这话不只是说给彼得听的,所以他们也不好再对彼得多说什么了。

彼得似乎也在反省,所以这事就不必再追究了。

虽然发生了这么个小插曲,但并不影响我们的旅途。

*

我走在小国布鲁姆特王国王都的街道上。

这里的建筑物很有历史感,但也很坚固。

古老而美好的时代——先不管这个时代是否真的那么美好,这里的建筑物是中世纪欧式风格,透着一股浪漫风情。

我们的城镇中多为和式建筑物,相比之下,这里迥异的风格也很有趣。

路上的行人很有朝气,完全没有阴暗消沉的氛围。

据卡巴鲁他们说,之前上面预测会出现大量魔物,并发出了警报。但警报解除之后,民众又恢复了朝气。

一开始人人都担心可怕的魔物会造成损失,但现在什么事都没有,民众当然会恢复朝气。

这毕竟是紧挨着鸠拉大森林的国家,路上那些全副武装的人十分显眼。

此外这里也有很多奇装异服的人,相比之下戴个面具并不引人注目,这点倒是很不错。

这是典型的魔幻风格。

但有一件事让我很意外。

我用"解析鉴定"观察发现人们的装备质量非常差。

他们的实力也和身上的装备一样，算不上多好。我在矮人王国见到的冒险者身上的装备比这些人更像样一点。

"老爷，这是当然的。这里优秀的锻造师很少。"

"我们要凑齐武器和装备也很辛苦。就算有钱也买不到好装备。"

"我也想要一把新法杖，却一直没有我看得上的……"

这三人回答了我的疑问。

听他们这么说，我就懂了。难怪在知道凯金等矮人工匠在我这里之后，他们的表现会那么夸张。

在我眼中稀疏平常的事，对卡巴鲁他们而言却十分令人震惊。

话说回来，现在这感觉和逛街一样，我已经很久没有这种感觉了，心情非常好。

我在摊子上买了烤肉边走边吃。这种摊子让我怀念起过去的日常生活，可惜已经回不去了。

这肉意外地美味，也不知道是什么肉。

其实只要鉴定一下就能知道是什么肉，但我不想鉴定肉。我对别的东西使用了"解析鉴定"。

我鉴定的是调味料。

尽管有作弊之嫌，但我只要吃过就能知道配方。

这样一来，估计朱菜又能多做一道菜。

我们来到自由组合布鲁姆特支部。

这是一座石砌建筑物，看上去很坚固。

## 第四章
### 布鲁姆特王国

五层的高度在这个世界非常罕见。

我是第一次见到三层以上的建筑物。

矮人王国在山脉地下的大洞窟中,所以连天花板的高度都有限制。连王国也不例外,根本就不存在高层建筑物。

令我吃惊的是,他们使用魔法在关键位置开了采光窗,让室内和室外一样明亮。

因此,我一直以为这个世界没有高层建筑物。

进去之后,我发现里面温度舒适,像有空调一样。

我虽然感受不到气温,但有"热源感知"监测温度,所以一下就发现了室内外的气温差。

想不到会有这么尖端的构造,看来这个世界的文明水平比我预想的要高。

也许是因为有魔法吧,这个世界的发展方向和我原来的世界不同。如果没有魔王和魔物,说不定能发展出更高的魔法文明。

但反过来说,这个世界的人类把发展的精力全部投入到对付魔物的措施上,这也说明这个世界的生活环境严酷到必须投入这么多劳力。

据说人类为了避免与魔王敌对而让出了富饶的土地,所以如果有机会的话,人类可能会对魔物发起反攻。

目前魔物势力比人类强,但不知道今后会怎样。

人类的欲望永无止境,就算是为了保护本国的权益,也要尽早准备好应对措施。

幸好我来了人类城镇。

虽然我不想与人类敌对,但万一事情真的发展到那一步,敌方的情报就十分重要。

看看人类城镇，了解这个世界的人类会对今后的方针产生重大影响。

我决定多观察多学习。

也不能一直站着。

我跟着那三人往里面走去。

里面和政府大厅的接待处很像。

有几个窗口和机场的行李寄放柜台很像，那里有一块金属板，上面写着收取窗口。多亏有"大贤者"的解读，我才能看懂那文字。这真是项万能的技能。

那些窗口大体分为三类：一类是前面说的收取窗口，一类是所有组合成员都能使用的普通窗口，最后是专为冒险者设立的专用窗口。

收取就是字面上的意思，缴纳采集物和其他物品给组合时在这里办手续。

普通窗口是给新人和在城镇生活的组合成员使用的。加入、退出组合的手续在这里办理。

专用窗口只有被认定为冒险者的组合成员才能使用。

主要在城镇外活动的人被称作"冒险者"。也就是说，成为冒险者的最低要求是有战斗能力。

比如有个部门叫魔法公会。

加入魔法公会的条件是会用一些魔法，但只是这样还算不上冒险者，只能使用普通窗口。

仅仅会用魔法还不行。

## 第四章
布鲁姆特王国

　　加入采集、探索、讨伐中的一个部门,并拥有在城镇外活动的实绩之后,才能成为冒险者。

　　卡巴鲁、爱莲、基德分别属于讨伐、采集、探索部门。

　　这就是他们三人的分工。

　　光是听说明,要想成为冒险者似乎没有想象中容易。

　　那成为冒险者又有什么好处呢?

　　冒险者最大的好处是自由,自由组合的名字也是源于一种自由的制度。

　　自由组合成员都有明确的所属国家,但冒险者可以自由改变自己的国家。本人想迁出定居的地方去其他国家比较简单。

　　当然,在战争时期不允许冒险者去敌国,但冒险者可以从第三国中转。

　　在国家间通行需要提供各类身份证明,非常麻烦。但冒险者的身份本身就是一个证明,可以自由出入和自由组合有合作关系的国家。

　　冒险者可以不受国境的限制,自由活动。

　　魔物是人类的威胁,冒险者是应对这一威胁的战斗力量,所以他们会受到优待。这种自由行动的权利就是证据。

　　话虽如此,但变更居住国不过是改变纳税对象而已,没有多大意义。事实上,没人会频繁改变居住国。

　　自由伴随着责任,估计所有冒险者都想定居在能够轻松生活的国家吧。


　　总之,这就是我听到的说明。.

　　我之后还得去英格拉西亚王国,所以一定要取得冒险者资格来当身份证明。

# 关于我变成史莱姆这档事 4
Regarding Reincarnated to Slime

我把这个想法告诉那三人之后,他们带我去了普通窗口。

"冒险者在这里登记注册。"

"利姆鲁先生肯定能轻松当上冒险者!"

"其实我觉得你根本不需要接受测试。"

我边排队边听他们说。

这时已临近傍晚。

据说再过一会儿,窗口这边就会挤满人。

白天这里没什么人,但傍晚时分,冒险者都会回到这里,非常热闹,所以最好趁现在办好登记手续。

"我想登记为冒险者,谢谢。"

"你几岁了?现在当冒险者是不是早了点?"

我被窗口的小姐拒绝了,但卡巴鲁一看情况不对立刻过来帮我说话。

"别这么说嘛。别看利姆鲁老爷这样,他可是非常强的。给我个面子吧?"

毕竟我的外表和孩子一样,她这反应也在我的预料之内。

我事先和卡巴鲁他们商量过,让他们帮我说服接待员同意我登记。

"你的实力能得到卡巴鲁的保证啊。可测试是有危险的……"

"没关系,我能搞定。"

他们三人轮番上阵,接待小姐终于勉强答应帮我办理登记手续了。

我在专用表格中填写了相关信息:姓名、年龄、特技、出身、其他。

只要把能填的内容都填上就行了。

我只填了姓名和特技,特技填的是剑术。

基本内容就这样填完了。接着,要选择加入的部门。

## 第四章
布鲁姆特王国

　　只要有实际成绩,就可以同时加入三个部门,所以没什么好纠结的。
　　我决定先加入讨伐部门。
　　加入采集部门需要去森林寻找指定的物品。
　　加入探索部门需要测试探索遗迹的技术,所以必须要去英格拉西亚王国的人工遗迹参加测试。
　　能在这里进行测试的只有讨伐部门。
　　我在填写信息时——
　　"卡巴鲁先生,今天也很帅啊!"
　　"爱莲小姐真迷人。今天也是那么美!"
　　"蠢货!这些家伙都不懂基德先生的雅致……"
　　听到了这些不明所以的对话。
　　为什么那些人会这么仰慕卡巴鲁他们呢?他们在之前的村庄也很有人气。
　　我边想边填完表格。
　　"你确定吗?手续虽然简单,但最危险的就是讨伐测试。"
　　"没问题的!老实说,我们三人加起来都赢不了利姆鲁先生!"
　　"是啊。他的实力我们望尘莫及。"
　　爱莲和基德替我回答了接待小姐的忠告。
　　听到他们的话,在场的所有人都吃惊地盯着我。
　　我在填写信息时就听到那些人在议论。
　　"喂喂,那个小个子好像要接受讨伐测试?"
　　"我们赌一赌他能不能通过怎么样?"
　　"得了吧,这有什么好赌的!"
　　"他腰上的直剑形状很特别,我从没见过……"

"说不定他是个高手……"

"有可能。那三位对他好像很恭敬。"

那些人肆无忌惮地议论着。

那些人聊得正欢时,我听到了有在爱莲他们的谈话。

"不是吧?那个小孩比卡巴鲁先生还强?"

"难以置信。从卡巴鲁先生他们的表现来看,应该是真的……"

随着那人惊异的心情慢慢平复,我又听到了议论声。

"喂!你们稍微安静点。利姆鲁老爷,不好意思,这里净是无礼的家伙——"

"没关系。别管那事了,我们能不能尽早开始测试?"

卡巴鲁大吼一声,这里静了下来。

与此同时,刚才哑口无言的接待小姐也慌忙点头。

"嗯……嗯,可以。现在可以接受测试了。要成为冒险者至少要有 D 级的实力,所以不推荐非战斗人员当冒险者。讨伐部门要求更高,至少要有 $D^+$ 级。组合建议有 C 级以上的实力再接受讨伐部门的测试。你确定要接受测试吗?"

听到最终的确认,我点头回应。

估计这是因为离开城镇必须有足够实力。

就连那个彼得都是 $D^+$ 级的冒险者,相信我能轻松通过测试。

这个等级也是神乐坂优树定的。

在组合登记之后,从 F 级起步,积累战斗经验之后会升到 E 级。如果实力能得到的进一步的认可,就能成为 D 级冒险者。

如果和多名同伴组队,还能接受比自己等级高一级的委托。

原来如此。

## 第四章
### 布鲁姆特王国

看来出于安全方面的考虑，组合制定了详细的规则防止发生事故。

"那就拜托了。"

我接受测试的事就这样定了下来。

只要不是笔试就没问题。

接待小姐站起来，走到里面。然后，她带了一名男性出来。

他应该是考官吧。

"哦？接受测试的是你啊。你比卡巴鲁他们还强？算了。跟我来吧。"

那家伙的态度有些高傲。

那人瞪着卡巴鲁三人，难道他们之间有过节？

"喂，他刚才好像瞪了你们一眼？"

"嗯……基奇斯嫉妒我们的名气。他自己已经引退了……"卡巴鲁支支吾吾地说道。

他看着考官基奇斯的脚。

那是义肢。

估计卡巴鲁说的"引退"就是字面上的意思。

"别在那边闲聊了，快来吧。"基奇斯催促道。

我赶紧跟上他，从后门走向另一栋房子。

*

测试在一个类似体育馆的建筑物中进行。

除了我们，有几名组合成员跟着我们后面过来看热闹，那些人看上去似乎很闲。

这个世界的娱乐活动很少，所以就算是这种小事，也会有人来凑热闹。

升级测试也会在这里进行。

委托对冒险者的等级有严格的限制,测试的结果直接关系到冒险者的收入。所以除了每周一天的休息时间,其他时候都能接受测试。

因此,公会每个支部都有考官驻留。

考官同时也是紧急时刻的后备战力。因此,考官通常都是由A级以上实力的退役冒险者担任。

估计基奇斯也是因为断了一只脚才会退役当考官吧。

"话先说在前头。通过E级测试之后可以取得D级的挑战权,之后是C级挑战权。但是,一旦测试失败,那就要等赚到与你的等级相当的点数之后才能再次接受测试。你明白了吗?"

基奇斯简单为我说明情况。

也就是说要从已通过的等级的前一个等级重新开始。

虽然能够增加可接受的委托,但参加测试也很麻烦。

如果有人一直申请测试组合很会头疼,所以要让冒险者提升实力之后再来。

既然能明白这种规矩的意图,我自然要表示理解。

"没问题。"

听到我的回答后,基奇斯点了点头。

"哼。据说你比卡巴鲁他们还强,那就让我看看你到底有多强。你就向神明祈祷不会现出原形吧。"

他咒骂着卡巴鲁他们。

不过,卡巴鲁他们确实在投机取巧地提交魔物素材,被他怀疑也不冤。可以说,就是因为他们赚取点数太快,导致自己成了众人热议的对象,才会招致不必要的怨恨。

卡巴鲁他们也有错。

## 第四章
### 布鲁姆特王国

基奇斯指着地面继续说道:"测试在这个魔法阵内进行。为了保障安全,这里展开了结界,但是不能太依赖结界,就算死在里面也不能有怨言。你同意的话就进去吧。你准备好了就告诉我。"

我顺着他指的方向看去,地面上画着一个直径二十米的圆圈。

一踏入圈内,就会启动一个半圆形的结界。

看热闹的人也兴奋地看着这一切。

"好!"我低调地答道。

"好。那就打倒眼前的敌人!"

说完,基奇斯放出了正在准备的魔法。

测试开始了。

基奇斯施放的是"召唤魔法"。

他应该是爱莲和我提过的召唤术师(Summoner)。

这类施法者会召唤魔物,替自己进行战斗。我记得爱莲说要召唤出实力在自己之上的魔物需要满足各类条件,所以施法者通常一般都是召唤实力与自己相当的魔物。

基奇斯召唤出的第一只魔物是我没见过的低阶魔物——狩猎犬(Hound Dog)。

这种狩猎犬训练有素,但也仅此而已。

狗还没有发出低吼(或者说还没有把我吓到),我的直刀就斩断了它的头。

这样一来,我就通过了 E 级测试。轻轻松松。

"喂,我搞定了。请继续。"

四周鸦雀无声。

"好……好厉害……"

我听到有人嘟囔了一句。

基奇斯似乎有些不快。

"咳……咳。你还凑合。但轻敌可是要吃苦头的。你要继续挑战吧？"

"嗯。我想尽早升到A级。"

"A级？你可别拿自己的生命当儿戏。你只是胜过卡巴鲁而已，最好别太得意忘形。下一场要开始了！"

感觉他的愤怒转到了我的身上。我是个诚实的人，只是坦率地说出自己的想法罢了……

算了。

好麻烦，我还是尽快搞定吧。

尽管基奇斯对我很气愤，但还是召唤出了下一个敌人。

这魔物全副武装皮肤黝黑，外形酷似哥布林——是邪鬼妖精（Dark Goblin）。

"喂，喂……那不是基奇斯的主力使魔（Main Servant）吗？"

"喂，那可是全副武装的啊！我听说就连C级冒险者都很难对付那只魔物……"

那些议论声传进我耳中。

"开始！"

基奇斯宣布道，这声音盖住了其他人的议论声。

那些人说就连C级的冒险者都很难对付这只魔物，这真的是D级测试吗？

不管这么多了，反正这魔物也不是我的对手。

"喂，完事了。请继续。"我一刀解决邪鬼妖精，继续催促道。

基奇斯浑身发抖。

## 第四章 布鲁姆特王国

"嚯——挺能干的嘛。好,那就继续。"

四周一片寂静,他们比我还紧张。

"集团战也是必不可少的一环,你能通过吗?"

说完,他召唤出了三只巨型蝙蝠(Giant Bat)。

真让人怀念啊!我被这家伙袭击似乎是很久之前的事。

"别磨蹭,开始。"

周围的人似乎想说什么,但被基奇斯这话抢先了。

不过这与我无关。

我迅速解决了巨型蝙蝠。

那些蝙蝠像被定住一样,我都不需要开启千倍的感知速度就轻松搞定了。

周围的人哑口无言,这场战斗让他们看呆了。我估计他们根本看不清我的动作。

因为我在靠近巨型蝙蝠的一瞬间,刀光一闪,就结束了战斗。

"这样一来,C级也通过了。请继续。"

我这话让基奇斯回过神来。

"竟然连我都看不清你的动作?"

这时,基奇斯终于开始急躁了。

"呵……呵呵呵。真有你的。看来以你的实力确实可以打败卡巴鲁,已经没什么好怀疑的了。那好,我就用B级的试炼来试试你的身手。"

他说的不是测试,而是试炼。

基奇斯说话时,眼中布满血丝。他开始咏唱咒文,身上迸发出与此前截然不同的魔力。

四周看热闹的人都静静地看着这一状况,大气都不敢出。

其中一人跑出了房间，嘴里喊着："我……我……去叫支部长（会长）来！"

没人理会那个人，基奇斯的召唤完成了。

他召唤出了一只邪恶的魔物。

那是一个拥有四只手臂的恶魔——低阶恶魔（Lesser Daemon），它的手臂随着呼吸蠢蠢欲动。

这是我第一次见到的恶魔种类。我有点想把它吃掉，夺取它的能力。

话说回来，它这次的魔法是"恶魔召唤"啊。

我一定要学会——

"提示。已成功学会召唤魔法——恶魔召唤。"

哎呀呀。

想不到这么轻松就获得了"恶魔召唤"。

学习技术需要勤学苦练，学习魔法却非常轻松。竟然看一眼就能学会，我简直不敢相信。

在我看来，获得这个词更准确——

但现在不是考虑这事的时候。

"那个魔物是低阶恶魔！纯粹的物理攻击对这种怪物无效。你要怎么做？要放弃就趁早说。"

我正在心里感慨学习魔法轻松得不像话，基奇斯这时兴奋地叫道。

看来他的目的彻底改变了。他似乎想把对卡巴鲁他们的仇恨发泄到我身上。这肯定不是B级测试用的魔物。

## 第四章
### 布鲁姆特王国

刚才已经有人去叫支部长了。

支部长估计就是菲茨,就算我败给这家伙应该也能重新接受测试……

不过,我应该能赢,所以也无所谓。

这时……

"我说……那不是组队挑战的魔物吗?"

"是啊……我刚才也在想这事。"

"喂喂,一个人打不过那东西吧?就算是 $B^+$ 级的人,也很难对付那种魔物。"

旁观者开始议论了。

就算是那些看热闹的人也知道这状况不正常。

卡巴鲁那三人也是。

"基奇斯,你是不是有点过分了?就算我们三人一起上最多也只能勉强打败低阶恶魔。"

"是啊!毕竟普通武器无法对恶魔系的魔物造成伤害!"

"就是啊。说来惭愧,我甚至都无法成为战力。最多只能牵制一下这魔物,给前卫争取一点回复时间!"

他们纷纷开始抗议。

可是,基奇斯充耳不闻。

"哼!接受测试的是那个戴面具的小鬼吧?遇到一点危险就退缩的人不适合当冒险者!你决定吧。要中止测试吗?"

基奇斯的语气很强硬,但仔细看就能发现他的样子有些不对劲。他大汗淋漓,似乎正拼命挤出力气坚持着。

我看了看低阶恶魔,他在挣扎想摆脱控制,看来基奇斯的控制力下降了。

想想也是。

基奇斯刚才连续施放魔法。精神力即将耗尽，注意力难以集中。

那就赶紧帮他一把吧。

"虽然有问题，但我也能搞定。开始吧。"

听到我这话，基奇斯瞪大眼睛。他似乎想说什么，但话到嘴边又咽了回去。

他表情夸张地开口道："你还真敢说！那就完成这最后的试炼让我看看！"

嗯？最后的试炼？

我正疑惑时，低阶恶魔被放开了。

B级测试开始了。


可是，我该怎么做？

我不太想让别人看到我的能力（技能）和魔法。

我正犹豫时，低阶恶魔眼中冒着红光，开始咏唱咒文了。

四个火焰球朝我飞了过来。

不愧是恶魔，在魔法方面很有一手。

其实只要我用"暴食者"把魔法吃掉就行了，但我不想在那些看热闹的人面前用这招。

所以，我躲开了所有火焰大魔球。

火焰大魔球打到我身后的结界上，燃起了熊熊大火。

我拥有"火焰无效"，所以那些火焰并不构成威胁。可是，如果我毫发无损，反而显得很不自然。所以，我假装仓皇躲避，并装模作样地咏唱咒文。

"水冰大魔枪！"

## 第四章
### 布鲁姆特王国

我放出的冰冻魔法浇灭了部分火焰,在火焰中形成一个安全地带。

四周的惨叫变成了感叹,我举着刀,假装听不到。

看来物理攻击真的对恶魔无效。我砍上去之后,发现手感很不正常。

"提示。物理攻击对精神生命体无效。"

我记得这种感觉,攻击无法造成伤害时就是这种触感。

也就是说,这个低阶恶魔是完全的"魔体"。

它的身体和我以及苍影的"分身"一样由魔素汇聚而成。

它的召唤者就在身边,估计遭到普普通通的物理伤害可以立即再生。不会受伤的敌人很不好对付。

这种精神生命体得到实质性的肉体之后,就会成为拥有智慧的恶魔族。这时,物理多少能起到一点作用……但现在的情况与此无关。

低阶恶魔看到自己的魔法被避开之后恼羞成怒,用四只手臂发起了攻击。

钢铁般坚硬的手臂连续横扫。虽然速度还算快,但在我眼里简直是静止不动的。

把它吃掉倒是最轻松的办法。

我该怎么做呢?

水冰大魔枪应该能对它造成伤害,但不足以解决它。恶魔的魔法耐性好像很高……

咦,等一下?

我记得魔法是将想象化为现实。

"夺取热量"的想象能化为水冰大魔枪,"点燃物体"的想象能化为火焰大魔球。

而"气操法"这种技术是将自身的妖气(也就是斗气)直接转化为攻击力的技巧。这招应该对精神生命体也有效。

我也学会了魔力弹,所以很擅长操纵妖气。可是,直接使用妖气会暴露我魔物的身份。

这样的话——

我就做一个尝试吧。

我谨慎地凝练妖气,并将其还原成魔法力。再把这些魔法力和发动魔法时使用的魔素(能量)融为一体。

人类体内的魔素量(能量)很低,进行这一过程必须从空气中聚集魔素。但我是魔物,不需要那么麻烦。我可以使用自己体内的魔素(能量)迅速完成这一过程。

我将这些魔法力覆在刀身上。这时,我心里想的是"强化、斩断、破坏"。接着,刀上泛着一层淡淡的光,我的直觉告诉我完成了。

"提示。已获得高阶技能'魔法斗气'。"

这效果超出了我的预期。

高阶技能"魔法斗气"——在妖气的基础上施加简单魔法效果的能力(技能)。

换句话说,就是魔法和技术的融合。

接下来,只要给它来一刀就完事了。

低阶恶魔刚碰到刀就被砍成两半,化作烟尘消失了。

"喂,结束了。我 B 级也合格了吧?"

听到我的话,看热闹的人回过神来。

下一个瞬间——

"好厉害——你帅得一塌糊涂!"

"喂喂喂喂,这太强了吧!"

"不是吧?竟然凭一己之力打败了低阶恶魔……"

"喂,你摘下面具让我们看看你的样子吧!"

"管他长什么样,这事无关紧要吧!你别管那家伙,加入我们的队伍吧!"

那些人一起发出喧闹的欢呼并开始拉拢我加入他们的队伍。

\*

那群人非常激动,但一个人物出现后,他们又静了下来。

那人是菲茨。

"安静!"菲茨大喝一声,吵吵嚷嚷的组合成员全都老实了。

菲茨用余光看着那些人朝我走来:"利姆鲁阁下,你没事……吧?要是你有个好歹,这事就无法收场了。"

他说话时有一瞬间露出了安心的表情,但立即隐藏起来,转向卡巴鲁他们。

"我说你们……我不是反复叮嘱你们直接把利姆鲁阁下带到我这里来,不要瞎逛吗?为什么你们会在这里做这种事?嗯?"

菲茨头上青筋暴出,愤怒地瞪着卡巴鲁他们。他简直和黑道老大一样。这威慑力太可怕了。

卡巴鲁他们站立不动,各自找着借口。

## 第四章
### 布鲁姆特王国

"啊……不是。"

"这个嘛……"

"我已经劝过了。"

但菲茨没有放过他们。

"闭嘴,你们这些蠢货!从今天起,你们就是三蠢货!"

菲茨一吼,让这三人闭上嘴。

"这……这有点……"

"太过分了,因为利姆鲁先生说他想当冒险者我们才……"

"……你是不是再考虑一下?"

菲茨无视了三人的哀求。

"你们这些蠢货!利姆鲁阁下还需要参加测试吗?我可以用支部长(会长)的权限直接把他提为 B 级冒险者!!"

菲茨痛斥这三人。

在这一瞬间,所有人都知道我是菲茨的客人,而且实力很强。

众人就此散去。

我们来到了菲茨的办公室。

三蠢货正坐在我旁边,菲茨正抱着头。基奇斯站在菲茨身旁,表情十分尴尬。

"喂喂,你突然来这一出,太引人注目了。能用剑打败低阶恶魔的家伙可是非常罕见的。你那把是魔法剑吗?毕竟附魔(Enchantment)或斗气剑(Aura Sword)威力没那么大,估计你的事马上就会流传开……"

"这可不妙。可是,你都看到了,怎么不阻止我……"

"这个,当时根本来不及阻止你吧?现在说什么都晚了。直接把魔法附着到剑上的技术是高阶技巧，我听说圣骑士会用这种技能。就连自由组合本部所属的 A 级冒险者中也有人会这种独创技巧，所以这不是绝对唯一的技能。但这是对付恶魔的撒手锏，如果别人知道你会这招的话，你会被拉拢你的人烦死的。今后最好慎用。"

菲茨叹着气忠告道。

菲茨瞪着那三人，似乎在说这一切都是因为那三蠢货没有遵从他的嘱咐。

菲茨的一句"在下面看热闹的家伙都是 C 级以下的低级冒险者，估计他们没那个眼力，不会发现这件事……"算是放过了他们。

看来使用斗气剑（我这个应该叫"魔法斗气"）时应该尽量避免被别人看到。

幸好能及时发现这个问题。

"谢谢提醒。我今后会注意的。"我坦诚地向菲茨道谢。

遗憾的是还剩一个 A 级测试没有完成。菲茨的权限最多只能证明我有 B 级冒险者的实力，既然要当冒险者，我自然想升到 A 级。

似乎还有特 A 级和 S 级，从 A 级开始待遇会有很大的不同。

"可惜我差一点就能升到 A 级了……"

"啊，这是不可能的。"

听到我的低语，考官基奇斯答道。

"利姆鲁阁下，你别误会。他那话不是说你实力不足，而是因为按照规定组合支部最多只能发 B 级的证明。"菲茨慌忙解释道。

从 E 到 D、D 到 C 以及从 C 到 B 可以无视评价直接接受测试。代价是如果没有通过测试，就必须再次赚取点数，这些刚才已经说明过了。

但是，要挑战 A 级就必须踏踏实实地做好冒险者的工作，而且

## 第四章
### 布鲁姆特王国

只能在自由组合本部所在的英格拉西亚王国进行测试。

B 级及以下只要能得到 $A^-$ 级的人认可就行,但要想成为 A 级必须由 A 级以上的人进行测试。

想想也对。

"首先要接受工作,必须得到 $B^+$ 的评价才有权进行挑战。"

我就按照基奇斯说的,先赚取点数吧。

"话说回来,利姆鲁阁下的实力真是不一般。因为卡巴鲁他们的介绍,我怀疑你的实力有水分……唉,是我有眼无珠了。"

基奇斯说完低下了头。

"喂,基奇斯,你这话太过分了。"

"你也太不相信我们了……"

"太伤人了。"

我和基奇斯无视那三人的感叹,消除了隔阂。

希望这三人今后能够好好表现,洗刷自己的污名。

当天晚上,我和卡巴鲁三人、菲茨以及基奇斯共六人一起商讨今后的计划。

我的目的当然是去见神乐坂优树,他应该是我的同乡。

卡巴鲁他们替我说了介绍信的事,菲茨已经帮我准备好了。

我感激地收下介绍信,并收进"胃"中以防丢失。等身份证明发下来之后,准备工作就完成了。

"身份证明明早应该做好。只要告诉接待处的小姐你是我的熟人,她应该会优先帮你办理。"

"就算不说也没问题,她也看到了老爷战斗的英姿,好像彻底被你迷住了。"

"是啊。看到那样的场面是会被迷住。"

"说实话是很帅啊。"

"我对自己当考官时的事很懊恼,但你的战斗确实很精彩。"

他们的感想让我有些不好意思。

"所以说啊,我本来想用自己的权限给利姆鲁阁下发身份证明,隐藏利姆鲁阁下的实力。其他方法太引人注目了吧。"

菲茨似乎帮我考虑了很多。

"关于这件事,我真的很抱歉。"

"对不起!"

卡巴鲁道完歉之后,爱莲和基德也低下了头。关于这件事,我自己也考虑不周。我很久没有见到城市,来了之后高兴得有点忘乎所以。

"今后,我自己也会注意的,菲茨你也别再怪他们了。"

在我的劝解下,这次的事就这样过去了。

我计划明天做足准备,尽早出发……但菲茨让我先等等。

"其实布鲁姆特的国王希望能和你进行一次绝密会谈。"菲茨说道。

他说布鲁姆特的国王已经知道我到了王都,希望在三天后和我进行会谈。

我爽快地答应了。

而且按照计划,在见国王之前,我还要和菲茨熟识的一个贵族暗中会谈。

据说那人想和我谈谈今后两国来往的实质性协议。和国王会谈时,我们应该会正式确定那些协议。

说是没有进行事先讨论,就不能与国家要员会面。

## 第四章
### 布鲁姆特王国

因为如果没有确定内容,就算见面也是浪费时间。

高层间的协议有时会更快解决,但这种例子非常罕见。

这次没有迫在眉睫的问题,我们只是讨论一下双方在大方向上的草案。

我也没有异议。

既然和国王的会面在三天后,那我也就有时间了。而且,我不知道王国想说什么,也有点紧张,能够提前知道会谈内容对我也有帮助。

明天和三天后的计划就这样定了。

我们谈到很晚,这天夜里,我就在组合支部的客房中过夜。

这里补充一点。我很久没见到人类的城镇,现在是晚上,而且我的资金也很充足,但遗憾的是我却没有开拓新的梦幻世界(Frontier)。

\*

菲茨熟识的那个贵族名字叫贝鲁亚特。

他的爵位是男爵。

在一个气派建筑物林立的区域中,有一座朴素的建筑物,那就是贝鲁亚特男爵的公馆。

据说贝鲁亚特男爵是低级贵族,没有自己的领地,他经常在这座公馆或王宫里工作。

"一言以蔽之,那家伙就是个工作狂。"

菲茨说这事要保密。

我本来也没打算对别人说。

简单来说,菲茨说组合的支部长(会长)和贵族在背地里有联系的事不方便公开，所以这件事不能让其他人知道。

我跟着菲茨进入公馆。

我们穿过美观的庭园来到玄关，一位老人出来迎接我们，一眼就能看出他是管家。

女仆（Maid）低着头站在两侧。听说他是个低级贵族，想不到这么注重形式，我开始有些不安。

这场面让我想起了以前去女仆咖啡厅的事。

现在真正的女仆就在我眼前，令人十分感慨。

不愧是异世界，文雅的气质、优雅的举止——真正的女仆就是不一样。

真是不可思议，看着这些女仆，我心中的不安也消失了。

我冷静下来，跟着管家在走廊里前进。

他把我们带到最里面的房间，停在一扇气派的门前。

令人紧张的一刻。

管家敲了敲门，里面有人应道："请进。"

老实说这很麻烦，但矮人王国的宫廷礼仪也难不倒我，这种场面自然不在话下。

虽然我还没记住敬语和礼仪，但只要下决心就会有办法。

进来后，一名男性过来迎接我们。这人身材高瘦，眼睛细长清秀，举止理性稳重，透着一股工作狂的气质。

他给我的印象和菲茨说的一模一样。

"欢迎光临。我是布鲁姆特的大臣，名叫贝鲁亚特。今后请多关照。"

没等我寒暄，他就先开口了。

我慌忙回应道："初次见面，我是利姆鲁·特恩佩斯特。想必

## 第四章
### 布鲁姆特王国

你已经知道了,我的真实身份是魔物史莱姆。我不熟悉人类的礼仪,如有失礼请多包涵。"

说完之后,我们握了握手。

这方面的风俗倒是和我前世很像。

"请不用在意那些礼节。虽说我是男爵,但是没有领地,只是个微不足道的贵族。你不必拘泥于那些问题,把我当成普通人就行。"

贝鲁亚特男爵说道,他似乎看出了我心中的不安。接着,他把我带到位子上,请我坐下。

他似乎是个小心谨慎、没有破绽的人,是个相当有骨气的对手。

"时间有限,我们就开始吧。"

女仆进来为我沏了红茶。

贝鲁亚特男爵抿了一口茶,如是说道。

菲茨规规矩矩地在一旁见证我们的会谈。看到他这样,我也正襟危坐,准备正式会谈。

双方的交涉就这样开始了。

*

我和贝鲁亚特男爵的交涉持续到夜里。

要点有两项:

一是魔国联邦(特恩佩斯特)和布鲁姆特王国双方的安全保障。

二是与魔国联邦(特恩佩斯特)的互通许可。

首先是安全保障。

布鲁姆特王国是小国,国力较弱,就连应对魔物的措施都不够充分。有了自由组合的帮助,他们才有办法应对魔物,但国家的对策并不完善。

在这背景下，布鲁姆特王国找到了自己的位置，目前他们应对魔物的措施是国家把有限的资源投入到搜集情报上，增强对自由组合的支援。

可以及早发现危机，并制订对策，这样应该可以防患于未然，防止出现重大灾害。

所幸，布鲁姆特王国至今为止都没有出现重大损失，但防范措施永远都不嫌多，所以他们想和我国建立协作关系。

这一条就是字面上的意思，双方约定在一国面临危机时，另一国要尽可能地提供帮助。

当然，这也包括对在森林中活动的冒险者提供支援。贝鲁亚特男爵说我国不需要特地做什么，只是希望我国允许冒险者在我们的城镇进行补给。

昨天，菲茨已经提出希望我能为自由组合的冒险者提供支援。

他希望我为在森林中活动的冒险者提供住宿和物资，以此扩大冒险者的活动范围。这样一来，城镇受到的威胁自然也会降低。

这意味着，我们得到了布鲁姆特王国的信任。于是，我欣然接受，然而……

"当然，他们也会支付报酬。至于价格，可以参考我国的旅店……"

"打住，打住，贝鲁亚特。利姆鲁阁下的旅馆十分舒适，不亚于王都的顶级旅馆。就算他们的定价比王都的平均价格高，也没得抱怨。"

"是这样吗？可是……"

"说实话，那里的环境非常好，就算称那里是疗养地也不为过。"

"那这事以后再说，武器和防具的维护……"

## 第四章
布鲁姆特王国

"你再等等,那里的锻造工坊是由凯金阁下和伽卢姆大师负责。就算在矮人之中,他们也是一流的工匠,怎么能让他们干那种杂活?"

"什么?那么那里就没有商品吗?冒险者还可以去买点……"

"这也不现实。那里确实有其他地方买不到的装备。但是,那些装备性能之高,就连英格拉西亚王国一流锻造屋的装备也相形见绌。我都不敢问他们卖不卖那些装备,至少 B 级以下的冒险者是买不起的。听起来是不是很可笑?"

菲茨一一指正了贝鲁亚特男爵的提案。

是啊,说起来,农村的旅店住宿条件很差,这座城镇的组合支部建得倒是不错,但在厕所和细节方面,我们的城镇完胜。

至于装备,那些都是试制品,不是商品。

现在,我们可以定期得到素材——加维鲁他们会在洞窟里搜集素材,哥布塔他们会在大森林中搜集素材。他们打败魔物后会把有利用价值的部位带回来。

其中也包括高级魔物的素材,我们也能制作稀有的装备。

这些装备的品质也很高,想买的人估计也不少,但我不想出售。因为我们要优先增强自身的战斗力。

装备的维护也有,但同样要优先满足我们自己的需求。

这样的话……

"我明白了。我们会准备长屋给冒险者当简易旅馆。以后,我也会让我们的工匠收徒弟,让他们好好训练徒弟。我估计只要有一两个月,那些徒弟就能维护装备了。"

我给出了一个解决方案。

长屋问题,只要把借给尤姆居住的房子扩建就行了。问题应该

在于培养新的工匠。

现在是黑兵卫一手包办所有人的武器。凯金有时候会打造新武器,并把评价较高的武器交给黑兵卫,用专属技能"研究者"进行复制(Copy)。

但是,黑兵卫没有"大贤者"的辅助,无法缩短复制时间,所以需要花不少时间,虽然能比动手打造快……

总而言之,很多事都只能靠他一个人。因此,他正在招募有志当工匠的年轻人当徒弟。

很快就能开始培养徒弟,说不定不久之后就会培养出新的工匠。

所以,我才会提出这个方案。

我的方案受到了贝鲁亚特男爵的肯定。细节问题要留到日后和利古鲁德商讨之后再决定。

接下来是通行许可。

这件事有点复杂。

在我委托菲茨给我提供帮助的时候,我承诺会免除自由组合所属的商人的关税。这意味着我必须要向布鲁姆特王国所属的商人收取关税。

这就有问题了。

这虽然有损公平,但我也不能撤回自己的承诺,至少近几年不能。

那我可以把布鲁姆特王国商人的关税也免掉吗?我绝对不接受这种事。

肯定不能放弃国家权利不要回报。而且这也有损菲茨的权利,所以不能不收布鲁姆特王国商人的关税。

我们三人的会谈在争论中持续到深夜。三方的利益纠缠在一起,

## 第四章
布鲁姆特王国

争论陷入白热化。

但贝鲁亚特男爵做出了让步。

"我明白了。我国最重要的问题是安全保障。至于关税,可以规定一个期限,在此期间,由国家替商人支付关税。"

至此,我们终于谈拢了。

对商人来说,无论是隶属于自由组合还是布鲁姆特王国,全部都可以免税在我国通行。等到我国要收取关税的时候,我们再协商决定。

为防万一,我再次进行确认,贝鲁亚特男爵非常清楚魔国联邦(特恩佩斯特)的重要性。他甚至比我还明确。

他预计与经由法尔姆斯王国前往矮人王国相比,经由魔国联邦进入矮人王国更省钱也更安全。

先不谈现状,等道路连通,并开始治安巡逻之后,这肯定会成为现实。

到那时,就算魔国联邦(特恩佩斯特)的关税较高,这条路线肯定也是所有人的首选。

贝鲁亚特男爵笑着对我说:"希望到时候我们双方能够建立起互惠互利的关系。"

\*

这两件事确认完毕之后,第二天我在市场悠闲地逛了逛。

我顺路去了一趟组合支部,领回办好的身份证明。当时接待小姐用炽热的目光看着我,但很遗憾,我没时间约会。

那天,卡巴鲁他们带我去逛了一会儿,所以我尽情享受了一番。

出行的准备全部完成了。

接着是第三天——正式会谈。

只要能够签订条约,布鲁姆特王国就是矮人王国之后,第二个承认我国的国家。

魔物国家得到人类国家的承认——这件事意义重大。这意味着我们和人类可以友好相处。

关于保障双方安全的问题,对我国没多大好处,甚至可以说弊大于利。但是,互通许可能够为我国带来巨大的利益。而且,最重要的是,互通意味着魔物可以去人类城镇,可以说这是相当大的一步。

我个人想和人类和睦相处,所以如果能通过这次会谈签订条约就再好不过了。

布鲁姆特的国王亲临现场,我抱着这个想法高高兴兴地进行会谈。

圆脸微胖的国王给人的印象很好,王妃的美让其他女性黯然失色。

布鲁姆特王国和魔国联邦(特恩佩斯特)签订了条约,气氛没有想象中的紧张。

菲茨代表第三方机构担任见证人。

第三方机构的意义是让周边国家知道这份条约的正当性,虽然菲茨非常了解内情,但他绝对不会泄露秘密。

身上的正装似乎让菲茨很难受,我一直保持人形,也觉得呼吸困难。我们一起忍一忍吧。

终于,大臣漫长的上奏结束,会谈也顺利落下了帷幕。

在等待时,布鲁姆特的国王用双手握住我的手,说:"利姆鲁

## 第四章
### 布鲁姆特王国

阁下,今后也请多关照。"

想不到这个大叔这么直爽,他让我感到很亲切。

但这时候,我发现自己被贝鲁亚特男爵骗了。

"如果某些势力想穿过森林侵略我国的话,还请贵国立即为我们提供支援!当然,我国也会不遗余力地协助贵国。"

国王说了这样一番话。

布鲁姆特的国王在王妃的陪伴下微笑着离开了房间。他刚才那番话让我很在意,可不能无视。

某些势力……会是什么势力?他指的应该不是魔物。

我一直以为他们的威胁只有魔物,这么看来,他们面临的威胁不仅仅是魔物。比如邻国法尔姆斯王国也算一个威胁。

通往矮人王国的新贸易路线打开之后,魔国联邦(特恩佩斯特)和布鲁姆特王国可能会被法尔姆斯王国视为眼中钉。

此外……对了!那个东方帝国也是,我记得有人说过那是一个霸权主义国家。

我被骗了!!

我们要应对的威胁还包括其他国家的进攻。

我在心里发出惨叫,差点晕了过去。

这好处可不是白拿的。

我想起了贝鲁亚特男爵的笑容。

他确实说过:"最重要的问题是安全保障。"

比起国防经费,关税的利益岂不是微不足道?

布鲁姆特王国真正害怕的是别国穿过森林发动侵略。我估计他们要防备的很可能是东方帝国的侵略。他们应该是为了防备那种情况,才想将我国作为一道防线。

他确实没有说谎。如果我们陷入危机,他们应该也会来帮忙。毕竟我们两国是唇亡齿寒的关系。

我就这么被他巧妙地骗了。

这时,贝鲁亚特男爵的声音传到了我的耳中。

"你好像发现了啊。想不到你的脑子转得这么快。不过,条约已经签好了,希望我们今后能和睦相处。"

他笑得非常开心。

贝鲁亚特男爵这招实在是妙。

这个老奸巨猾的贵族蒙骗我这样的人简直轻而易举。

喊,只能这样了。现在只能放弃挣扎了……

虽然被骗了,但不可思议的是我并不生气。

我为自己欠考虑的行为感到后悔,同时也很钦佩对方的手段。

算了,吃一堑长一智。等帝国有动作的时候再考虑吧。

可是,果然不能对人类掉以轻心。

魔物异常耿直,但人类会动歪脑筋,今后在和人类交涉时要三思而后行。

我暗暗发誓。

\*

被人骗的感觉真是糟糕。

难得来一趟,再谈点对我国大有好处的事吧。

于是,我从怀里取出新商品高阶回复药放到桌上。

"这是什么?"

我无视了贝鲁亚特男爵的问题,说出一个提案。

"既然已经签了条约,那能不能答应我一个请求?"

# 第四章
## 布鲁姆特王国

"哦？请求啊。我国可是友善的协助者，不帮忙怎么行。"贝鲁亚特男爵挂着完美的笑容答道。

不愧是深谙其道的专家。

"这是我的城镇生产的回复药。我想在这里的市场上销售，你看——"

我才刚开了个头……

"什么？这就是卡巴鲁他们带回来的回复药吗？你之前说的特产就是这种药吗？"

有个人激动地咬钩了，那人不是贝鲁亚特男爵，而是菲茨。

"呃，嗯。我确实给过那些家伙。但是，这药和我给他们的不一样。这药的效果不如我给他们的药，但我相信这药比现在市面上的药好得多。"我回答菲茨。

我给卡巴鲁他们的是我自己做的回复药，那些是完全回复药。

"这药非常稀有，以前两天都不一定能做出一个。而现在这药的产量略高一些，所以我想出售这种药。这两种药唯一的区别在于能否治疗部位缺损。"

我轻描淡写地丢出一段爆炸性的发言。为防万一，我故意把产量往少了说。

这话引发了戏剧性的效果。

"治疗部位缺损……你的意思是那种药可以让在战争或事故中失去的手脚重新长出来吗？"

"严格来说，不是重新长出来，而是汇聚魔素创造替代品。在血液循环和新陈代谢的作用下，随着时间的推移，新的手脚会变得和原来的手脚一样。"

"不可能！如果这是真的，那这回复药岂不是能匹敌西方圣教会秘藏的'神圣魔法'？那不是要和圣灵签订契约的神圣魔法'部位再生（Regeneration）'吗！那种魔法只有司教级以上的人才会用，那可是'神之奇迹'啊！"

就连一向沉着冷静的贝鲁亚特男爵也慌乱地大叫。这效果比我预想的要好。

难怪凯金他们总对我说这事最好保密。

贝鲁亚特男爵立即恢复冷静，观察四周的情况。

刚才的动静吸引了不少人的注意，好在没人听到我们对话的内容。

"我们换个地方谈吧。" 贝鲁亚特男爵说完便往别处走去，他似乎想立即确认这件事。

我和菲茨也没有异议，随即决定再次造访贝鲁亚特男爵公馆。

进入公馆后，菲茨和贝鲁亚特男爵看了看对方，松了一口气。

"那我们怎么做好呢？"贝鲁亚特男爵若有所思地低声说道。

菲茨目不转睛地盯着手中的高阶回复药。

"我可以进行鉴定吗？"

"可以啊。"

菲茨咏唱咒文，用鉴定魔法确认回复药的效果。

"唔——这是……这和卡巴鲁他们的回复药没有区别。我当时实测过效果，但没想到连部位缺损都能治愈。我记得在场的那些魔法医师也说过那药可以匹敌神之奇迹，但我没想到这竟然是部位再生级的回复药……"菲茨也挠着头说道。

就算我让他们试，估计一时半会儿也找不到失去手脚的重伤者。我估计他们也不愿为了试药，特地砍断别人的手脚，所以没发现部位再生的效果也正常。

## 第四章
布鲁姆特王国

"那种回复药你还有剩吗?"

"我留了一个——"

菲茨说别的药都在实验中用掉了。

"立刻叫人拿过来吧。"

听到贝鲁亚特男爵的命令,菲茨点点头。

"值得信赖又有权限的人就只有基奇斯了。"

菲茨边嘟囔边用着手用魔法联系基奇斯。

基奇斯很快就到了。

他用单臂把一个小保险柜夹在腋下。

"菲茨,你叫我来干吗?"

基奇斯正要抱怨,但看到我和贝鲁亚特男爵之后就忍住了。

"你在这房间里看到听到的一切都要保密。"贝鲁亚特男爵对基奇斯命令道。

虽然他谦称自己为微不足道的贵族,却比一般的大人物更有威严。

听到这突如其来的话,基奇斯慌忙点头表示接受:"我发誓!"

贝鲁亚特男爵点点头,从基奇斯手上接过保险柜。

"这就是那个回复药吗……"

贝鲁亚特男爵凝视着手中那个我制作的回复药。

"我不了解魔法方面的知识,但我看得出这药泛着实实在在的光辉。我真切地感受到这瓶回复药有种非比寻常的力量。"

贝鲁亚特男爵接下来的话令我们大为意外。

"我们先试试菲茨手上的回复药吧。"

他竟然让基奇斯摘掉义足,试试药的效果。

说实话我也想知道这药对旧伤有没有效果。

首先测试高阶回复药,不出所料,缺损的部位没有变化。

接着是我做的回复药。

淋上回复药的瞬间,伤口泛起了淡淡的光辉,这光辉以肉眼可见的速度变成脚。

这证明了完全回复药对旧伤也有效。

我怀疑完全回复药能够读取遗传基因中的某种信息,并根据这些信息修复肉体。这应该和单纯的替代品不同。

不管怎么说,它拥有凌驾于现代医学之上的可怕药效。

"什……脚……我的脚……"

基奇斯十分惊愕。

"这……效果太可怕了……"

"这简直!这又是一个可怕的秘密。"

除了我,另外三人都露出了个性鲜明的惊讶表情。我只是想稍稍报个仇,所以才放出一个爆炸性的发言,结果这个炸弹的破坏力超出了我的预想。

"祸从口出"真是至理名言。

我本想在交涉过程中取得一点优势,但一不小心做过头了。

\*

最终,我们统一口径对外宣称基奇斯的脚是花大价钱请谜之司祭治好的。

既然能重新当冒险者,基奇斯也不会有异议。他对我们非常感激,并同意了我们所有要求。

至于我的买卖——高阶回复药的销售,布鲁姆特王国决定以国家的名义定期收购。他们会选派专属商人在西方诸国帮我们宣传。

目前产量不高，所以我期待顾客能慢慢增加。不久之后听到传言的冒险者就会聚集到布鲁姆特王国，到时候再将回复药的生产国——魔国联邦（特恩佩斯特）公之于众。在此之前，要先让回复药慢慢积累顾客的信任。

如果在宣传时表明这是魔物制作的药，估计销路可能很难打开。但等到打开市场之后再公开，那应该会有人因为图方便而不顾这些细枝末节而继续使用。

重要的是，先让客户体验效果，让他们知道这药的便利性。

总之现在已经成功确保了客户的长期稳定。

回复药的销售已经踏出了第一步。

如果可能的话，我不想与人类为敌。

所以，我今后也要继续努力，和人类建立起更加友好的关系。


我和菲茨互相道别。

"那利姆鲁阁下，路上请小心。"

"你不必担心。你要多帮我留意一下，不能让任何人进入那个房间！"

"这事你放心。那里必须通过支部长室才能进去。"

听到菲茨这话我就放心了。

菲茨同意我在那个房间里设置魔钢魔法阵。他看到我拿出了直径约一米的圆板之后目瞪口呆地说："竟然连空间魔法都……不，利姆鲁阁下做出什么都不足为奇啊……"

这样一来，我随时都可以过来玩了。

虽然两国达成了大致意向，但御用商人的问题还没决定，而且我今后也需要经常去英格拉西亚王国。所以，我借了一个房间当元素魔法"据点移动"的传送点。

顺带一提，"大贤者"对据点移动进行解析之后，能够管理多个传送点。虽然仍需要设置魔法阵，但我都可以瞬间抵达那些传送点，非常方便。

魔钢制的魔法阵十分昂贵，必须要有防盗措施……如果有一天可以不用魔法阵进行移动就好了，但这种美梦要保密。

"卡巴鲁，你们也要保护好利姆鲁阁下，知道吗？"

"那是自然。"

"交给我们吧！"

"英格拉西亚那边很安全，我们也会很轻松。"

"你们这些蠢货！我是说，你们要用护卫利姆鲁阁下的点数来弥补投机取巧得来的点数。决不能敷衍了事！！"

我正在想那些奢侈的事时，菲茨和卡巴鲁他们的道别也结束了。那三人还是老样子，菲茨骂了他们一顿。

基奇斯的脚恢复之后重新当上了冒险者。他恢复了现役时的实力，现在气势更盛。

据说他没有离开布鲁姆特王国，而是留下来当王宫魔术师。在找到新的继任者之前，他也会继续考官的工作，所以这方面也没有问题。

估计这是贝鲁亚特男爵的意思吧，毕竟他不会轻易把掌握秘密的人放走。

我们的道别就此结束。

我也拿到了身份证明，商品也找到了批发商。不仅如此，尽管

## 第四章
### 布鲁姆特王国

是个小国，但我国和西方诸国之一建交了。

我带着丰硕的成果离开了布鲁姆特王国。

我的第一站很顺利。

下一站是英格拉西亚王国。

据说自由组合的本部就在那个国家。

我很在意梦里的那些孩子，而且也想搜集有关坂口日向的情报。

我想先去见见自由组合总帅神乐坂优树。既然有介绍信，见他应该不成问题。

于是，我再次踏上旅程。

第五章

# 被召唤的孩子们

Regarding Reincarnated to Slim

## 第五章
### 被召唤的孩子们

那人带着温和的微笑迎接来访者,简单示意来访者坐下,让他报告情况。

"啊,真是头疼。我们的作战彻底失败了。这样一来,克雷曼觉醒为真魔王的事也要稍稍推迟一段时间了。"

来访者——拉普拉斯坐到椅子上,用满不在乎的语气向那人报告他们进行多年的计划失败了。

"哼。我本以为让猪头帝大闹一场起码能轻松杀死一万人。看来还有其他条件,要想得到力量可没那么简单啊。"

听房间主人的语气,他也认为这不过是琐事。

"是啊。就算依靠来历不明的力量,那家伙实力也只是普通,并不出众,看来他是真心痛恨莱昂。"

"克雷曼还差得远呢。那么,你今天要报告的只有这件事吗?"

房间的主人期待地问道,拉普拉斯闻言露出轻浮的笑容。

"当然不只这件事!我刚才的事只是顺便报告一下。话说回来,这事克雷曼已经对你说过了吧?我只是个帮手而已,并不清楚核心内容。那就说重点——我最近正在暗中调查那些圣骑士的动向。维鲁德拉消失之后,那些家伙果然很起劲。"

"哼,果然是这样啊。那你知道他们的目的吗?"

"要是知道,我就不用这么辛苦了。那个西方圣教会真是个麻烦的组织。"说完,拉普拉斯耸了耸肩。

虽然看不到他面具下的表情,但他那满不在乎的态度和那番话的内容截然相反。

"确实麻烦。他们对外宣称自己是'保护弱者的正义之士',但不管怎么想,他们的行动都不像是出于善意。这是个谜一般的组织。"

"是啊。他们频繁活动也给我们创造了抓住狐狸尾巴的机会吧?这是一个历史悠久的组织,所以难以深入高层。但我说不定可以通过这次行动成功潜入。"拉普拉斯再次露出笑容说道,"所以,我想稍微认真点潜入调查。你会有一段时间联系不到我,没问题吧?"

"嗯,没关系。对了对了,如果你能成功查出西方圣教会的底细,那我就为你实现一个愿望。"

听到这话,拉普拉斯开心地笑了。

"真的?这话让我有点激动啊!"

"嗯。不过你可别因为太心急反而搞砸了。"

"不用你说,我也会小心的。那我就……"

拉普拉斯站起身正要离开房间。

这时,房间的主人愉快地朝他的背影抛出一句话。

"啊,对了对了,还有一件事。据说导致你们作战失败的元凶来了西方诸国。看来事情会变得很有趣。"

"哈?他为什么会来这边?那个蠢货史莱姆应该已经当上鸠拉大森林的盟主了吧?他搭错了哪根筋,怎么又跑到人类国家来了?"

"啊哈哈哈哈!他竟然能让你如此意外,看来他真的是特异魔物啊。他叫什么名字来着……"

"我记得是叫——利姆鲁。"

"啊,这样啊。那就对了。据说他已经进入布鲁姆特王国。"

拉普拉斯一时语塞。

## 第五章
### 被召唤的孩子们

"算了。反正这和我没关系。这么没有危机感的魔物还真是少见啊。"

拉普拉斯留下这句话便离开了。

房间的主人愉快地笑着。

接着……

"从这不可思议的行动来看,他不是普通的魔物。这么说来……难道他留着前世的记忆?说不定会有利用价值。我就稍稍试探一下吧——"

他开心地嘟囔道。

●

鸠拉大森林周边有许多国家——有我刚离开的布鲁姆特王国,以及与其接壤的大国法尔姆斯王国,还有许多类似英格拉西亚王国的小国。

这些国家抱团组成了评议会。各国选派评议员代表本国出席评议会,重大事项要通过评议会决定。各国挑选评议员的方法各不相同,但多为继承顺位较低的王族。

评议会的正式名称为西方诸国评议会(Council of west)。

据说评议会成立之初的构想是对抗魔物的互助组织,但渐渐多了防备东方帝国的目的,西方诸国评议会便诞生了。

现在一般叫评议会或西方评议会。

西方诸国中也有魔导王朝萨利昂等列强国家没有加入评议会,但这样的国家很少。这个世界生存环境严酷,估计所有人都知道只

有互相扶持才能生存下去。

这个评议会的核心国家就是英格拉西亚王国。

其中自然有缘由。

英格拉西亚王国地理位置优越，各国选派的评议员在这里集合最方便。自由组合的本部设在该国也是必然的结果。

至于实力方面，评议会中国力最强的应该是法尔姆斯王国。但别国担心法尔姆斯王国一家独大，于是以交通便利为由一致决定以英格拉西亚王国为核心国家。

法尔姆斯王国和英格拉西亚王国交恶的原因也许就是这件事。

此外还有一个重要的理由。

西方诸国只有英格拉西亚王国不用面对鸠拉大森林的威胁。

因此不易受到魔物侵扰、形势稳定也是该国的优势。

出于这些理由，评议会的本部设在了英格拉西亚王国。

那这个评议会的职责又是什么？

以一言蔽之就是调解国家间的问题。

这个组织的作用是协调各国间的利害关系，避免出现争端。

评议会在经济乃至政治领域都有巨大的权力。这个组织相当于我以前认知中的联合国，但权力更大。

评议会和联合国一样，没有军事力量。

但这不成问题。

因为评议会相当于自由组合的上层组织。冒险者讨伐魔物的赏金全由这个评议会筹措。

这意味着，评议会有权命令自由组合。

加盟国的发言权与会费的分担比例相同，这些会费是评议会的财政来源。拒绝支付会费意味着脱离评议会。

## 第五章
### 被召唤的孩子们

可以说，评议会是一块保障安全的盾牌，所以很有发言权。

许多国家要依赖组合对抗魔物，这也是各国服从评议会裁定的原因。

说到安全保证，我还听说了一件有趣的事。

西方诸国之所以联系紧密是因为宗教。

这个世界的人类暴露在魔物的威胁之下，宗教不仅是人类的心灵支柱，还是守护生命的最后一道防线。

西方圣教会将唯一神露米纳斯定为绝对神。

西方圣教会是西方诸国的宗教核心。

换句话说，西方诸国是教会的势力范围。

西方圣教会指定的圣地就是神圣法皇国露贝利欧斯。

这二者的关系比较复杂，西方圣教会不归神圣法皇国露贝利欧斯管辖。

这是一个独立的宗教团体。

可是，西方圣教会却视神圣法皇国露贝利欧斯的法皇为神的代言人，对其言听计从。

这么说来，西方圣教会就是神圣法皇国露贝利欧斯的法皇的下属组织吧？虽然我有这个疑问，但据说其中的关系错综复杂，我无法理解。

这话是菲茨告诉我的，他敷衍道："总之，就是这么一回事。"看来他也没完全理解。

除西方圣教会外，还有信仰土著神或其他神的宗教，但唯一神露米纳斯的信徒数量占绝对优势。

其原因之一是武力。

西方圣教会拥有圣骑士团，拥有许多人类最强的骑士——圣骑士。

据说这些骑士实力超越了 A 级，人数在三百以上。他们的教义是歼灭魔物，是对付魔物的专家，是人类的救世主。

据说他们是出于"善意"成立的保护西方诸国的组织，至于这事的真假，我就不得而知了。

民间称圣骑士为"正义之士"，十分敬仰他们。

然而，那个什么唯一神露米纳斯不认可其他神。

这位神明特地给自己冠上"唯一"的头衔，这个态度十分明确。

因此，这些"正义之士"不会救助信仰土著神或其他神明的人。

评议会的加盟国中有些国家的国教不是"露米纳斯教"，那些国家得不到圣骑士的帮助。

没必要帮助异教徒，这是个名正言顺的理由，这个做法无可厚非……但我觉得称那些人为"正义之士"似乎不妥。

但这只是我个人的感想而已。

顺带一提，魔导王朝萨利昂没有国教。

该国宣称皇帝为神的末裔，不允许国教存在。

但该国允许国民自由信仰宗教，这种宗教观十分独特。

据说魔导王朝萨利昂坚持不加入评议会，是个完全独立的势力。

该国没有采取锁国政策，但我估计这个国家不会积极与别国进行交流。

我对这个国家非常感兴趣，想去看一看。

从这些描述来看，感觉这个国家和日本很像，所以我特别想去看看。

## 第五章
### 被召唤的孩子们

以上就是我在布鲁姆特王国学到的知识。

西方诸国在经济和宗教这两大因素的影响下，国家间的联系十分紧密。

原来是这么一回事。

在这个满是威胁的世界里，人类国家之间极少有战争。

对了对了，我学到的知识中有一件令我意外的事。

那就是坂口日向。

想不到她竟然成了圣骑士团的领导者——圣骑士团团长。

我记得维鲁德拉说过"异世界人"来到这个世界时会得到特殊能力。她是凭借那项能力登上最强骑士团的顶点的吗？

她在离开静时，就拥有相当强的实力，也不知道她现在到底强到什么地步……

仔细想想，我现在是魔物。随意和她接触可能会成为讨伐目标，我应该谨慎行事。至少在了解坂口日向的为人之前，我要和她保持距离。

看来有必要牢记这一点并搜集情报。

*

前往英格拉西亚王国的旅途十分顺利。

此行又轮到狼车出场了。

虽然有道路，但没有铺设路面。

这是自然。因为正常情况下，铺设所有路面需要耗费大量的预算和时间。

拉车的是变小的岚牙。

他的外形和大个的黑狼差不多，所以不会有问题。

他全力奔跑会把车弄坏，所以只能小跑。

时速大概有四十千米，在不平整的道路上只能跑这么快。

卡巴鲁他们说这旅行十分舒适。

路上偶尔能看到骑马巡逻的士兵。

这一带的魔素浓度较低，所以不常有魔物。

据说几乎见不到强大的魔物。

但是，这一带仍然有危险，就是强盗、盗贼之流。

但是，我们没遇到那些人来找碴。

这也难怪。虽然在我看来，我们只是在悠闲地漫步，但实际上没人追得上我们。如果有马倒是另当别论，但论耐力应该是岚牙更好。

因此，我们的旅途十分顺利，只花了三天就抵达了英格拉西亚王国的王都。

这里的进城审查比矮人王国更严。

审查分为三个级别，第一级是展示身份证明。

如果这一级审查没通过，就要去另一条队伍中等待下一级审查。

无法提供身份证明的人会直接排到那条长队后面。没通过第二级审查的话，就要接受第三级审查，但受审者这时候将会受到罪犯的待遇。我不禁在想怎么会有人为了进入王都愿意接受如此严苛的待遇。

可实际进入王都的人很多。

这也证明了这是一个有魅力的国家。

多亏有身份证明，我毫不费力就通过了。

幸好有这份身份证明。

## 第五章
### 被召唤的孩子们

　　如果没有身份证明的话，估计我要像之前去矮人王国时一样，要排很长时间的队。

　　说到不满——

　　"喂喂，小姑娘，你也是冒险者吗？你可不能拿大人开玩笑哟！"

　　那人把我当成小姑娘了。

　　"我可不是小姑娘。别说了，快帮我确认身份。"

　　"哎呀哎呀，正处在爱逞强的年龄呢。你的声音那么可爱，却带着那种面具，说话的语气还和大叔一样……"

　　那人一直在发牢骚，但用魔法装置扫描身份证明后态度大变。

　　"失……失礼了！您是 B 级冒险者利姆鲁大人吧？欢迎来到英格拉西亚王国！欢迎欢迎！！"

　　那人立即放我过去了。B 级冒险者似乎很有地位，虽然从卡巴鲁他们身上看不出来。

　　"老爷，算啦算啦，卫兵也没有恶意。"卡巴鲁跟在我后面进来之后安慰道。

　　我倒也没生气，但把我当成小姑娘也太过分了。

　　可是……我这声音啊……

　　难怪其他人会误认为我是女孩子。

　　我本以为戴上面具挡住相貌就没事了，没想到我的声音也和少女一样。

　　我之前根本没注意到。说起来，在布鲁姆特王国也有人叫我小女孩……

　　也许我该把声音变得成熟一些？

　　可是，现在也晚了。

事到如今再变声音也麻烦，就这样吧。

毕竟我的身高也只有一米三左右，我干脆就扮演一个个子偏小的少年吧。

我的内心就是个少年，所以这个设定没有任何问题。

戴着面具的谜之少年。没问题，反正这个世界里有魔王、勇者等一大堆充满中二气息的家伙，多我一个也不多。

我决定今后就用这个设定。

进入王都之后，我意外地发现这座城市发展得相当好。

这座城市相当大，还有高大的城墙围住城区。要进入城区必须通过其中一扇城门。

王都的城区非常大，光是建造这座城墙耗费的时间和金钱就难以估量。

城内更是一片绝景。

虽然还不至于高层建筑物林立，但也有许多布鲁姆特的城镇无法拥有的大型建筑物。五层高的石砌建筑物随处可见。

此外，砖瓦建筑物和木制建筑的种类也十分丰富。

最气派的是，在规划整齐的城区任意位置都能看到中央高耸的白墙城堡。只要看到这座城堡的威容就能知道这个国家的建筑师技艺高超。

这座城堡就是这么美。

更吸引眼球的是城堡的选址。城区中心有一座大湖，城堡就建在湖中央。城堡仿佛浮在水面上，令来访者不由得发出感叹。

城堡朝四个方向伸出四条通道与城区相连。紧急时期可以撤掉通道上的桥，形成防守之势，抵御外敌。

## 第五章
被召唤的孩子们

这庄严的构造彰显着这个国家的国力。

我由衷地在心里感叹这座城市建得非常棒。

警备方面也很好,城区各要地都有安排骑士维持治安。要在这座城里犯罪必须要有相当的觉悟才行。

不愧是评议会本部所在的都市。

万一各国有人发生什么意外,估计会引发国际问题,所以警备方面不能疏忽。

快到王都时,我让岚牙潜伏到我的影子里,车辆也收回"胃"中。估计卫兵不会放狼进入城市,所以我只能这么做。

我也不至于那么没常识,自然也不想硬闯。

步行参观这座城市时,我在心里感叹着。

我很久没有散过步了。

这里不仅街道的景观优美,文化也发展得非常棒。

我看到了一座类似大型体育馆的建筑物,那座建筑物旁边还放着一些设备,那块地方怎么看都像是露天演奏厅。

街道的醒目位置挂着一幅巨大的画,似乎是戏剧的广告牌。

我还看到有人在发传单,这里的纸似乎比较便宜。

这正是大都市的景象。

我很久没有感受到这种都市的氛围了。

没想到这里竟然还有建筑物外部装着玻璃,我差点叫出一声"不是吧"。

装着玻璃的地方类似橱窗,里面摆着商品。应该说那根本就是橱窗。陈列架上的商品以武器和防具为主。

陈列礼服和洋装的商店在城区中央靠近城堡区域,那一带看上去很豪华。

估计那不是平民光顾的商店。

能在城墙内部生活的人都算富裕,但能住在城堡附近的只有贵族。

平民和贵族的待遇分得一清二楚。

这么分确实也有它的道理。缴纳的税金不同,待遇自然也要不同。而且贵族在城堡里工作,所以把离工作场所较近的一等地块分给贵族也是理所当然的。

我们在城里逛了一圈寻找旅馆。

城区大致分为四块,分别是商业区、观光区、工业区和居住区。

区域以城堡为中心划分,呈放射状向外延伸。越靠近中央,就越豪华。

这种结构非常容易理解。

卡巴鲁他们带着我径直来到观光区。

不出所料,这里是个旅馆林立的区域。旅馆背后是酒馆街。

我心里很激动,但今天的目的地不是酒馆。

尽管很遗憾,但我放弃了酒馆,去寻找旅馆,以确保晚上的住处。

\*

翌日,我早上要去自由组合本部。

观光区往城墙的方向有户外表演和移动摊点,此外还有地摊。

往中央方向是外交官的住所和会场等重要建筑物,其中也有学校。

这是四个城区中警备最严的区域。

自由组合本部就在这个区域靠近中央的位置。

# 第五章
## 被召唤的孩子们

"老爷,就是这里。"

"话说回来,这个区域的人真的非常多,很有都市的感觉呢!"

"你们可要注意小偷哟!虽然这里警备森严,但很多人反而会因此放松警惕。"

基德提醒我们注意小偷,但我重要的东西全都放在"胃"里,所以不用担心。

我估计我们之中只有爱莲需要注意。

卡巴鲁朝城市中心走去。

白墙城堡可以当路标,所以不会迷路。

那是一座高大气派的建筑物。它的外形是近代风格,和中世纪的建筑物区别较大。

据说在日本的明治时代,美国的都市已是高层建筑物林立。毫不夸张地说,当时美国和日本的国力是云泥之别,这个英格拉西亚王国就像当时的美国一样。

自由组合本部隔壁的建筑物同样庄严气派。

屋顶上有象征(Symbol)美丽女神和圣十字的标志。这座建筑物不比组合本部逊色。

那恐怕是……

"那是教会吗?"

"是啊。虽说这是西方圣教会英格拉西亚支部,但也算本部。"

在这城市里,我最应该注意的就是教会。

"本部?"

"教会的情况很复杂……"

据基德说,教会本部在神圣法皇国露贝利欧斯。但那是专门举办仪式的本部,实际业务都在这个英格拉西亚王国开展。

"外部人员不得进入本部,所以我估计对教会而言在这里办公也比较方便吧。"基德说。

我也没事要找教会。而且我是无神论者,估计一生都和教会无缘。

毕竟这里的教会视魔物为眼中钉……

日向的事另当别论,没事的时候,我应该避免引起教会的注意。

没想到教会居然就在自由组合隔壁。

我已经用面具隐藏住妖气,应该不会暴露。

我会这么在意也在所难免,万一暴露的话再做打算。

组合本部的入口装着玻璃。

这可没少花钱。

老实说,我没想到这个世界里会有玻璃门,有"异世界人"的地方就是不一样。

我估计这也是个人的兴趣,没有其他意义。

我还差得远呢。

事在人为,不行动就没希望——什么事都一样。

不要去考虑能不能做到,最重要的是拿出决心去做。

真想学学他。

想着想着,不知不觉间,我走到了门前。

那一瞬间,我感觉到有东西正在探查我的身体。

同时,门自动开了。

不是吧!想不到还有传感器,一探测到有人靠近就会自动开门。这么高端的技术用在这里实在太浪费了。

真想不到竟然有人能在这世界重现这么高端的科技。

隔壁的教会是木门,不用说,那门只能用手推开。

## 第五章
### 被召唤的孩子们

总觉得做这扇门的人特别特别想把隔壁的教会比下去。

"才两年没来就有这么大的变化……"

爱莲也很意外,看来这扇门是最近才装上的。

我也不能输给他。

既然有人能做出这种东西,那我回去之后就要认真考虑建造摩天大楼的事。

进门之后,有几个视线投向我们这边。

我粗略观察了一下,发现这里的人等级都不低。不愧是本部,这里的人多数都不能掉以轻心。

"欢迎光临!请问几位有何贵干?"站在门边的一位小姐问道。

她问话的时机把握得恰到好处,我甚至以为自己来到了一家一流宾馆。这么说虽然有些失礼,但这里可比布鲁姆特支部好太多了。

"啊,我想见自由组合总帅。这是我的介绍信。"

说完,我把介绍信递了过去。

"我去确认一下。请在这里稍等片刻。"

接待小姐说完便离开了,一名男性走了过来。

难道是……

"喂喂,你个小孩来这里干吗?"

Bingo!他是来找碴的。

第一步最重要,一旦被人看扁就完了。

我正要反击,这时……

"哦?这不是格拉瑟吗?你也升到 B 级了吗?"卡巴鲁亲切地向来人打招呼。

"啊!原……原来是卡巴鲁先生。好久不见啊!"

那名男性——格拉瑟站在原地一动不动。

我本想着难得有机会展现一下实力，结果却落空了。这也是家常便饭，而且这样也不错。

这话让其他组合成员也注意到了卡巴鲁他们，他们都熟络地过来打招呼。接着，他们热热闹闹地聊起了往事，我坐在沙发上等待接待小姐。

工作人员为我沏了红茶。

这里的服务真是体贴入微。

我享受着红茶的香味，突然想起了一件事，于是问道："我说卡巴鲁，你怎么知道那个格拉瑟是 B 级？"

格拉瑟替他答道："喂喂，这位小姑娘，你直呼卡巴鲁先生的名字是不是太失礼了？既然你不知道这座建筑物，那你应该是新人吧？你对前辈是不是太不敬了？"

"喂，格拉瑟，你这么对利姆鲁老爷说话太没礼貌……"

"卡巴鲁先生，是不是应该好好教育教育这个小鬼？这座建筑物只有 B 级以上的组合成员才能进来，你带她进来，她却这种态度。要是不好好教育一下，她到外面可是要吃苦头的哟！"

"我叫你闭嘴！这位先生可是凭自己的实力进来的！"卡巴鲁头上冒着青筋让格拉瑟闭嘴，而且还低下头对我说，"实在对不起。我会好好说说这家伙的……"

只要没被人看不起，别的倒也无所谓，不过想不到又有人叫我小姑娘……

算了，这也是没办法的事。我只需要用史莱姆的细胞就能变身成这副模样，这样子最轻松。

"我既不是女性也不是小孩，请别搞错了。"我只回了这么一

## 第五章
被召唤的孩子们

句话。

但是，格拉瑟也解开了我的疑问。

看来入口的传感器会探测来者的身份证明并判断是否有资格进入。门不会为没有资格的人而开。

我之前还觉得奇怪为什么本部没有严密的警备，原来是因为这个。

据爱莲说，不到 B 级的人使用的是城市入口附近的办事处。那里住宿便宜，也更方便。

听了爱莲的说明，我终于明白了。我升到 B 级是个正确的决定。

我正想着，刚才那位接待小姐回来了。

她微笑着点点头，告诉我："让您久等了。我奉命来请利姆鲁大人一人过去，请跟我来。"

紧张的气氛突然蔓延开。

"总帅竟然会见他？"

"也就是说那封介绍信是真的……"

"不不，就算有介绍信也很难见到总帅啊！"

我还听到了这样的议论。

卡巴鲁自豪地对那些组合成员说："我就说利姆鲁老爷和别人不一样！"

我很不好意思，希望他别再说了。

"那我离开一下。"


接待小姐带着我走到通道深处。

她在一个房间前停下来，敲了敲门。

没有回应。

关于我变成史莱姆这档事4 Regarding Reincarnated to Slime

接待小姐直接打开门走了进去,并让我也进屋。

我进去之后发现地上画着魔法阵。

这魔法阵和贝斯塔的很相似,估计是同一类吧。

接待小姐带我一起站到魔法阵上。

她轻松发动了魔法,我们消失了。

我们的移动距离应该不远。

这里是一个密闭且很有压迫感的地方,也许这个房间位于地下。估计这是为了防备间谍,这滴水不漏的防备措施堪称典范。

这里是接待室。

接待小姐轻车熟路地对我行了一个礼,把我一人留在房间里。

我无事可做,只能先坐到椅子上等着。

过了一小会儿门开了,一位少年走了进来。

他黑发黑眼,五官端正,脸上还留着几分稚气。

他非常年轻,就算说他还是高中生,我也不会怀疑。

"初次见面,我是自由组合总帅神乐坂优树。我听说过你的事!请叫我优树,不要拘礼。"

那位少年笑着向我问好。

"初次见面。我叫利姆鲁·特恩佩斯特。我在鸠拉大森林新建立了魔物国家,并担任盟主。你也叫我利姆鲁吧。"

我也简单问好。

我见到神乐坂优树了。

\*

各自进行了自我介绍之后,我们互相询问各自感兴趣的事。

我们闲聊了一会儿,然后开始试探对方的想法,但我很快就解

## 第五章
被召唤的孩子们

除了对优树的戒备。

优树很直爽,是个不错的人。

他已经是奔三的人了,但仍保持着高中生的外表。

我问了原因,他说这和诅咒差不多。

他来到这个世界时,没有获得专属技能或特殊能力,但有超常的肉体能力。

"啊——我自己也很意外。事实上,我过了五年左右才发现不对劲……"他挠着头笑道。

因此,他也没和女性交往。

我对这家伙非常有好感。

"啊——是吗?那真让人遗憾呢。哈哈哈。我相信你会时来运转的!"我强忍着笑意,发自内心地安慰道。

"你这话完全算不上安慰吧……"优树抱怨道,但他并不在意。

我和优树很快就混熟了。

"不过……你只是个魔物,真亏你能建成一座城镇啊。"

"嗯?不,魔物建造城镇不是什么稀罕事吧?"

"不稀罕吗?"

"不算少见……"

我们看了看对方。

魔物建造城镇又有什么关系呢?优树这家伙太在意那些琐事了。

我们跳过那个话题,讲述各自的情况。

在话题告一段落时,优树进入了主题。

"说起来,利姆鲁先生是魔物吧?你是怎么乔装混进来的?"

"嗯?嗯,我是魔物。其实我是史莱姆。这事你要保密!这是因为我的能力（技能）'万能变化'。我可以拟态成被我吃掉的魔物。还有就是这个面具的效果。"

说完，我摘下了面具。

我想在今后继续和自由组合总帅来往。

如果这号人物成了我的敌人，那我们的国家取得人类认可的路将会充满坎坷。

这是最关键的时刻。

就算是为了不让我们的城镇被当成可疑的魔物城镇，我也应该说实话。

"被你吃掉的魔物——这是静老师的脸——"

那一刹那，优树的眼中冒出杀意。

和我隔桌而坐的优树突然消失。

两脚交错，我的脚挡住了优树的一踢。

下一刻，冲击波将桌子一分为二。

可怕的冲击力。无法想象这沉重猛烈的一脚来自一个人类。我没有痛觉，但有那么一瞬间，我的脚麻得动不了。

"你冷静点，小鬼——"我冷静地对优树说道。

他已经注意到我的外表和静一样。

现在想来，他真是个可怕的人。

正常来说，没人会想到"异世界人"会转生成史莱姆。

优树眼中的杀气已经消失，但他没有放松警惕。

"你能否告诉我详细情况？"他径直盯着我的眼睛说道。

我和优树再次面对面坐到椅子上，坏掉的桌子仍躺在一边。

那就冷静下来好好解释吧。

关于我变成史莱姆这档事4 Regarding Reincarnated to Slime

"其实。我是外星人……"

"你开什么玩笑?请你严肃一点!话说回来,在这种状况下,亏你还有心情开玩笑。"

不妙,我激怒了优树。

我本想开个小玩笑缓解一下紧张的气氛……

"好……好的。那就说正经的。所以我才叫你冷静……"

现在该看看气氛好好说话了。

"话说回来,你竟然会跑来和我说什么外星人……我还是第一次听到这种玩笑。难道你……"

我还没说优树就已经猜到了,所以,我才想从头开始讲自己的事。

"当时路上突然出现一个歹徒,我被捅了一刀……"

我花了很长时间,详细讲述了自己的遭遇。

"原来是这样……利姆鲁先生果然是跟我一样啊……"

呼呼,一切都在预料之内……

只要讲一个只有同乡才能听懂的笑话就解决了。

我估计我一摘下面具就会惹怒他,所以制订了这个计划迅速告诉他我的身份!可是,应该没人会相信我这话吧……

玩笑先放到一边,好在优树相信了我的话。

接下来我们又聊了很多。

我们各自诉说了来到这个世界之后的艰辛遭遇。

我还说了静临终的情形。

"静老师竟然有那样的经历……我记得她是说过自己不喜欢这个世界……"优树垂下眼帘说道。

## 第五章
### 被召唤的孩子们

没办法,我们聊的都是沉重的话题。

我也试着聊了聊我们自己世界的话题。

听到有关漫画和动画结局的事,优树不由得探过身来。

"师父!一定……一定要告诉我接下来的剧情!"

"呼呼呼。你想知道吗?你想看的漫画和动画几乎都完结了!当然,剧情都在我的脑子里。剧情的要点我都记得,毕竟这是绅士的爱好!"

"真不愧是师父!请一定……一定告诉我!"优树拼命请求道。

中途接待小姐端着茶和茶点过来,她目瞪口呆地看着这一幕,手中的盘子差点掉了。

也许我的恶作剧有点过分了。

"那我就让你看看后面的剧情,你有纸吗?"

"你要纸吗?"

"嗯。"

优树显得十分疑惑,但他没有多问,直接找来纸张递给我。

我把那些纸吞进"胃"里……

"好了。完成。"

说完,我取出做好的东西,递给优树。

"呜哦!!师父,你这是什么戏法?"

也难怪优树会这么吃惊,毕竟我拿出的是装订成册的漫画书。

其实这是我最大限度发挥"大贤者"能力的成果。我将自己的记忆复印到吞进肚子里的纸上,做出了这本漫画书。

这简直是大材小用,但确实非常有效。

"如果你想看后续的话,就多拿点纸来!"

优树一言不发地站起身,命令一名陌生的女性带纸过来。

他的表情很严肃，那位疑似秘书的女性慌忙为我准备了一大堆纸。

接下来，我不停地复印自己的记忆。

多出来的纸，我就心怀感激地收下了。这个世界的纸还很贵，光是这些纸就是一大笔财富。很多正事都要用纸，所以无论有多少都不怕用不掉。

优树也没有意见。

既然有机会看到自己喜欢的漫画的后续剧情，自然也不会在意这点事。只要能看到漫画，他应该就不会有意见。

"谢谢你，师父！"优树向我道谢。

不过有的作品别说完结了，甚至几乎没有后续……

这世上没有比这更扫兴的事了，这种行为实在是恶劣。

我也想看到某些作品的后续，希望十年之后能遇到和我兴趣相同的"异世界人"。

我正想着，优树突然抛出一个问题："利姆鲁先生，有件事我很好奇……"

"什么事？"

"你在公会登记的时候是怎么写字的？你也没时间学这个世界的语言吧？"

这个问题一针见血。

"呼呼呼，这个嘛，当然是通过日积月累的努力学会了这个世界的语言。"

事实上，是"大贤者"老师解读文字并帮我临摹的。

卡巴鲁他们教过我基础字母，之后就简单了。

"真的吗？你没用投机取巧的办法吗……我来这边之后，可是

## 第五章
### 被召唤的孩子们

费了很大的劲才学会语言……"

"我……我说的都是真的。人类就是要活到老学到老!"

我很紧张,但总算成功糊弄过去了。

优树尊敬地看着我,这视线有些扎人,可我也没说谎,没事没事。

虽然记住并理解文字的是"大贤者",但这毕竟是我的能力。我说的是事实,只不过省去了主语而已。

*

晚饭过后,我们的话题又回到正事上。

"利姆鲁先生,你这次冒险来到王都就是因为听静老师说过我是你的同乡吗?当然,我也很乐意帮你,然而你的目的只有这个吗?"

"你是指……"

"我在想你此行是不是还有其他事,比如寻找回去的方法……之类的?"优树问道。

回去?

我确实考虑过这个问题,但我放弃了。

我在那个世界已经死了,估计遗体也已经火化了。事到如今,我就算回去也无处可去,反而还会引发一场骚乱。

能够偶尔怀念一下以前的事,我就知足了。

但对年轻的"异世界人"而言,回去应该是最大的目标吧。

"有希望吗?"

面对我的反问,优树沉默了。

看来这事没那么容易。

如果能回去,估计他早就回去了——应该是这样吧。

213

"我们似乎有来无回。我们现在这个世界好像是个半物质世界……"

接着,他向我说明了他所掌握的信息。

简单来说,以前的世界是物质世界,那个世界没有魔素。

与之相对的是精神世界。那个世界充满未知的能量,妖魔、恶魔和天使就住在那个世界。

这两个世界性质截然相反,同时又紧密相连。

而这个世界是混沌世界。

这个世界极为特殊,它同时具备物质世界和精神世界双方的性质。

世界中充满魔素,魔精、恶魔、妖精和妖怪等精神生命体也能显现。我亲眼见过这些……

从物质世界来到这个世界意味着肉体受损并变为半物质。

所以,他推测我们无法回到原来的世界。

"但我觉得要回去也不是不可能。日本有鬼怪和恶魔的传说,世界各地也都流传着类似的神话和传说。所以,也许在满足某种条件的情况下可以回去。"

有道理。

我也想过这个问题。

我当时脑袋昏昏沉沉的,只有一点模糊的记忆,但我可以确定我被刺中之后听到了"世界通知"。

我相信这个世界和我原来的世界有联系。

"还有……利姆鲁先生你会用魔法吗?"优树突然改变了话题。

"嗯,我学了几个魔法。"

听到我的回答,优树羡慕地眯起眼睛。

## 第五章
### 被召唤的孩子们

"真让人羡慕啊……其实我一开始也很向往魔法……"

优树说他来到这个世界之后感觉很悲哀,但同时也十分向往魔法的未知力量。

其实我也一样。

估计任何一个喜欢漫画或动画的人都曾希望自己会使用魔法。

"我也想学习魔法,但不知道为什么,我一个都学不会。我估计是因为我身体的变化。好不容易才有这种浪漫的机会,可惜啊……"

是啊。这才是浪漫。

机会难得,当然很想试一次。

可是,由于优树的体质特殊,所以用不了魔法。

这个现实太残酷了。

"我能进行研究。经过研究,我发现魔法就是这个世界里'干涉法则的力量'。这个世界有种不可思议的法则,名叫'世界通知',在获得新力量或提升至更高层次,也就是进化时会通知我们。关于这个魔法,和'世界通知'遵从同样的法则,可以通过咏唱实现现象。反过来说——"

说到这里,优树顿了一下。

我也尝试根据优树前面的话推测后面的内容。

反过来说,也就是——

"既然有因果关系,那只要能理解其中的法则,就有可能找出回去的方法。你是这个意思吗?"

我也很熟悉"世界通知"。

我的能力(技能)"大贤者"和我说话时用的就是"世界通知"的声音。

可以说,正因为我非常熟悉这种声音,所以才能想到这么多。

"利姆鲁先生，真有你的。你太令我意外了……你竟然这么轻松就弄懂了我长年的研究。"

回到原来的世界也是一种现象，将这种现象法则化，并转化为"世界通知"——这事说起来简单，但要想研究并找出法则可能需要耗费毕生的精力。

不，也许辛劳一生都不可能找出法则。

但是，如果能进一步干涉"世界通知"的话——

不，那种能力（技能）简直是痴人说梦，看来今后也只能继续踏踏实实地进行研究。

"这需要一一理解并验证所有法则，所以无论有多少时间都不够。"优树带着苦笑总结道。

估计这是他的目标，他说他会继续这个研究。

"如果有我帮得上的事我也会帮忙，另外我也会尝试调查这方面的事。"

我表达了对优树这份决心的敬意，并提出愿意提供帮助。

"既然利姆鲁先生的目的不是回去，那你究竟想做什么？"

我们再次回到这个话题。

听到优树的问题，我说出了自己的目的。

"只要能够悠闲自在地生活，我就知足了。现在也建成了城镇，我想和同伴一起享受生活。但是，有件事让我有点在意……"

我的其他目的。

我想收购魔石并参观王都，了解这个世界的文明很重要。

我还有一个最重要的目的不能忘记，那就是我梦里的孩子们。

## 第五章
### 被召唤的孩子们

"原来静老师那么牵挂那些孩子啊。可是，那些孩子……不，既然这是静老师的意思，那我也想拜托你。"

接着——

优树详细说明了那些孩子的情况。

\*

漫长的谈话结束后，我离开了组合本部。

我让卡巴鲁他们等了很久，于是我向他们赔罪并请他们吃晚饭。

"请别放在心上！"

他们齐声说道，但现在已经到了晚饭时间。算起来，我和优树从早上到傍晚聊了一整天。

我没想到面谈会持续这么久，所以就让卡巴鲁他们等我，我太对不住他们了。

我们没回旅馆，而是找人问了一间王都有名的饭店。

我打算来这里边品尝美味的饭菜，边把我和优树谈好的事告诉卡巴鲁他们。

"所以，我一周后会去学校担任教师。"

"哈？"

"这事也太突然了吧？"

"老爷，你越来越会开玩笑了！"

看样子这三人没听懂我在说什么。

哎，那就从头再说一次。

"简单来说，从明天起我会住进学校的宿舍。你们记得我在路上说的梦吗？优树看我有心帮那些孩子，于是就请我去当教师。"

我解释道。

接着，我一一回答了他们的几个问题。

晚饭结束时，他们显得很吃惊，似乎已经理解了这件事。

"就算是这样，老爷去当教师……"

"我根本无法想象……"

"真担心那些孩子。"

你们到底把我当成什么了……

"所以你们的陪同到今天就结束了。"

"这也太突然了。"

"呃，可是……我们要负责送你回到城镇啊。"

"没关系的！我就是考虑到这个情况，所以才设置了转移魔法阵。如果只有我一个人，无论是回魔物国家，还是去布鲁姆特王国都只要一瞬间。反倒是你们比较麻烦吧？所以，你们回去的时候要加油哟！"

"喂，你是认真的吗？我还以为回去的时候也能坐那辆车……"

"就是啊！你这话会让我在回去的时候忧郁一路的。"

"不不，我说卡巴鲁队长、爱莲小姐，你们都被惯坏了。我也不想再坐那种颠死人的马车了。"

这些家伙……

还说要负起责任完成护卫任务，这话虽然好听，但看来想享受舒适的旅途也是原因之一。

说起来，这还真像他们三人的作风。

为了排解心中的寂寞，那天我们四人喝到很晚。

第二天早上，我们来到街上。

我和他们三人互相道别，他们宿醉了，到现在还站不稳。

## 第五章
### 被召唤的孩子们

"如果有事请随时联系我们!"

"我们不在你身边真的没问题吗……"

"虽然这话有点寂寞,但老爷你也保重啊!如果你回到城镇,记得来看我们!"

"嗯。如果有事的话,还要再麻烦你们。"

说完,我从"胃"里拿出了马车。

我远远地看到马商牵着两匹马朝这边过来。

"老爷……你这是干什么?"

"难……难道是……"

"不是吧?"

马商不顾这惊讶的三人,把马套在马车上。

"您要的马已经准备好了!"

我在票据上签下字,完成了支付。

这时,卡巴鲁他们似乎也明白了我的意图。

"喂,这辆马车是我精心挑选的。等你们不用的时候,要还给利古鲁德。"

"我们肯定会一直留着啦,老爷!"

"利姆鲁先生果然是个好人!"

"相比之下,菲茨老爷就太吝啬了,希望他也能这么大方。"

这三人十分感动。

非常成功的一个惊喜。

还有一件事……

"你们的报酬放在车里。你们等下……"

我这话还没说完他们就行动了。

"唔!哦——这盾是……"

"呀！呀——法杖……好厉害！！"

"这……这是……锋锐的短刀……这不是魔法武器吗！！"

喂喂……这也太心急了吧。

我本来希望他们离开之后再看到这个惊喜，现在这个计划泡汤了。

"你们真是的……算了，这是报酬。给卡巴鲁的是盾鳞之盾，给爱莲的是树妖精之杖（Dryad Cane），给基德的是暴风短刀（Tempest Knife）。你们要好好珍惜。"

"那还用说吗，老爷？"

"当然会了！你知道我想要一把法杖……谢谢你，利姆鲁先生！"

"可是，这些全是……特异级（独特）？我也是第一次见到这么厉害的装备，真的要送给我们吗？"

"嗯。反正材料都是免费的。只有爱莲的法杖用的是我向托蕾妮要来的树枝，所以你要特别珍惜哟！"

"当然会了！"

我简单的一句话打消了基德的顾虑。

爱莲把法杖贴在脸颊上蹭着，看来她非常喜欢，估计就算没有我的提醒，她也会小心使用。

卡巴鲁和基德的武器是量产品，但这把树妖精之杖可是倾心之作。万一遗失或者损坏，托蕾妮可能会发火。我已经说明这是给爱莲的礼物，所以也不需要过于担心。

卡巴鲁的盾鳞之盾是黑兵卫用暴风大妖涡（卡律布狄斯）的盾鳞打造的。盾上附有魔法防御效果，是件顶级装备。

基德的暴风短刀也是黑兵卫用暴风大妖涡（卡律布狄斯）的盾鳞打造的。刀上附有风魔法，能提升持有者的速度。

那场战斗之后，我得到了大量卡律布狄斯的盾鳞。事实上，我

## 第五章
### 被召唤的孩子们

还带了数百片盾鳞送给盖泽尔国王。

其中被我吞掉的那部分盾鳞几乎完好无损。为了将这些盾鳞用在装备上,我们做了许多研究,这些装备就是试制成果。

基德说得没错,这些装备的性能达到了特异级(独特)。

被这三人这么一闹,离别的寂寞也被一扫而空。所以,我才能和平时一样目送这活泼的三人出发。

我不喜欢寂寞,这样就好。

那三人的酒似乎也醒了,大概是因为得到了报酬情绪高涨。

而且关于这些家伙,我有预感,他们很快就会遇到问题再来找我。

所以,我能开心地看着他们离开,真是不可思议。

\*

我送走那三人之后,马上搬了宿舍。

话是这么说,但其实我只是去宿舍拿钥匙罢了。

我办完手续之后告诉管理人员我会在当天晚上入住。

优树开心地告诉我:"日工资为十枚银币,提供教师专用宿舍,包三餐!"他会安排人在今天内帮我把宿舍打扫干净。

顺带一提,王都的平均日工资是七枚银币。教师的待遇比我想象的要好。

我住的旅馆只算住宿一晚要四枚银币。那里的环境确实很好,但也比乡下的旅舍贵,所以还是住优树安排的宿舍更合算。

我进宿舍看过,那里的环境不比我昨晚住的地方差。那我就知足了。

正如我之前对卡巴鲁他们说的,我在七天后开始上课,但还需

# 关于我变成史莱姆这档事 4
Regarding Reincarnated to Slime

要交接工作,所以我六天后就要去学校。

所以,从今天起的五天内,是我的自由时间。

我今天花了一天购置日用品。

我买下喜欢的东西,并委托店家送到宿舍去。我在王都逛着逛着,一天就过去了。

第二天,我的时间全花在整理那些东西上。我有些后悔,早知道这样,我就让卡巴鲁他们帮忙了。

到了第三天,我决定去图书馆。

我还不知道我在学校具体要教什么。

优树好像正在帮我安排,所以我要摄取知识,到时候无论他要我教什么,我都能应对。

还有一件更重要的事——就是我最初的目的——学习魔法。

难得有这么个机会,我打算尽己所能翻遍这座图书馆的魔法书。

魔法书的陈列室有限制,不是人人都能进的。

不过,B级以上的冒险者只要出示身份证明就能进去查阅。

我出示身份证明之后便进了那间陈列室。

这里面的书严禁带出。我想在离开王都之前把书全部看完,所以必须优先看这些书。

虽说是王都的图书馆,但这座不是王立图书馆。王立图书馆在城堡内部。

只有王族和在王宫工作的魔术师才能查阅那里的书。也许A级以上的国宾级冒险者可以申请查阅……但目前这事与我无关。有的魔法是国家机密,别国的人很难获准查阅,似乎各国都一样。

现在能使用这座图书馆,我就该知足了。

而且这座图书馆中也收藏有相当贵重的书。

## 第五章
### 被召唤的孩子们

我所在的这座图书馆还陈列着冒险者搜集的秘术。据说自由组合冒险者发现的古文书也集中在这里。

这座图书馆的价值足以和各国的王立图书馆相媲美。

太棒了!

我才刚到王都就幸运地碰上了这种好事。

这肯定是我平日里行善积德的善果。

我抓紧时间阅览魔法书。

这里的书非常多,估计耗费一生都无法全部吃透。

努力学习的各位朋友,对不起!

我用"大贤者"快速翻看那些书,并在心里真诚地向这些人道歉。

估计在旁人看来我只是把书拿在手上举了一下就放回了书架。但实际上,我在拿书的时候把书的内容吸收进体内,并记录了全书的内容。

我同时使用"大贤者"和"暴食者",以快速复印的方式吸收魔法书中的知识。

书中的内容可以留到以后再确认。其实,确认内容的事只要交给"大贤者"就行了。

我要做的只是把书拿起来,再放回书架而已。

说不定只要这么做,我就能学会魔法……

"说明。可以通过'解析鉴定'细读书的内容并用'森罗万象'将其网罗。这些内容被网罗至记忆区域后,可以通过'舍弃咏唱'施放魔法。"

呃……真的假的？

也就是说，我只要默念自己想施放的魔法就行了？

这能力（技能）也太棒了吧！看来我实在太小看"大贤者"了。

这样一来，事情就简单了。我从书架的一端开始一本一本吸收书籍内容，连标题都不看。

我要让每一本书都变成我的知识。想到这里，我的干劲倍增。

这一天及之后的两天，我双眼充血拼命看书，成功吸收了所有书籍的知识。

就这样，我的假期结束了。

图书馆的管理员和访客用余光看着我，像在看一个怪人，但我不后悔。

与学习魔法相比，那些事微不足道。

\*

到了我工作的第一天……

做完自我介绍之后，学校的教务主任简单给我说明了注意事项。

优树已经说过，这是项艰巨的任务。

优树不仅是自由组合总帅，还兼任这座学校的理事长。他本人说这职位和名誉头衔差不多。

他来到这个世界大概十年，在此期间，他不仅将自由组合发展到现在的规模，还经营着一所学校。这些成果实在了不起。

从某种意义上说，这个男人就是冒险者的楷模。

这座学校也算是培养冒险者的机构。

和组合一样，学生可以选择学科。

在基础教育方面，大家都一样，但还分设了传授魔法学和魔物

## 第五章
### 被召唤的孩子们

学等专业知识的讲座，以及教授战斗训练和生存训练等实用技巧的课程。

这座学校的制度和我以前上的大学很像，学生可以自主选择课程。

我负责的不是那些选修课程，而是特殊班级，俗称 S 班。

这是个特殊的班级，里面全是有问题的学生。

前任班主任——令人畏惧的魔鬼教官井泽静江因私辞职之后，这个班级一直没有班主任管束那些无法无天的学生。

静是英雄，异名为"爆炎支配者"，想必接手她的班会有相当大的压力。毕竟别人总会不自觉地将继任者与前任进行对比。

据说接手这个班级的所有教师都拿学生出格的行为没有办法，最终逃离了学校。现在，学校正为如何教育这个班的学生而头疼。

我在办公室见同事时，听说了这一情况。

这和优树说的基本一致。

那个班里有五个孩子……我想起了优树的话……

那些孩子全是"异世界人"——也就是说这五人全是我们的同乡。

优树接着说道："利姆鲁先生，我有个问题……你认识坂口日向吗？"

他现在为什么要提日向？

算了，反正我也想问问日向的事。

"我只听过这个名字，只知道她是静的学生，也是'异世界人'吧？还有她的记性非常好，而且比静还强。"

"准确地说，她比全盛时期的静老师更强……那你知道静老师有多强吗？"

静有多强啊？

她能召唤高阶魔精炎之巨人（伊芙利特），并与之"同化"。它的热量非常高，如果没有"热量变化抗性"，估计我会输。

"她能驱使超越 A 级的伊芙利特——"

"是啊。全盛时期的静老师可以完全控制伊芙利特。依据我定的标准，她的实力是 A$^+$，只有 A 级中实力特别出众的人才能得到这一评价。日向在十五岁时，就已经拥有超越静老师的实力。光凭这一点就能推测出她的实力。"

我"嗯"了一声，点了点头。

我完全推测不出她的实力，还是闭嘴吧。

"也许你正疑惑我为什么要提她……首先，我希望你知道，在这个世界中，我们这些'异世界人'有什么区别。'异世界人'中既有日向那样拥有强大实力、特别擅长战斗的人，也有像我这样没有任何能力（技能）的人。这世上各式各样的人都有，不能把'异世界人'一概而论。我特别喜欢的那家咖啡馆的老板也是'异世界人'，但他没有能力。据说大多数'异世界人'都能获得某种能力，但这不是绝对法则。"

原来是这样，来到这个世界时，大多数人都能获得某种能力（技能），但这不是绝对的。

优树继续说明道："可是——来到这个世界的方式是一个重要的区别，有的人是自然过来的，有的人是被召唤来的，我想说说这二者的区别。"

这事我听维鲁德拉说过。我记得他是这么说的……

"和偶然到这里的'异世界人'不同，被有意召唤过来的'召唤者'一定会获得专属技能，但召唤的成功率很低——"

如果被召唤者"灵魂"的强度不足以承受召唤，那次召唤就会

## 第五章
### 被召唤的孩子们

以失败告终。我把自己听到的话原原本本地说了出来。这时……

"亏你知道这么多，你说的和我查出的内容一致……"优树惊讶地睁大双眼。

这不是我的知识，是从维鲁德拉那里现学现卖的。

"利姆鲁先生说得没错，被这里的人出于某种目的召唤来的'召唤者'一定会得到适合该目的的力量。他们可能会成为人类最后的王牌勇者。肉体会一度消失并半物质化——也就是说，肉体会被改造，但这时需要吸收大量能量，才能获得能力。所以如果被召唤者没有强大的意志，就会被那股能量吞噬，最终灰飞烟灭——"

就连偶然到来的日向都能得到超越常识的强大力量，难以想象被人带着某种目的召唤而来的人会得到多强的力量。优树想说的大概是这事吧。

优树接下来的话令我不寒而栗。

"那么，在不完全状态下被召唤出来的人会怎样呢？"

"不完全状态下的召唤？"

"嗯，对——"

光是听优树说那些话，我就感觉很不自在。

本来，提出各项条件进行召唤时，需要三十名以上的召唤术师通力协作，耗费七天举行仪式，而成功率却不到1%。

不仅如此，同一个人参与过一次召唤仪式之后要间隔一定的时间才能再次参与召唤仪式。这一间隔长达三十三乃至六十六年。间隔越长，召唤时需要满足的条件就越少。

那不提出条件是不是就不能召唤？

大幅放宽召唤条件，可以大幅缩短召唤间隔。也就是说，同一个施法者可以多次进行挑战。

但召唤成功率依然很低。而且很多时候就算成功，召唤出的也是儿童。似乎有某种原因使得人们不惜用这种方法进行召唤。

至于那些孩子……

他们拥有强大的意志，在穿越世界时，身体吸收了大量魔素（能量）。可是，他们无法获得与强大灵魂相称的能力（技能）。

他们的肉体还未成长，无法容纳大量魔素（能量）。不久之后，无处容身的魔素会将他们的身体燃烧殆尽……

"嗯？你等一下。那五个孩子……"

"你猜得没错，他们是被召唤来的。"

"喂，那他们没事吗？"

优树没有回答，但这份沉默本身就是答案。

优树继续说道："那些孩子是被不完全召唤而来的——没能成为勇者的'异世界人'。"

"勇者？这话是什么意思？"

"我刚才已经说过了吧？勇者是人类最后的王牌。这个世界里，魔物势力有压倒性的优势。可以说，人类一直暴露在威胁之中。人类力小势微，所以要寄希望于勇者。"

"喂喂，所以人类要进行召唤……让勇者去对抗魔物……"

"利姆鲁先生，你说得没错。不惜牺牲万人也要召唤出一位勇者——这就是这个世界的选择。"

优树的声音十分冰冷。

他说这种事是世界的选择，令我无法反驳。

亲朋好友重于陌生人。我有权利批判这种想法吗？

如果我眼前有两人需要救助，而我却只能救其中一人，我会怎么做？如果其中一人是我的亲友，我肯定会毫不犹豫地选择他。

## 第五章
### 被召唤的孩子们

"这些孩子是各国秘密召唤勇者失败时来到这个世界的。静老师把他们领回来,并致力于拯救他们。"

"各国?那个仪式与政府有关?"

"嗯。这算是世界的选择吧。'异世界人'的实力远超军队,普遍认为强化军力远不如召唤一个'异世界人'来得有效。既然你对静老师的强大实力有所了解,那应该能理解我这话吧?"

听他解释完,我理解了。

估计在伊芙利特面前,万人大军也没有意义。

面对猪头魔王那样的敌人,卡巴鲁那样的B级冒险者无论来多少,都不可能造成决定性的伤害。

在这背景下,如果人类知道这世上还有静和口向那样异常强大的"异世界人"……

"而且,这个世界的勇者没那么容易诞生。自称勇者必须要有背负一切罪责的决心……否则将无法通过魔精的试炼。但是好像也有蠢货不怕惹怒魔精,傻愣愣地以勇者自居……"

原来是这样,虽然人人都想把一切交给勇者,自己坐享其成,但勇者(得到"世界通知"承认的真正勇者)本来就极为罕见。

正因为这样——各国才会不惜触犯禁忌,依赖禁断的召唤魔法。召唤成功之后,召唤者会得到英雄的待遇,据说大国中有数名英雄。

在这个世界,魔王拥有压倒性的力量,进行召唤仪式是人类与之对抗的唯一手段,所以各国会围绕"异世界人"展开一系列行动不足为奇。

"说起来,我在边境城镇或村庄从没见过召唤者……"

"那是因为他们那些召唤者奉命保护王族或其他要员。"

这样啊,我记得维鲁德拉也说过……

"召唤者被视作武器,灵魂中有用魔法刻印的诅咒,无法违抗召唤主,是吗?"

我不由得低声吐出这句话。

"利姆鲁先生,你已经知道了啊?"

我听过这件事。

虽然听过,却忘了。

这样啊……难怪静会厌恶这个世界。

"那些孩子怎么样了?"

"目前能确认的最长纪录是五年。这是不完全召唤的生存概率。我没找到防止崩坏的办法。受到召唤的不满十岁的孩子,在获得专属技能之前都死了,几乎没有例外……"优树不甘地说道。

然后他露出自嘲般的笑容:"正是因为这样,各国才会爽快地把孩子交给我们。"

估计那些国家认为没必要专门照顾那些时日无多的失败者。

"西方圣教会之类的不会对此说什么吗?他们的圣骑士号称人类最强吧?"

"目前西方圣教会持默许态度。估计在教会眼里,歼灭魔物才是最优先的。"

"这算什么事?他们居然还自诩为'正义之士'。日向也一样吗?难道她也认为只要能打倒魔物,就算牺牲同乡的孩子也没关系?"

"因为日向……是现实主义者(Realist),她追求合理性。只要她认为有效,估计任何事都做得出来——"

优树说自己无法理解她的想法。

至少——可以确定,日向没有采取行动阻止各国停止召唤。

"这样啊。那我对那些孩子也没什么可抱怨的了吧?"

## 第五章
### 被召唤的孩子们

"你打算怎么做？"

"啊。静的心愿就是我的心愿。"我看着优树的眼睛，坚定地说道。

这是静未完成的工作。这是她的牵挂，否则也不会一再出现在我的梦里……

既然这样，我也不能辜负她的嘱托。

但我没底气说"交给我吧"。

优树点点头，然后……

"拜托你了。如果可能的话，请救救那些孩子……"优树低下头对我说道。

我会尽己所能。

过去是这样，今后也是这样。

我接受了在这座学校照顾孩子的工作，我的工作更接近教导官。

教师只传授知识，但我不同，我要和学生一起生活，并进行指导。

也就是说我要和学生一起听所有课程。吃饭也在一起，难怪会包三餐。

我能教的科目就自己教，不熟悉的科目就协助其他教师。总之，我的工作就是照顾那个班的学生。

"既然你是理事长介绍来的，那我也非常想相信你，但就算是B级冒险者也很难照顾那些孩子。而且，你自己不也是个孩子吗？就算你现在推掉这事也没人会怪你。"

"没问题，交给我吧。"

"是吗？如果你搞不定的话就尽早告诉我……"

教务主任很担心我。

就算有问题，我也不能抛下那些孩子——我当时抱着这样的想法……

到了上课的第一天。

"你们好！从今天起我就是你们的班主……"

我友好的自我介绍换来了一记火焰剑击。

"阿剑太帅了！"

"那是必杀技吧？你什么时候练成的？"

"不过效果却不怎么样，都被躲开了。"

我慌忙躲开，那些孩子带着敌意闹腾着，一点也不担心我。

喂喂，不是说他们时日无多了吗？

这完全就是精力过剩，正在大肆宣泄。

我原本站的位置后面是黑板，现在那块黑板已经一分为二，正在熊熊燃烧。

不妙。这非常不妙。这个班级毫无秩序可言！

我被逼得差点蹦出奇怪的关西方言。

我现在已经有了放弃的念头。

这里是异世界，就算教师使用暴力也不会受到惩罚或责备吧？

我眼前这五个孩子就是问题"召唤者"。

他们是优树从各国接收并保护起来的孩子。

三崎剑也，男，十岁。
关口良太，男，十岁。
盖鲁·吉普森，男，十一岁。
爱丽丝·伦德，女，九岁。
库洛艾·欧贝鲁，女，十岁。

这些小鬼都还只是小学生，却有不俗的实力。他们受过静的训练，小看他们可能会受伤的。

老实说，我小看他们了。

而且，我觉得他们非常率真。

这些孩子充满敌意地瞪着我，我已经很久没有这么忧郁了。

*

这些孩子都很小，年龄在十岁左右。

虽然盖鲁的体形像个初中生，但实际年龄只有十一岁。

我看着从办公室拿来的资料，一一点名。

没有回应。

这可不行。如果连沟通都做不到的话，之后的事就无从谈起……

没办法，叫出可靠的助手吧。

"被人叫到要回答。"

我轻声提醒道，这时剑也带着哭腔说。

"喂！快把这只狗……这是狼吧？不管是什么，你快把它牵回去！"

"阿剑，你没事吧？"

"你……你别过来！可恶，这也太乱来了！"

"等等！我会听话，我会听话的！"

"我是岚牙。既不是狗，也不是狼。小鬼，我的主人希望你回答他。你是要听他的话还是……"

哎呀，岚牙很受欢迎啊。

岚牙也和孩子们玩得很开心，真是一幅令人欣慰的画面。

"我听话，我听话！"

## 第五章
### 被召唤的孩子们

剑也被岚牙吓出了眼泪。

虽然显得很不情愿,但剑也终于老实了。

"做得好。小孩子最重要的是要听话!"

我也笑着点了名。

静牵挂着这些孩子。接下来,我不得不听优树的了。

他们的遭遇令人同情,但不能因此放任他们胡闹。

既然我当了他们的老师,那就必须做好教育工作。

"我叫利姆鲁,从今天起我就是你们的教导官。我可没有静那么心软,你们要有心理准备!"

我做了这样一个自我介绍,让他们记住我。


接下来……

尽管他们反抗的态度有所收敛,但眼中仍然充满敌意。

教室恢复了平静,连咽口水的声音都听得一清二楚。

岚牙摇着尾巴跑到我身边。

"真乖真乖。请同学们回到自己的位置上。"

我带着爽朗的笑容说道,但没人动弹。

真让人头疼。

他们对别人的怨恨根深蒂固,看来要取得他们的信任很困难。

如果我是他们,我可能会在心里说要杀了这个混蛋,不过一码归一码。

这终究是个适者生存的世界。

既然赢不了岚牙,那他们的任性也起不了作用。

要恨就恨自己实力不够吧。

于是……

"好！看来同学们有话要说，那我们就来一场考试吧。"我宣布道。

"喂！事情为什么会变成这样！"爱丽丝第一个发出抱怨。

"考……考试？"

"什么！"

良太战战兢兢，他身旁的剑也不情愿地叫唤着。

"我……不喜欢考试……"

"这太突然了。请求说明！"

库洛艾直截了当地说出自己的想法，盖鲁理性地请求说明。

怨声载道——这些孩子个性鲜明，实在有趣。

嗯。看来无论哪个世界的人都不喜欢考试。

"别紧张。其实我也不是不能理解你们的心情，但你们要听我的。这是你们必须做的事！"

"为什么啊？反正我们迟早会死！学习又有什么意义呢！"

"是……是啊……之前的老师都是带玩具和绘本过来，让我们随便玩……"

"我们还以为来这里之后就可以不用学习了……"

"我还想看绘本。"

"我说——你是哪位？不过是带了一只厉害一点的狗而已，逞什么威风！"

他们一人一句地抱怨。不过有精神比什么都好。

但这事非做不可。很遗憾，我不会妥协。

"听话，放心吧。虽说是考试，但其实是一个很有趣的游戏。同学们——不，你们这些家伙等一下就不会抱怨了。现在开始，

## 第五章
### 被召唤的孩子们

你们一个一个轮流和我进行模拟战。规则很简单。你们可以尽全力攻击我。能打败我就算你们赢。我能撑过十分钟就算是我赢。很简单吧？"

"就这样？"

"对。很简单吧？"

"十分钟？"

"如果你们想延长时间，那改成一小时也行。"

"嘿嘿！如果你不靠那只狗，那不出十分钟，我就能赢你！"

"嗯，那就这么说定了。但旁观者帮忙算犯规！"

"好！"

"嗯。"

"嘿嘿，没有那只狗，我就赢定了！"

"可是，我想看绘本……"

"那我们去哪里比？"

"至于地点，就去体育场吧？你们都明白规则了吧？如果明白了，就在路上定下出场顺序吧。"

说完，我带着孩子们——现在是我的学生朝体育场走去。

我无视了吃惊的路人。

这是一场简单的模拟战。

我不会反击。我只想了解这些孩子的能力。

他们得不到专属技能，因此他们体内巨大的魔素量（能量）无处宣泄，最终会毁灭身体。那可以让他们全力战斗消耗魔素吗？首先要确认这一点。

我知道静和优树也想过这个办法，但我有"解析鉴定"，可以观察得更细致。

顺带一提，魔物的实力强弱由魔素量（能量）的大小决定，而冒险者的等级以实战能力为标准。

就算 C 级冒险者的魔素量（能量）比 B 级冒险者更大也不足为奇。

我在冒险者测试时确认了这件事。

普通魔物凭本能战斗，实力与技量（等级）无关，所以只靠魔素量（能量）就能判断魔物的实力。

但是，也有技量（等级）很高的魔物。

此外我还发现了另一件事。

与冒险者相比，魔物在魔素量（能量）上有压倒性的优势。

这么看来……无论怎么磨炼技量（等级）也是有极限的，可想而知与魔物相比，人类是何其脆弱。

这也是各国进行禁断的召唤仪式的原因吧。真是让人火大，我不能容忍这种行为……但也无法否定。

至于这些孩子——

经过检测，我发现了一件惊人的事，以魔物的标准来看，他们的魔素量（能量）已经超越了 A 级。库洛艾体内的能量甚至可以匹敌高阶魔精。

这确实很不正常。

如果运用得当，他们将是非常棘手的敌人，但他们到底能不能……

他们好像已经定好了顺序。

剑也走上前来，脸上充满干劲。

他只是个十岁的淘气包。他是孩子王吗？

## 第五章
被召唤的孩子们

"喂,我能用这把剑吗?"

这个自大的家伙。

"我刚才说过吧?要尽全力攻击我。但输了之后要对我用敬语!"

"哼!就算是大人也赢不了我们。除了静老师,我从没输过任何人!"

"哼。大话等你胜过我之后再说吧。"

就这样,测试即将开始。

其他孩子负责发令。我把昨天准备好的沙漏交给他们并说明了使用方法。

那就开始吧。

"开……开始!"

良太话音刚落,剑也就开始行动了。

以小学生的标准来看,他的动作也算有模有样,甚至不比大人差,但是在我看来还差得远。

"阿剑加油——"

"你不会输的。"

剑也在他们的声援下铆足了劲。

他拼命攻向我,但他的动作我看得一清二楚,连预测都不需要。

五分钟后,剑也对我射出火焰,他都已经快急哭了。

嗯。看来这个火焰威力很弱。

他不用咏唱就能射出火焰倒是可圈可点,但很容易看出火焰的落点。我自然也不会故意让他打中,但我能感受到爆炸余波的体感温度很低。

他这个火焰的威力还不如爱莲这个 B 级冒险者放的火焰大魔球。

剑也的魔素量（能量）相当于A级，这么看来，他的能量利用率太低了。

他没有手下留情，估计只是依葫芦画瓢地射出火焰罢了。看来他没将自己的力量完全发挥出来。

"喂。你别老想着用火焰，试试普普通通地射出能量。"

但剑也听不进我的建议。

"闭嘴！静老师的招数很厉害！你以为我会听你的吗？"

这小鬼真的很自大，坚持不听我的建议。

十分钟过去，我赢了。

"好，结束！以后你要老老实实地叫我老师。下一个。"

剑也非常沮丧地回到同伴那里，其他人在观战时也是无精打采。

如果输给小学生的话，我受的打击更大。

下一个是库洛艾·欧贝鲁。

她是个十岁的小女孩。

她的发色十分罕见，银黑混杂——总之是发色很不可思议的美少女。

她有种混血的神秘感，说不定有亚洲血统。

那就开始吧。

可是，如果输给这样的美少女就太丢人了，绝对不能大意。

"库洛，你别勉强！"

"你可别受伤啊，库洛！"

其他孩子的声援不是"加油"，多为"别受伤"。

那倒也是，毕竟她看上去并不强。

号令响起，比试开始了。

## 第五章
被召唤的孩子们

库洛艾会发动怎样的攻击呢?

库洛艾总是拿着书,也许她很喜欢书。

她会用书吗?她会用书的一角来打我的头,还是把书丢过来?

也许在小学生看来那不是书,而是钝器?

我正想着那些蠢事,突然"流水(Water)啊,化为牢狱(Jail)困住我的敌人",我听到了咏唱咒文的声音,与此同时,我的脚被水流缠住了。

我用"热源感知"探查,发现这毫无疑问就是水。

不只是剑也,连这个孩子也能自由使用魔法。

真是厉害,难道他们是天才?

现在不是感慨的时候。水流加剧,变成一个水球把我困住。

我用指尖触碰那个水球,感觉到自己的指尖被割裂。估计这和我的"水刃"一样,通过让水流高速循环维持球形。

她干得不错,接下来会怎么做?

"我会让那个水球下降攻击被困住的人!如果你认输,我就解除魔法,否则你会死的!"

这孩子年龄不大,却很恐怖。

和剑也不同,她用的是出其不意的攻击,但遗憾的是这还不够。

"你的魔法很厉害,可惜对我没用。但你运用得很好,今后也要好好学习!"

我走出水之牢狱,摸了摸库洛艾的头。

牢狱?只要有高阶技能"操纵魔力"这就不是问题。

实不相瞒,这项技能位于高阶技能的顶点。这项可怕的能力甚至可以匹敌专属技能。魔法是操纵魔素引起的现象。所以,只要用更强大的力量干涉魔素,就可以轻松消除魔法的效果。

库洛艾吃惊地瘫坐下来，脸色通红，眼中带着泪水。

饶了我吧，我已经手下留情了。如果我输了，你们就不会再听我的话了，我必须展现出压倒性的实力差距。

库洛艾丧失战意。我获胜。

不知为何，库洛艾按着被我摸过的头，露出开心的微笑。

再接再厉！

盖鲁·吉普森是我的下一个对手。

他十一岁，是最大的一个。他是个茶色头发、身形较大、轮廓鲜明的美少年。

我敢肯定，这家伙长大成人之后会是一个相貌不输于明星的美男子。

我可不想毁他的容。但我要稍微让他见识一下大人的世界有多残酷。

"你死了，可别怪我。"

盖鲁没有取巧，毫不犹豫地使出全力的一击。估计经过前两场战斗，他对我的印象有所改观。

他朝我射出一个威力不凡的魔力弹，普通教师——B级冒险者可能会丧命。

就连我也是费了很大劲才学会魔力弹……

这似乎是他倾尽全力的一击。

他的选择是正确的，可惜他的敌人偏偏是我。投射系的技能对我无效。

我理所当然地用"暴食者"捕食吸收了魔力弹。

"那是什么？太肮脏了！"

## 第五章
### 被召唤的孩子们

对，很肮脏。我也这么认为。

"听好了，大人是种肮脏的生物。会为了胜利不择手段！这就是所谓的大人。"

我这样对待孩子很不成熟，但不能顾及这些。

其实我还可以用其他手段，但我要以最大的优势结束战斗。

这也很辛苦。

盖鲁咬牙切齿十分不甘，把气集中在拳头上朝我袭来。

盖鲁这不服输的精神倒是令人钦佩，但他没有胜算。

盖鲁和剑也一样败下阵来。


良太看上去是个怯懦的少年。

他和剑也关系很好，总是给剑也打气。

估计他们是一对性格互补的朋友。不过，良太是个没有特点的普通少年。

但他的能力……

"良太，要为我报仇！"

良太一听到剑也的叫声，眼睛立刻变了颜色朝我袭来。

魔法？不对，这和紫苑的"肉体强化"很接近。他没有进行咏唱，瞬间将速度和力量提高了一倍以上，同时还将魔素转变为斗气保护自己的身体。

这看上去是个完美的强化，但没有意识是他的弱点。

在大多数情况下，于战斗中失去冷静是个劣势。一旦失去冷静就和魔物无异，因为这会导致丧失智慧——人类唯一的优势。

良太的能力不是"肉体强化"，而是"狂战士化"。

这项能力没有意义，有必要进行矫正。

他的动作很不错，如果他的对手不是我，估计胜算不小。

可惜……

我不断避开他的攻击，游刃有余地坚持了十分钟。

最后是少女爱丽丝·伦德。

她九岁，是最小的一个。柔顺笔直的美丽金发垂到后背。

她是一个如娃娃般精致的美少女。

和文静的库洛艾不同，她似乎是个疯丫头。

"终于轮到我啦！你们这些不中用的家伙，看我怎么大显身手！"爱丽丝充满自信地放出豪言。

我本以为剑也是他们的头头，也许真正的头头是这个最年轻的少女。

不，也许是隐藏BOSS（头目）。不管她是什么身份，我都得让她输得心服口服，否则我建立威严的计划将会以失败告终。

我要打起精神面对这个敌人。

而且经过刚才的战斗，其他学生和老师渐渐围了过来。在体育场做这么引人注目的事，会引来好奇的围观者也很正常。

我也有必要让这些围观者看看我是如何以教师的身份征服这些孩子的。

那么，这个孩子又有什么能力呢？

爱丽丝露出自信的微笑。

接着，她把背上的几个玩偶投向空中。

"上吧，各位！解决那个家伙！"她叫道。

哈？我抬头看去，那些玩偶活了过来，正要对我发动攻击。

有狗、猫、鸟，还有熊。

## 第五章
### 被召唤的孩子们

没想到那些玩偶的攻击如此猛烈。

爱丽丝的能力是傀儡使役者（Golem Master）。

估计她这项能力的原型是静使役的魔精的技能。虽说是小孩的想法，却不可小觑。

既然这些动物布偶能有这么强的战斗力，如果她使役的是特殊合金制造的傀儡，那应该会成为真正的武器……

说不定她的能力是这五人中最强的。

然而，我还是能躲开的。

"喂，你别急着逃啊！！"

她的抱怨声传进我耳中，但我装作没听见。

我曾闪过烧光那些玩偶的念头，但我决定躲到底。

"提示。个体名——爱丽丝·伦德被惹哭的概率为百分之百。"

听到这个预测，我自然不敢烧那些玩偶。

估计安慰她比战斗还难，而且围观者也为认为我没有大人的气度。

最后，我躲过十分钟，获得了胜利。

*

这样一来，我的面子也保住了。

总而言之，我成功让这五人认可了我的实力。

"那个面具教导官好厉害。虽然外表和小学生差不多，却能完胜那些问题儿童！"

"他真的只是B级冒险者？我看他的实力和静教导官相当！"

我听到了围观者的议论声，看来我这个下马威很成功。

我也了解到这些孩子拥有与自身不相符的力量。因为他们的能力不是源于自己内心的期望，只是在模仿静。

我本以为让他们全力战斗多少能消耗一点魔素量（能量）……可是他们的消耗微乎其微，寄宿在根源中的魔素（能量）也没有减少。

那也是因为他们的攻击威力较低。最终结论是，这种方法无法防止身体崩坏。

接着，我又考虑能否用我的专属技能"异变者"进行"分离"，并用专属技能"暴食者"将魔素"捕食"或"隔离"。恐怕这个方法——

"说明。被灵魂融合的魔素（能量）无法分离。"

果然不行啊。

我在战斗时仔细观察，发现他们已和魔素深度融合，无法分离。

或者让他们获得专属技能，或者寻找别的手段……

剩下的时间不多了。

不完全召唤来的失败品最多只能活五年，这些孩子剩下的时间还不到一年。

我必须想尽办法在剩下的时间里找出阻止魔素（能量）失控的方法。

我这方法虽然与众不同，却能确认他们的现状。

全力消耗魔素无法解决问题。不过，释放过剩的魔素，多少能够延缓身体崩坏。

我打算让他们定期全力消耗魔素，同时思考能治本的对策。

我在收拾完体育场回教室的路上思考着。

## 第五章
### 被召唤的孩子们

我们回到了教室。

"正如你们所见,我很强。我向你们保证我会帮助你们。我向这面具起誓。"我向孩子们宣布道。

他们都老老实实认认真真地听着。

第一阶段成功了。如果没有走近他们的内心,他们是不会听我说的。

虽然我的手段有些强硬,但最终得到了他们的认可。

"我说,那副面具……是静老师的?"爱丽丝突然问了一句。

"是的。这是静托付给我的。而且我认为她把这面具给我的时候,也想把你们一起托付给我。"我答道。

其实是不久前,静在我的梦里把他们托付给我的……但这不是重点。

听到我这回答,爱丽丝满意地点点头。

"我明白了。我相信你。"

"那……那我也是……"

"我从一开始就相信你。"

爱丽丝、良太、库洛艾这三人稍微对我敞开了心扉。

"什么啊……那我也……"

"是啊,剑也。我也觉得可以信任这人。"

看来剑也和盖鲁也没有异议。

我总算取得了孩子们的信任,他们接受了我这个教师。

不过,说到面具……

这时,我某个沉睡的记忆似乎被唤醒了。

静托付给我的事是——揍魔王莱昂。

既不是杀他,也不是打败他,而是揍他。

# 关于我变成史莱姆这档事 4
Regarding Reincarnated to Slime

咦？难道静的目的不是向魔王复仇？

对啊。仔细想想，如果静真想复仇的话，应该会在全盛时期行动。

而且，等等！

我记得，静说过她来到这个世界的时候还不到十岁……

那她是怎么得救的？

好好想想。她没说过详细情况，但我觉得她有给过我提示。

说起来，静丢下这些孩子，优先自己的目的本身就很不对劲。

如果有某个原因让她不得不行动呢？

快想！

啊，是这样啊……

因为她想接收并救助这些孩子，所以才要去找莱昂吧？揍莱昂以及救这些孩子，这两件事都需要去找莱昂。

魔王莱昂知道救这些孩子的方法。因为他救过静。

这就是静的想法吗？

如果是这样的话，救这些孩子的方法又是什么？

我驱使"大贤者"继续全力进行思考。

和往常一样，"大贤者"没有辜负我的期待。

我不关心魔王莱昂救静是有意还是无意，最重要的是他救静的方法。

"说明。已成功推测出魔王莱昂·克罗姆威尔救静的方法。根

## 第五章
### 被召唤的孩子们

据已读取的信息结合间接证据推测——"

"大贤者"推导出的答案在我心中响起。

这对这些孩子而言非常困难、过于残酷，是一场成功率很低的赌博，但对我而言是个简单的试炼。

问题在于……

"听我说，我绝对会救你们。所以你们要相信我，做一个好孩子，知道吗？记住，既然静把你们托付给我，我就不会放弃你们！"我自信满满地说道。我不能让孩子们看到我不安的样子。

孩子们认真地注视着我——

"拜托了，老师！"他们一起说道。

老师……啊。真是个动听的词汇。

交给我就行了。

现在这些孩子终于认可我这个老师了。

我绝对会救你们的。

我在心里发誓。

第六章 攻略迷宮

# 第六章
## 攻略迷宫

一个平静的午后,朱菜在自己的房间勤奋看书。

和平时一样,紫苑闯进来想向朱菜学习厨艺。紫苑一眼就发现了朱菜手中的书,问道:"朱菜公主,那是什么?"

"呼呼呼,紫苑。这是书,是利姆鲁大人带给我的魔法书。"
朱菜笑着回答紫苑。

她们开始习惯靠自己管理国家时,利姆鲁忽然回来了。就在昨天夜里,利姆鲁给了朱菜大量魔法书。

"啊,朱菜,你醒啦。正好,我记得你说过想学魔法吧?所以,这也有你的份。"利姆鲁和往常一样,若无其事地把书给了朱菜。

朱菜一眼就看出这是人类珍藏的秘术,是绝密文书。朱菜沉浸在幸福之中,向利姆鲁表达了感激。

接着,她向利姆鲁报告了国家平日的情况,并目送利姆鲁用魔法进行传送。

"什么?只给朱菜公主太不公平了!"

"啊!我忘了,紫苑你也有礼物。"

"朱菜公主,你太过分了……"紫苑鼓着脸颊生气道。

一个散发着甜美气息的甜点递到了她面前,她脸上的怒色烟消云散。

这也是利姆鲁在王都发现的甜点。他买了很多,想让其他人尝一尝。

看着紫苑开心地鼓着腮帮的样子,朱菜也在心中窃笑。

这时,红丸一脸疲惫地从门口走过。

251

"紫苑，你怎么自己一个人吃得那么开心？"

"啊，兄长，你的工作顺利吗？"

"嗯，顺利。兽王国的使者和往常一样，我们也按照约定把东西给他们了。他们拿到我们做好的东西后，开开心心地回去了。克鲁特在定期联络时说工程也很顺利。伐木队的工作已经完成，不久之后就会回来。别管那些事了。给我也来一个。"

说完，红丸也从朱菜手中拿了一个甜点塞到嘴里。这是"异世界人"厨师制作的泡芙，是利姆鲁买的。

"这味道很棒啊！"平时对甜食不感兴趣的红丸开心地叫道。

"这是利姆鲁大人买的。"朱菜也微笑着告诉红丸。

"这样啊，利姆鲁大人回来了啊。代理他的工作之后，我才知道原来他的工作这么辛苦。他看上去很轻松，但其实已经把一切都做好了……"

"嗯，是啊。跟兄长不同，利姆鲁甚至还有空偷懒呢。"

"偷懒？你……你的嘴可真不留情，你这话可以算不敬了。"

红丸吐槽道，他也露出了苦笑。

但这只是日常的情景。

"利姆鲁大人交代要增设长屋。"

"知道了。我去转告克鲁特。"

朱菜转达完利姆鲁的话之后——

"好吃。太好吃了！肯定是因为里面塞着利姆鲁大人的爱吧！"

紫苑叫道，她的嘴里刚才塞满了泡芙。

红丸和朱菜哑口无言。

"你误会了。"

"是你误会了……"

但紫苑沉浸在她的美梦里,根本没听到那两人的吐槽。

两人无奈地叹了口气,这也是他们的日常之一。

●

唔——我觉得紫苑又产生了误会,看来我应该尽早回去救那些孩子。

我一扫突然袭来的恶寒,把注意力集中到前方。

我眼前的五个孩子正坐在桌前努力学习。

"哦。如果做不到的话,你们就很难在这个世界生存。知道了吗?"

"知道了!!"

这五人齐声答道,声音很大,很有精神。

嗯,有精神比什么都好。

这五人这么有干劲,当然是有原因的。

虽然想说是因为他们很崇拜我,可惜不是这样。因为我准备了值得他们辛勤付出的奖励。

"哦——我想尽早知道之后的事!"

"不过,想不到竟然能在这边看到那部漫画的后续。"

"我要比你们先拿到!"

"虽然不是绘本,但漫画我也喜欢!"

"我觉得学习是很重要的。说起来,老师也是'异世界人'啊。我不了解漫画和动画,但这反而让我很感兴趣。"

奖励的效果十分显著。

正如你们所想,这个奖励就是我复印的漫画。我把台词都改成了这个世界的语言，想看漫画就必须学会语言。

拜此所赐，孩子们的学习兴趣大幅提高。

我已经当了一个月的教师。

我边进行准备，边教这些孩子学习。

我的准备只是纯粹的调查。在弄清那件事之前，我不能行动，现在需要忍耐。

所以，就算为了不浪费这些时间，我也要努力为这些孩子做好我力所能及的事。对我而言，激发孩子的兴趣很容易。

我白天教这些孩子学习，晚上四处搜集情报。我很庆幸自己的身体不需要睡眠。

可是，没人知道我想要的情报。

我想知道高阶魔精的住所，连知识渊博的白老也不知道。

我去找过托蕾妮，也去见过盖泽尔国王。

我也问过泽奇恩和雅皮托，但一无所获。

拯救这些孩子的方法——"大贤者"推导出的答案是让高阶魔精寄宿到他们体内控制魔素（能量）。

虽然我能召唤炎之巨人（伊芙利特），但这只能拯救一个人。

这样不行。

托蕾妮那些树妖精也能召唤高阶魔精。可是，那些魔精是她们的契约魔精，我不能让她们做出这么大的牺牲。

托蕾妮告诉我，有个魔精女王所统治的魔精栖巢。

可是，她没有任何线索，因为……

# 第六章
## 攻略迷宫

"利姆鲁大人,非常抱歉。通往魔精栖巢的入口有多个,但我知道的那个入口已经消失了。"

据说,托蕾妮她们曾经侍奉的魔精女王在太古时期就已经死了。托蕾妮她们和现任女王没有交集,所以也不知道魔精栖巢的所在,现任女王也没同意她们的谒见。

不仅如此,魔精女王可以随意改变入口位置,所以难以确定位置。

我不禁在心中感慨,真不愧是托蕾妮她们的女王,比她们还神出鬼没。

现在急也急不出个办法,我昨晚回到魔国联邦(特恩佩斯特),听朱菜报告了现状。

国家一切顺利比什么都强。

唯一令我在意的是一个新来的女性魔法师加入了尤姆他们。我很好奇她是个怎样的人,但暂时没机会见面,只好以后再说。

此外,还有一个令人欣喜的消息。

这是一个重大发现。

通常情况下,将"完全回复药"用魔法创造出的水稀释后可以做出一百个低阶回复药,但有一天加维鲁无意中使用了地底湖的水。结果做出的药药效比平时更好,也不知道是不是因为水中含有大量魔素。

贝斯塔发现后非常意外,并开始日复一日的研究,结果竟然用地底湖的水成功令产量翻倍。这事实在令人欣喜。这样一来,回复药带来的资金就能大幅提升。

据说后来布鲁姆特王国的商人来了魔国联邦(特恩佩斯特)。那些商人由卡巴鲁那三人进行护卫,商人花二百五十枚金币购买了一千个高阶回复药。

　　每个单价二十五枚银币。他们没有还价，爽快地买了下来。

　　那个商人名叫贾鲁德・缪鲁麦尔。他说过也会去英格拉西亚王国行商，说不定我会在这里碰到他。

　　他说过到时候过来拜访我。

　　这就是朱菜的近况报告……

　　但最重要的魔精栖巢的所在依然不明。

　　我看着拼命争抢漫画书的孩子们，再次在心中决意必须尽早调查。

*

　　我们决定今天去郊游。

　　按照以前的说法，今天是星期天，也就是假日。

　　如果只顾上课，人会疲乏的，而且也必须定期释放魔素（能量）。

　　我带着孩子们走在王都的路上。这时，我们发现不知为何有一大群人聚集在城区中心。

　　"好像有什么活动？"

　　"啊！今天是勇者正幸在斗技场战斗的日子！"

　　"据说勇者非常强。他会比老师强吗？"

　　"我说你啊，肯定是勇者更强啊！正幸大人不可能输给这种戴着面具的可疑教导官！"

　　"这个啊，库洛艾喜欢老师！"

　　"虽然我很想去看勇者，可是现在去肯定没位子了。今天就按照计划出城郊游吧。"

　　这五人吵吵嚷嚷地聊着，但盖鲁劝住了他们，最终我们决定按

## 第六章
攻略迷宫

照计划继续去郊游。我答应他们下次提前订好位子去看勇者。

盖鲁能够管住另外四人,是我的得力助手。只要有个年长的人,他就能起到这种领导作用。

至于这个勇者,我记得米莉姆说过:"勇者是个特殊的称号,随便以勇者自居会遭报应的。"

而且优树也说过:"自称勇者的或者是有背负一切罪责的决心的人,或者是傻愣愣的蠢货。"

在这座都市里抛头露面的勇者到底是哪一种人呢?不管怎么想,他都是个纯粹蠢货……

话说回来,仅仅是以勇者自居,真的会遭报应吗?但这毕竟是米莉姆的话。也许那个什么勇者正幸也不仅仅是个蠢货,而是因为某种报应身陷坎坷的命运之中。

正幸是典型的日本名字,说不定他是我的同乡。虽然我有点想去见他,但这天我们朝别处去了。


我们顺路来到咖啡屋。

"哟,小鬼们,你们要乖乖听老师的话,努力学习!"
店长说完,一边放声大笑,一边为孩子们准备果汁。

"谢谢叔叔!顺便来点蛋糕吧!"

"哼,这个果汁一般般。那个蛋糕好像味道不错。"
剑也和爱丽丝毫不客气地点着单,真让人头疼。

"好吧。店长,也给这些家伙来一份蛋糕。"我心不甘情不愿地打开钱包。

"哈哈哈哈。听说你升到 $B^+$ 级了啊,优树非常意外。今天我请,就当给你庆祝!"

这个大叔虽然肌肉发达，却是个通情达理的人。而且他还知道我升级的事，看来他的消息相当灵通。

组合的任务栏中贴出了幻妖花的采集委托，就是克鲁特为之头疼的那些花。这虽然是采集部门的委托，但我也能接受。我刚好有一百多株，于是就决定拿去提交。

此外，我还准备了几种难以采集的素材，没想到轻轻松松就升到了 $B^+$ 级。

这样一来，我就取得了 A 级的挑战资格。我进行了多次挑战，考官判定我的实力非常接近 A 级，认定我为 $A^-$ 级……这意味着 A 级是一道难以逾越的鸿沟。我计划近期再次进行挑战，现在我还是 $B^+$ 级，但没有什么不便之处。

话说回来，既然店长要请我们吃蛋糕，那我自然不能默不作声。

"哦，店长，太棒了。那我要草莓蛋糕！"

那就没必要客气了，我也毫不犹豫地点了一份。

"喂喂，老爷还是那么现实啊。"

说着，店长一脸苦笑地听着孩子们点单。

优树告诉我这家店的店长是"异世界人"。他把我介绍给店长，从那之后，我就很喜欢这家店。

这位店长虽然长得比较可怕，却是个好人。他也深受孩子们的欢迎。我觉得孩子们只是禁不住蛋糕的诱惑，不过这事还是不说为妙。

几天前，我在这家店买了泡芙当特产交给朱菜。因为我出来有一段时间，估计她差不多要抱怨了。当然，我也期待她能做出这样的味道。

这家店的品类丰富，除了蛋糕，还有许多甜点。所以，我想拉

# 第六章
## 攻略迷宫

拢店长去魔国联邦（特恩佩斯特），但他拒绝了。但我不会因为一两次拒绝就放弃，我打算软磨硬泡说服他。

美美地享受完蛋糕之后，我从店长手上接过了今天的便当。

他为我们准备了三明治。这是我们的午餐。

孩子们活力十足。到了郊外之后，我们就稍微运动一下，再来场模拟战。

饿了之后再吃三明治，应该会特别美味吧。

走着走着，已经能看到城门了。

"啊！利姆鲁大人，你们今天也要训练吗？下次也指导一下我们吧。"

熟悉的门卫爽朗地向我打招呼。B$^+$级冒险者很受尊敬，简直和英雄——不对，在这个世界里就是货真价实的英雄。

这时，我终于明白卡巴鲁他们为什么会那么受欢迎。因为冒险者是个亲民的职业，他们会在平民眼前保护平民。

比起只会在城里摆架子的英雄，在平民眼里身边的冒险者更配英雄之名。

"啊，是你们啊。你们今天也辛苦啦。啊，这是慰问品。回头你们一起吃。"我趾高气扬地说道。

他们对我总是很恭敬，最近我也习惯了。

慰问品是我和孩子们烤的蛋糕。砂糖在英格拉西亚王国也是高级货，所以这足以让渴望甜味的人垂涎。尽管这些蛋糕火候掌握得不好，但门卫也非常开心。

"感谢您平日的关照！孩子们要好好听老师的话！"

"喊！怎么在这里也会听到这话？我们很听利姆鲁老师的话。"

是吧，良太？"

"嗯。要是不听话会受罚的。"

"笨蛋！这种话就没必要说了！"

"喂，你们别说傻话了，否则连我们也会被当成笨蛋的。请和我们保持距离。"

他们还是那么吵。

我们笑着和门卫告别。

接着，我们按照计划走了约一个小时，来到都市近郊人烟稀少的草原。

这里最适合今天的训练内容。

这里少有围观者，就算拿出一点真本事也没问题。做他们的对手时，如果手下留情，他们的成长也会受阻。

孩子们最近也听得进我的建议，动作更加熟练。所以，我不能大意。我和平时一样，轮流和他们进行模拟战。

"可恶！今天果然也不行啊……"

"老师太强了，简直是犯规。"

"喂，对女孩子应该要手下留情吧？"

"我必须多学一些魔法……"

"赢不了啊，我本以为今天专注防守的效果不错……"

也许我的做法缺乏大人的气量，但我需要树立一个无法战胜的形象。

关于这一点，我与静的想法不同，我不会宠溺他们。

"哈哈哈，你们这些小鬼，要想赢过我简直是痴人说梦。"

我傲慢地嘲讽孩子们，和平时一样。

这时……

## 第六章
攻略迷宫

嗯？怎么有股奇怪的压迫感（Pressure）……

"提示。检测到高密度魔素量（能力）。正在接近——这反应是天空龙（Sky Dragon）。"

根据我在王都图书馆学到的知识，天空龙和飞空龙（Wyvern）非常相似。

飞空龙是低阶龙族的亚种，和低阶龙族一样具有飞行优势。但天空龙继承了浓厚的原龙血统，是高阶龙族（Archdragon）。其威胁等级为特A级——灾厄级。

看来令人期待的便当要先放到一边了。

●

"这算什么事……"贾鲁德·缪鲁麦尔抱着头蹲着低声说道。

他很久没有谈成大买卖了，不久前幸运降临到他头上。

自由组合布鲁姆特支部把他叫去，支部长（会长）菲茨亲自向他说明情况。

"所以，组合十分看重这种回复药的贸易。组合内部使用的储备每月三百，王宫骑士团的储备两百，合计五百个，我计划用一百五十枚金币买入。"

菲茨的表情十分可怕，连黑道的人都会被他吓得脸色惨白。

"他们说每个卖我们二十五枚银币。这是给老主顾的价格，是他们目前给出的最大折扣。据说直接去他们那边买，一个也要三十枚银币。怎么样？也许在你眼里这只是蝇头小利，但这是国家间的交易。细水长流，今后会一直持续下去！"

贾鲁德粗略算了算，这五百个一转手就有两千五百枚银币的利润，换成金币就是二十五枚。为这点钱冒生命危险实在不值。

"请别开这种玩笑。我怎么能答应这样的条件？"

贾鲁德·缪鲁麦尔甚至敢在暗地里给地痞无赖放贷。尽管菲茨表情可怕，带有一些恐吓的意味，但贾鲁德若无其事地拒绝了。

"如果没有其他事的话——"

"这样啊。好，既然你不愿意就回去吧。但是，你将失去今后和那个国家进行贸易的权利，你要想清楚。我只是出于个人的信任，才会优先把这事告诉你。"

听到菲茨的话，缪鲁麦尔挑了一下眉毛。

"那个国家？"

"嗯，是的。回来之后我们还能探讨进一步的合作……"

"请等一下，菲茨阁下。我不擅长成年人的钩心斗角，能不能开门见山地说？"

这时，缪鲁麦尔嗅到了金钱的味道，他打断了菲茨的话，催促菲茨直入主题。

菲茨见状带着笑容回答，他知道缪鲁麦尔已经上钩了。

"好。对了，我还没给你看过商品。这是最初的商品，高阶回复药。怎么样？看了这个，你还想拒绝我的提议吗？"

说完，菲茨拿出了高阶回复药，这种回复药的药效之高足以打破人们对现有回复药的普遍认知。能做出这种药，意味着那个国家拥有不亚于矮人王国的技术实力。

缪鲁麦尔想起菲茨刚才的话，不禁打了个寒战。

"你刚才说我的工作是买五百个交付给组合吧？我想确认一件

事,我的购买数量有上限吗?"

"不清楚。这事不是我说了算。这不就是你这个商人的工作吗?详细情况等你到了那边再谈,怎么样?"菲茨轻轻一笑,如是说道。

缪鲁麦尔在去目的地的时候发现了一个惊人的事实。他本以为这段旅途至少需要两周,结果只用了一周就到了,他大感意外。

他雇来的护卫卡巴鲁一行人说得没错。

"我就说吧!这座城镇可是非常棒的!"

"这……难以置信。什么时候修了这么好的路……不,更重要的是这座城镇!"

缪鲁麦尔惊愕地说了这么一番话。

缪鲁麦尔在雇 $B^+$ 级冒险者的时候就已经做好了亏本的心理准备。这三人的佣金是一天一百枚银币。但他们可是 $B^+$ 级的冒险者,这个价格已经非常便宜了。换算成金币是每天一枚,光是雇这些人,一个月就要耗费多达三十枚金币。

缪鲁麦尔之前算过,能够确保的利益是二十五枚金币,扣除经费之后估计要亏一大笔钱。

即便如此,缪鲁麦尔也必须亲自去确认这个买卖是否值得继续。

后来——

缪鲁麦尔买进了一千个高阶回复药。其中五百个要交付给布鲁姆特王国,他打算把剩下的五百个拿到其他地方去试试销路。

他结识了那些魔物,这是用金钱买不到的经历。此外,他还得到了情报。因为要走这条新的贸易路线,就要取得那些魔物的同意。

(接受这件事是正确的。)

人鬼族(大型哥布林)的利古鲁德是那些魔物的领袖,他预计

## 第六章
攻略迷宫

今后的产量会更高。那些魔物似乎在考虑推出其他特产,今后他们应该会成为重要的贸易伙伴。

之后,缪鲁麦尔踏上归途,顺利交付了五百个商品。

缪鲁麦尔一进入布鲁姆特王国境内就和卡巴鲁他们分开了。

这时,他雇了一个叫彼得的C级冒险者,顺便来到了英格拉西亚王国。

马车载着五百个高阶回复药顺利抵达了英格拉西亚王国。

一切顺利。然而……

"那头怪物是什么?"缪鲁麦尔叫道。

一头闪着白色光辉的怪物——天空龙在他眼前横冲直撞。

这是暴力的化身,人类拿它毫无办法。

这头怪物在缪鲁麦尔眼前轻松将人类击飞。

那些人应该是英格拉西亚的士兵,守卫城门的士兵准备引导居民进行避难。可是,旅人和异国商人还在等待,这时已经有人遇难了。

"老板!快逃!"

缪鲁麦尔听到了彼得的叫声,可是他还在犹豫。

马车里装着商品。马匹受惊,不受控制。现在只能丢下商品,别无选择。虽然损失惨重,但性命要紧。

缪鲁麦尔犹豫的原因只有一个。

缪鲁麦尔虽然想逃,但他跑不快。很久以前的经历让他痛恨自己微胖的体形。

"可恶!"

缪鲁麦尔终究是个商人,他在短时间内选出了最佳方案。

"喂,彼得。你把这些药分给那些士兵。"

"你说什么？逃命是我们唯一能做的事！"

"你个蠢货！那个魔物会飞，我们逃得了吗？只有逃进城里，我们才能活命！王都有魔法结界，魔物无法侵入。所以，帮助士兵、争取时间才是最好的办法！"

"可是，老板……"

他们说话时，天空龙也没闲着，它放出雷击，地面化为焦土。裁决之雷无情地降临到四周那些行动迟缓的人头上。

"妈妈——妈妈——"

"艾露诺——"

一个母亲为了保护女儿免遭雷击，全身被大火烧伤，已经奄奄一息。

"唔——唔哇啊——"

其他人发出惨叫，四处乱窜，没人对这位垂死的母亲伸出援手——

"喂，救她！我去救她！"

"呃，老板？"

缪鲁麦尔抱起装着一瓶瓶高阶回复药的箱子，朝雷光闪闪的平原跑去。

他想去那对母女的身边。

落雷十分可怕。可是，缪鲁麦尔没有停下，他相信自己的运气。

（打不中。我是个幸运的男人！）

他连滚带爬地来到那对母女身边，为焦黑的母亲淋上回复药。这药将那位母亲从死亡的边缘拉了回来。

女儿还在哭泣，缪鲁麦尔舒了一口气，正要抚摸女儿的头——这时，他注意到地面的黑影。

缪鲁麦尔吓得没了血色，脸上惨白。

## 第六章
攻略迷宫

他战战兢兢地回过头，不出所料，恐惧的象征就站在那里。

那东西全长约五米。虽然体形比龙族小，但力量十分可怕。那只无人能挡的天空龙降到缪鲁麦尔他们面前，准备赐予他们死亡。

"可恶，我的幸运到此为止了吗……"

缪鲁麦尔已经准备受死，这时他听到咚的一声，有个东西掉了下来。

"怪物来这边！老子来当你的对手！！"

是彼得。彼得丢出石头想吸引天空龙的注意力。

"蠢……蠢货！你还不快逃？"

"嘿嘿，老板。虽然我这一辈子过得跟烂泥一样，但有人对我说过……在别人需要帮助的时候，我也应该出点力！我现在的形象是不是变高大了一点？老板你赶紧带上那些人进城门！"

士兵们出现在彼得身后。看来彼得遵照缪鲁麦尔的指示把药发给了他们。

"有了它，我们多少可以争取一些时间！"

这难以置信的药效让士兵们恢复了斗志。

这样一来，说不定……缪鲁麦尔不禁冒出一丝天真的期待。然而，这只是幻想。

天空龙嘴角扭曲，如在嘲笑缪鲁麦尔一般。

下一瞬间——雷电之雨伴着轰鸣声降临到士兵头上。

全灭。

似乎还有生还者，但在这么近的距离受到雷击之后没人能站起来。

只剩彼得站在那里，他展开双手想要保护缪鲁麦尔他们。

"喂，喂，彼得……"

"嘿嘿，至少让我帅气地迎接死亡吧。"

"呼哈哈哈哈，我看错你了。彼得，你是真正的英雄。如果你能活下来，我就雇你当我的专属护卫。"

"那可得涨工资哟！"

缪鲁麦尔和彼得相视而笑。接着，彼得抱着必死的决心瞪着天空龙。

他心中的恐惧消失了，似乎一心想救那对母女。

估计这也是缪鲁麦尔的想法。

临死之际，他们笑了。这两人坦然等待死亡来临。

天空龙笑得更厉害了，似乎想折磨自己的猎物。

看到这一幕，那两人坚定了决心，这时——

突然，一个美丽的身影从天空降到两人面前，那人带着淡淡青色的银发垂到腰间。

那人的速度比雷击更快。

那些雷击还没碰到那人就消失了。

"难……难以置信……天空龙的雷击竟然消失了？"

"难道是……勇者？"

彼得和缪鲁麦尔万分惊愕。

一个动听的声音传进他们耳中。

"咦，这不是彼得吗？你今天很有干劲嘛。你的行为令人钦佩，但赢不了就别勉强。"

彼得吃惊地睁大双眼。他不认识这样的美人。他本以为对方认错人了，但那人的视线却很眼熟。

至于缪鲁麦尔——

"这位带着我的回复药，想必是商人缪鲁麦尔吧？没想到你会帮助这些人，看来你是个好人啊！这种行为对商人无利可图吧。不

## 第六章
### 攻略迷宫

过我喜欢——"

听到这话,缪鲁麦尔惊呆了。他可以肯定自己没见过那人。

那人身形纤弱,穿着从未见过的异国服饰。他的身上有种难以言喻的王者之风。

缪鲁麦尔想询问对方的身份,但嘴巴不听使唤。

"我说两位。既然你们有药,那就拿去治疗伤员!我来想办法对付那头怪物。"

那人随口说道,无视僵在一旁的缪鲁麦尔和彼得。

● 

我感觉到一股异样的压迫感,于是迅速做出判断。

"没办法,我去救人。如果置之不理,可能会出现较大伤亡。"我对孩子们说道。

"岚牙!"

"在。"

我一叫岚牙,他就悄无声息地从影子里出现了。

"我过去解决那头龙。你留在这里保护他们。"

"主人,让我去一口吃了那头龙吧?"

"不,虽然我也很想这么做,但这次由我去。因为这些小鬼现在还在怀疑我的实力。"

我让岚牙去保护孩子们。

这也是因为我不确定岚牙能不能胜过天空龙,但这话最好别说。

"老师,必须等骑士过来才能解决那种怪物!"

"是啊!虽然老师比我们强,但也赢不了那种怪物!"

"等等!如果你死了,那谁来救我们!我不允许你随随便便去送死！"

我说吧，这种时候，他们一点也不相信我。

库洛艾和良太也担心地盯着我，看来我必须借机树立一个威严的形象。

"听我的，交给我！我还没有蠢到去对付赢不了的敌人。"

"主人说得对。告诉你们，我的主人是无敌的。虽然也有他赢不了的敌人……"

是啊……目前我和米莉姆打毫无胜算。

"就是这样。你们第一个要学的基本能力就是搞清楚自己能不能胜过敌人。"

说完，我开始进行准备。

如果保持现在这个儿童的形态，可能会暴露我的身份，所以我要伪装。

使用史莱姆细胞只能变成身高一米三左右的儿童。于是，我放出黑雾变为成人，我很久没有进行这种变化了。虽然视角变高了，但我是用"魔力感知"把握四周的状况，这种特殊的视野不会受到影响。

我瞬间穿上朱菜给我准备的优质和服，变身完成。

"呃……"良太哑口无言。

"不是吧？"爱丽丝大吃一惊。

"不会吧！"剑也看着我一个劲地眨眼。

"利姆鲁老师好帅！"库洛艾开心地诉说自己的感想。

"世界之大，无奇不有……"盖鲁吃惊地笑了。

"对了，帮我拿着这个。"说完，我摘下了面具。

进入城市时，面具是必备品，但现在戴上面具等于是大肆宣扬

## 第六章
攻略迷宫

自己的身份。

孩子们紧张地屏住呼吸。

我把面具递过去,库洛艾开心地拿走了。

"啊!库洛太狡猾了!"

不知为何,爱丽丝嚷了起来,与此同时,我的背上伸出翅膀朝战场飞去。

我一到战场就看到一个眼熟的家伙正和天空龙对峙。

那人是彼得。他似乎在保护来不及逃走的人,也许他接受了我的建议。

另外,还有一个微胖的大叔。

他抱着有魔国联邦(特恩佩斯特)标志的回复药,这么看来,这人应该是朱菜提到的商人。

他明知无利可图仍不吝惜自己的回复药,唯利是图的商人会这么做倒是很少见。

这人靠得住吗?虽然他长得不像好人,但我对他有好感。

如果他是为了宣传效果,不计较那些损失的话,那他就是个相当有头脑的人。

我没多想就向那两人搭话,事后才想起来我已经乔装了。

在战场上看到熟悉的人,我十分惊讶,造成了这次的失误,之后必须要让他们为我保密。

我边想边对两人说道:"我说两位,既然你们有药,那就拿去治疗伤员!我来想办法对付那头怪物。"

据我观察虽然有许多人身受重伤,但没有出现死者。估计现在他们用高阶回复药还来得及。我看到那个熟识的门卫也倒在地上,不禁轻抚胸口,暗自庆幸。

那两人吃惊地看了看对方,然后慌忙开始行动。

好。那就尽快打倒天空龙吧。

接着,我秒杀了天空龙。

虽然它的体长五米,但和暴风大妖涡(卡律布狄斯)相比根本不值一提,无论是雷击、音速冲击还是强韧的身体。

天空龙拥有绝对自信的攻击全部对我无效。

我轻松取胜。

我随便让它吃了点苦头之后,用专属技能"暴食者"美餐了一顿。

*

那天夜里,我和彼得还有缪鲁麦尔一起来到高级酒庄。

这个地方不负高级之名,不比矮人王国的"夜之蝶"差。遗憾的是,这里一个长耳族(精灵)也没有。但这家店的装修更豪华,酒菜也更丰富。英格拉西亚是文化中心,这里的店铺当然也是世界顶级。酒菜自然十分丰富。

我和平时一样戴着面具。

不用说,当然是缪鲁麦尔请客。我在叮嘱他们不要泄露我的真实身份时,他几乎是抱着我说要答谢我。

虽然我推脱要照顾孩子们,但他一再坚持,我也只好接受。

"缪鲁麦尔君,之后我想稍微和你聊聊今后的打算,你看……"

"呼呼呼呼呼,利姆鲁大人,交给我吧。我缪鲁麦尔知道有家店是商谈的好去处!"

"哦,你真可靠啊!你说的店难道是……"

"不必多说,全交给我吧!您一定会满意的!"

## 第六章
攻略迷宫

他就这样把一切都揽了下来，我也只好不情愿地答应了。

据说这个贾鲁德·缪鲁麦尔是布鲁姆特王国的大商人。

他不仅取得了自由组合的商人资格，也拥有布鲁姆特王国的正式许可。

因此，他被国家和组合双方看上，被选为我国和布鲁姆特王国之间的贸易桥梁。

同时拥有国家和自由组合双方许可的商人很少见，因为需要交两份费用。可是，这个缪鲁麦尔却把这当成理所当然的事。

在我的询问下，他告诉我："因为信誉第一。"

缪鲁麦尔这人微胖，面相有些凶恶，却能用友善的表情来弥补这一缺陷。

真不愧是商人，细节也不会疏忽。

据说他的生意范围很广。

他还是布鲁姆特王国商店街的会长，还在放高利贷。

彼得也欠了他的钱，这次的护卫也是用来抵债的。

竟然能对彼得这样颇有实力的冒险者颐指气使，看来不能对缪鲁麦尔这个商人掉以轻心。甚至还有贵族因为欠钱而在缪鲁麦尔面前抬不起头。由于这些传闻，缪鲁麦尔也被称为地下帝王。

欠债真是件可怕的事，花钱一定要有计划。

也许有一天，我也需要借钱，一定要铭记这件事。

可是，唯利是图是商人的本性，只要双方都有利可图，他就不会背叛。商人比随随便便的盟友更可靠。而且从白天的事来看，缪鲁麦尔是个本性善良的人。菲茨那家伙也说过会为我介绍一个有趣的人才。

缪鲁麦尔这男人似乎派得上用场。

273

所以，我很喜欢这个商人。

缪鲁麦尔搓着手笑嘻嘻地走过来。

"利姆鲁大人，您玩得开心吗？"

"啊，缪鲁麦尔君，交涉进行得怎么样了？"

"很顺利！虽然有一些不情愿，但我的面子他们还是会给的！"

"哦，你辛苦啦！"

"哪里哪里，为了利姆鲁大人，这点事不值一提，根本算不上辛苦！"

我对缪鲁麦尔提了一个难办的要求。

我让他包下这家店，把其他人请出去。

我听说这是缪鲁麦尔出资的店之一。这个男人的生意范围真的很广，不容小觑。想不到他竟然在英格拉西亚王国这样的大都市中也有关系。

店里的客人也没有抱怨，估计一看到缪鲁麦尔就放弃了。看来就算在英格拉西亚王国，缪鲁麦尔也有相当的势力。

他的势力这么大是有原因的。

"话说回来，利姆鲁大人……我也知道这么问有点失礼……把那些孩子带来真的没关系吗……"缪鲁麦尔支支吾吾地问道。

他的视线停留在……

"利姆鲁老师略帅啊！"

"老师太厉害了！这样咻一下飞出去，砰一下揍那头龙！"

"还不错呢。但是等我长大之后，我也能像老师那样轻松解决那头龙！"

"太漂亮了！"

## 第六章
### 攻略迷宫

"老师真的很强,说不定比静老师还强……"

"怎么可能?"

"可是可是!老师会变身,真是太帅了!"

"利姆鲁老师和静老师很像,很漂亮。"

"这点我也承认,可是……"

"不管怎么说,我们的利姆鲁老师都是个厉害的人!"

"嗯嗯。"

"是啊。这点我也同意。"

"我喜欢利姆鲁老师!"

"确实。我们也想像老师一样强。"

这里有一伙不适合来这种地方的人。

一群孩子——不用说也知道他们是我的学生,他们聊得正欢,看上去很兴奋。

彼得正在陪他们聊天,可也只是在听孩子们互诉对之前那场战斗的感想而已。

我当然不能带他们来。如果被人知道,我肯定不能继续当教师。

我本来想让他们回去,但他们又哭又叫、大吵大闹。

我别无选择只能带他们过来,可以说哭闹的孩子和米莉姆一样,是我的克星。

尽管这会谈和我想的有点不一样,但这样也不错。

这里没有其他客人,我可以毫无顾虑地和缪鲁麦尔畅谈。

其实我们谈的也不是什么大事,只是聊了聊如何补给那些用掉的高阶回复药。

我提出帮他挽回那部分损失,并请他帮我大力宣传我们的回复药。

"原来如此。比起眼前的销售额，利姆鲁大人更看重宣传效果。有道理，只要这种药的效果传开，自然会有客人专程来求购。"

缪鲁麦尔的脑子转得很快，立刻明白了我的目的。

"就是这样。所以只要你能发放出去，别说是五百个，就算是一千甚至两千也无须顾虑。"

"呼呼呼，原来如此，原来如此。我果然没看错。这个钱我会按照规定支付。毕竟我们已经签了契约，发放那药也是我自己的决定。"

"喂喂，我会帮你的，你不用那么客气吧？"

"不，关于这件事我要感谢您。可是，我不会为了这点事舍弃自己的利益。魔国联邦（特恩佩斯特）修建了道路，为我们商人保障安全，提供便利，那里今后很可能成为贸易枢纽。如果能够借此机会和魔国联邦（特恩佩斯特）的盟主利姆鲁大人攀上关系，那这点钱简直太便宜了。"缪鲁麦尔说道。

他这话简直是"吃小亏占大便宜"的极致。

"好吧。那今后也请多关照啦。"

"哪里的话，我才要请您多关照！"

我和缪鲁麦尔就这样互相确认对方的为人，并确立了长久的互惠互利的关系。

我问了缪鲁麦尔对魔国联邦（特恩佩斯特）的印象以及是否有其他问题。缪鲁麦尔给我提了一些有益的感想，谈着谈着就到了孩子们睡觉的时间。

我们告别的时候，一位店员小姐姐的一句低语让我停了下来。

"愿这些孩子们能得到'魔精女王'的加护。"

## 第六章
### 攻略迷宫

"这是什么？我从没听过这种咒语。"

"这可不是咒语！在我的故乡，这是祝福的话。据说魔精女王住在魔精栖巢里，她会保佑住在那里的人！"

什么？等等，你刚才说什么？

"小姐姐，等一下，你刚才说的是魔精栖巢吧？难道你知道位置？"我激动地问道。

那位小姐姐一脸疑惑，似乎被我的反应吓到了。但她很快就回过神来，回答了我的问题。

"嗯，我知道啊。因为我就是在那附近的村子里出生的！"

接着，她笑着告诉我那座村庄的位置。

那座村庄位于西方诸国的边境乌鲁古雷西亚共和国。那是位于那个国家最北端乌鲁古自然公园附近的村庄，她就来自那座村庄。

而且，我还听说，我要找的魔精栖巢就在乌鲁古自然公园里。

想不到会在这里找到线索，这也是我平日行善积德的善果吧。

我向缪鲁麦尔和店里的小姐姐们道别。

"再见，下次再来玩哟！"

"利姆鲁大人，我下次在布鲁姆特王国等您。请一定去那边的店里坐一坐。"

"至于商品的补充，我会交代我的人，只要你报上我的名字，他们就会优先给你供货。今后要劳烦你在各地宣传了！"

"是，我明白了！"

"下次再来玩！"

我们就这样分开了。

缪鲁麦尔谦恭的态度令店里的服务生和小姐姐十分吃惊。

277

# 关于我变成史莱姆这档事 4
Regarding Reincarnated to Slime

我一瞬间没反应过来是怎么回事，不过很快就想明白了。因为缪鲁麦尔平时在店里不可一世，却对我这个孩子点头哈腰。

我毕竟是 $B^+$ 级，也渐渐有了一些名气，所以她们似乎很快就释然了。

剩下的就是祈祷我带学生们出来玩的事不要暴露。

*

得知魔精栖巢在乌鲁古雷西亚共和国乌鲁古自然公园之后，我们来到了这里。

我当上教师之后已经过了两个月。

准备妥当之后，我们踏上为期三周的旅程，终于到了这里。

虽然我把马车送给了卡巴鲁他们，但这不成问题。

新型改良版已经完成了。我借来新型马车，让岚牙拉着我们全速赶到这里。

话虽如此，但考虑到乘客的感受，最大时速也就五十千米左右。在不平坦的道路上全速奔跑无异于自杀。

晚上，我们回到宿舍。

元素魔法——据点移动非常方便。以我的魔力，就算带上五个孩子也能发动魔法。

我自己倒是没什么，但我不想让孩子们受苦，所以就滥用了近乎作弊的魔法。多亏了魔法，我们也不需要采购粮食，这段旅途十分舒适，真是万幸。

我觉得魔法就应该这样用。

乌鲁古雷西亚共和国和鸠拉大森林周边的那些国家不同。

# 第六章
## 攻略迷宫

这个小国既不受西方圣教会的影响,也没有加盟西方评议会。

该国没有和鸠拉大森林接壤。

这个国家和西方诸国几乎没有直接来往,它靠的是和魔导王朝萨利昂之间的交易。

乌鲁古雷西亚共和国位于大陆中部南端,是个被人遗忘的国度。

这里有魔精的恩惠和加护,施行民主共和制,国民温和,是个和平的国度。

该国对出入境没有限制,但国内少有人作恶。

理由很简单,该国的国民全部都会使用"精灵魔法"——是巫师。

这些人用自己的魔素换取魔精的力量。"精灵魔法"无须咏唱咒文,只要和魔精定下契约,任何人都能使用。

但前提是必须得到魔精的认可并定下契约。契约魔精的力量会影响魔法的效果,人类的魔素并不多,所以没有进行长年修行的普通人力量并不大。

虽然只是略强于生活魔法,但毕竟是魔法。这足以威慑犯罪行为。

这种"精灵魔法"的极致是与"元素魔法"相对的攻击系魔法。

进一步修炼还能学到"魔精召唤"。

加强与魔精的联系并控制魔精就能使用魔精本身的力量,这样就能召唤出契约魔精并随心所欲地控制魔精。

不用说也知道,这自然比间接借用魔精的力量更有效。

乌鲁古雷西亚的人多受魔精的青睐,因此规定年满十岁的人要参加契约仪式。

通过这个仪式的人才会取得国民身份,所以该国的所有国民都是巫师。

二十岁时仍未与魔精订立契约的人会被逐出该国，这意味着失去国民资格。魔精种类繁多，与所有魔精都无法订立契约的人反而十分罕见。

那家夜店的小姐姐说她是为了看看外面的世界才故意不签订契约的……据说除了这样的怪人，一般都会成功。

此外，魔精通常都不喜欢有恶意的人，所以在这个国家做坏事会立即被发现。因此，这个国家的坏人很少。

所有国民都是巫师，光是这一点就会威胁到别国的安全。虽然西方诸国不了解这个国家，但这事在魔导王朝萨利昂应该很有名。

所以，乌鲁古雷西亚这个小国才能对等地与元素系魔法的大国魔导王朝萨利昂建交。

乌鲁古雷西亚国民的天性使他们博得了萨利昂的信任，两国积极交流，互相进步，共同发展。

这就是小姐姐告诉我的情况。

我们来这里的目的当然是召唤魔精。

我（应该说是"大贤者"）推导出一个假说。

这个假说是炎之巨人（伊芙利特）与静融合后成功控制住魔素（能量），从而阻止了身体的崩坏。

高阶魔精可以控制大量魔素（能量），所以如果能让高阶魔精和孩子们融合，就能拯救他们。

所幸我有专属技能"异变者"，"统合"与"分离"是这项技能的专长。

虽然我不清楚融合是怎么回事，我猜只要硬把孩子们和高阶魔精统合起来就行了。

## 第六章
攻略迷宫

既然魔王莱昂能做到，那我应该也有办法。

现在的问题是魔精的意识。

拥有意识的魔精很少，只要拥有意识，就可以称为高阶魔精。

据说这座城镇中有两个地方可以和魔精订立契约。

城镇中央的祭坛是这座城镇的居民订立契约的地方，但不确定这里是否有高阶魔精。

如果想和高阶魔精订立契约必须去另一个契约场所。拥有自我意识的魔精很任性，要想成为他们的主人就必须通过试炼。

那个契约场所就是魔精栖巢。

问题是那个小姐姐说的地方和托蕾妮说的魔精栖巢会不会只是恰巧名字一样？

据那个小姐姐说，去魔精栖巢的人没有一个能回来。但不可思议的是，那个传闻竟然会流传开来。

延伸至地下或者空中的庞大迷宫——传说通过那个迷宫之后就能抵达魔精栖巢。

而入口就在乌鲁古自然公园。

巨大的岩石上有一扇门，门后就是另一个世界。

既然我们要和高阶魔精订立契约，那就非去不可。

我们做好准备并好好休息了一个晚上。

我不知道进了这扇门之后还能不能用元素魔法——据点移动回来，但我有预感在里面不能使用。

我姑且先在公园内一个隐蔽的地方设置了魔法阵。这算是加一道保险，如果能用就太幸运了。

接着，我看了看每一个孩子。

"你们准备好了吗？进去之后可能就出不来了。你们有心理准备吗？"

孩子们的回答很有活力。

"那还用问！"

"没问题。"

很好，看来他们没有害怕。我感觉最近他们对我更加信赖，也更加亲近了。看来之前击败那头龙很有效果。

估计我博取了他们的信赖。

那就出发吧。

图书馆里的书也没有这个地方的记载，所以很遗憾，我也不知道这里面会有什么魔物。既然要进行试炼，那里面肯定会有危险。

据说没人能够出来。据说除了静，目前还有其他能使役高阶魔精的魔精使役者。

虽然联络不到其他魔精使役者，但优树的话应该不会有错。

我和岚牙能保护好这些孩子吗？我的心中闪过一丝不安。

我计划一旦情况不对就暂时撤退，然后带上红丸他们来帮忙。前提是我们能逃得出来。

我横下心推开门，谨慎地踏入门内。

阳光照不到里面，四周却有淡淡的光亮。

我试了一下，就算没有"魔力感知"也能看清楚，空气成分也没有问题，可以让孩子们进来。

收到我的信号之后，所有人都进来了。

迷宫的攻略开始了。

## 第六章
### 攻略迷宫

*

最后一人刚走进来,门就关上了。

我的第一反应是尝试使用据点移动,不出所料,无法发动。

看来在这座迷宫中无法使用空间系魔法或能力。

岚牙也无法使用"潜影移动",所以这个推测应该错不了。

现在就抛开离开的念头,专心攻略迷宫吧。

我们在迷宫中前进。

这里只有一条路,根本不像迷宫。

这也能让人迷路吗?但我没有放松警惕。

幸好我的脑中能显示地图。

虽然看上去只有一条通道,但其实有许多扰乱方向感的玄机。

迷宫通过巧妙的光线调整,将我们来时的路藏在阴影中,让我们无法原路返回。而前进的通道虽然看上去只有一条,但其实还有其他通道藏在阴影中。

原来如此。这确实是座迷宫。

光靠人的方向感是不可能突破的,也许也无法回头。

看来这种构造相当可怕。

这时……

"哎呀哎呀哎呀呀……"

"被发现了。被发现了。"

"哎呀哎呀哎呀哎呀……"

"嘻嘻嘻嘻。"

突然有声音在我脑中响起。

强大的念话。不,也许是精神感应(Telepathy)?

"这位客人，这样很无趣啊！"

"你要更加恐惧！"

"你要更加惊慌！"

那声音自顾自地对我说道。

剑也和良太也在东张西望。看来不只是我，所有人都听到了那声音。

库洛艾抓住我的衣服不放。爱丽丝虽然在逞强，但也往我身边靠。

盖鲁拿着剑想保护其他人，大概是出于年长者的责任心吧。

那把剑是我给他的，我请黑兵卫帮我打造了儿童用的剑。

虽说是给孩子用的，却是纯魔钢制的。估计这剑会与主人磨合，渐渐变为合适的形状。

希望不需要用到他手上的剑……

"很好很好！"

"你要更加恐惧！"

"没错没错，要不然就太无趣了！"

无法确定声音的来源。

放任那声音一直说也很让人恼火。

"喂喂，你们住在这里吗？那你们就是魔精了？我们是专程来找高阶精灵。请你别妨碍我们，如果能告诉我们怎么走就更好了。"

我试着请求那声音。

那人会做出什么反应呢？

"啊哈哈哈哈哈！"

"呜呼呼呼呼呼！"

"真有意思。"

"你这反应比惊慌更有趣。比恐惧更有趣。"

## 第六章
攻略迷宫

"好啊!好啊!"

"我就告诉你。"

"不过。不过……"

"在这之前!"

前方的通道中的光更亮了。

看来是那声音的邀请,只能去了。

发光的通道一路无阻,我们顺着通道来到了一个宽广的大厅。

大厅中屹立着一尊巨像,那是一个钢铸巨人。

"那我来说明试炼内容!"

这次精神感应的力量很大。

与此同时,巨像的眼中冒出红光。

为什么那个可疑的魔物眼中会冒红光?但这种事无关紧要。

"喂,难道试炼就是打败那个巨像?"

"是啊,是啊。"

"是的。"

"你说得没错!"

那不是很简单吗?

"让我去吧?"

"不,让我去。你帮我保护那些家伙。"

我让岚牙去保护孩子们,独自走上前去。

我自己去也是以防万一。只要岚牙没事,逃跑也比较方便。

"哎呀哎呀,哎呀呀!"

"一个人来挑战?"

"过于自信可是很危险的!"

这是在担心我吗?算了,应该没问题。

我用"解析鉴定"分析眼前的巨像。

我差点叫出声来。

这是全魔钢铸造的魔人偶,魔素量(能量)超越了 A 级。

它比我之前打败的天空龙还强。

估计光是重量就在三十吨以上。它单凭体重压过来就是一个难以应对的物理攻击。如果被压扁的话,就算我有"物理攻击耐性"也没有意义。

我正烦恼该怎么对付它时,巨像动了。

我慌忙启动"思维加速"跟上巨像的行动。它动作迅速宛如一位技艺精湛的剑士。

庞大的体形再加上这样的速度,它是个非常危险的敌人。

被这种重量的东西撞到,后果绝对比交通事故更惨。

等等,这是试炼吗?

这根本就是来杀人的吧?

"喂,喂!这东西是什么?我说,这不是试炼吧!这完全就是来杀人的吧!"

听到我的叫声魔精们笑得很开心。

"嘻嘻嘻嘻。"

"是啊,没错,就是这样!"

"你能赢吗?你能赢吗?"

那些真的是魔精吗?给我感觉很邪恶。

而且……那瞧不起人的态度让我很恼火。

这……这大概……就是发自内心的愤怒吧?

一股怒火涌上我的心头,我差点失去理智想和它动真格的。

好险,好险。

# 第六章
## 攻略迷宫

我必须在孩子们面前保持绅士的形象。

我要成为孩子们的榜样教育他们,失去理智、鲁莽行事有损我的形象。

我一向冷静,极少被惹怒,想必人人都知道。

吸、吸、呼——吸、吸、呼——

我用产妇呼吸法调整呼吸,让自己冷静下来并摆好架势。

我不需要动真格的,只要不被撞到就没问题。

巨像的速度虽快,但远不及我,就连音速也逃不过我的双眼。

但是,一味地躲闪也无法打倒巨像……

"黑炎"恐怕对这家伙无效,毕竟它是金属,电流会被导向地面。

我从魔法书中学会的魔法倒是可以用来对付它,但范围太大,不适合在这里用。

估计"水刃"和"魔炎弹"也无法破坏巨像的装甲。

用剑去砍肯定不现实。不仅砍不进去,还会损伤刀刃,最坏的情况下可能还会折断。

一整块魔钢啊……饶了我吧。这个魔人偶不仅拥有顶尖的硬度,而且行动灵活机敏……这个敌人弱点太少,很难缠。

这么看来,就只有一个办法:把它烧为灰烬。

要控制好范围不能波及四周。

"喂,如果你们认输,我就原谅你们。如果不认输的话,我就要把它毁了,可以吧?"

"啊哈哈哈哈哈!"

"有趣,真是有趣!"

"逞强,逞强!"

"好啊,好啊,随你的便!"

"有本事你就毁了它啊！"

哼——

我是成年人，没关系。

这精神感应如此狂妄，没有比这更让人愤怒的事了。

我明明没有血管，却感觉自己脑袋都要气炸了，这肯定不是我的错觉。

既然那些魔精也同意了。

永别了，魔人偶。如果可能的话，我想把它带回去当研究材料（玩具）……

"操丝妖缚阵！"

虽然这是苍影的技能，但我经过练习也掌握了。这是我日积月累努力的成果。

而且现在我的"粘钢丝"比以前更强，缠住巨像阻止它行动轻而易举。

"不可能！"

"难以置信。"

"圣灵守护巨像（Elemental Colossus）被……"

接着，巨像被漆黑之物笼罩。

我无视了惊异哗然的魔精，放出了"黑炎狱"。

这是红丸的技能，但我也学会了。

我将意识集中到极限，把"黑炎狱"控制在小范围内。

正常情况下不需要特别集中精神，但要想控制范围就必须消耗集中力控制庞大的魔素量（能量）。

一个半径三米的半球形（Dome）罩住巨像，连红丸也无法将范围控制在这么小。就连我也要在"大贤者"的协助下才能把"黑

## 第六章
攻略迷宫

炎狱"的范围压缩到这么小。

轰！！漆黑的半球形消失，不留任何痕迹。

据"大贤者"推算，半球形内部是一个温度高达数亿度的炼狱，其热量足以将一切物质化为灰烬，就连我的"温变无效"也无法抵抗这种炼狱。这是最强的攻击技能，没人能承受住。

但是不能用来对付卡律布狄斯那样的超大型魔物……

这项技能的缺陷是容易躲避。发动需要时间，敌人一下就能躲开。

有缺陷的技能四处夸耀会被人找出对策，所以只有在必要时才能用。

这次这个魔像被我固定住，所以没办法躲开……

总之，这一招是我隐匿的攻击手段中最不愿公开的撒手锏。

"不可能！！"

"难以置信……"

"一击……"

我感受到极度混乱的精神感应。

看来那些魔精对这个巨像有巨大的信心，不过这也正常。

孩子们也张大嘴巴呆住了。看来这一幕对他们的冲击也很大，所以我才不想让他们看到。

这事先放到一边。

那些魔精之前根本不把我放在眼里，想必现在已经有心理准备了吧。

接下来轮到我了——惩罚时间到。

*

将巨像——圣灵守护巨像烧为灰烬之后，我露出了邪恶的笑容。

嘿嘿嘿。

这样一来,交涉的主导权就在我手上了。

"那么,如果不想被烧为灰烬那就赶紧出来。我已经知道你们躲在哪里了。"

当然我是在虚张声势。

我只知道大致的位置,但在精神感应的妨碍下无法精准定位。如果那些声音的主人能主动出来,我就省事了。

听到我的话,那些精神感应显得有些慌张。

"好!好好好!!我听你的,我认输——"

一个小东西飞了出来,那是一个长着蜻蜓翅膀的约三十厘米的小人,是个可爱的小女孩……

那不是小人,很像故事中的妖精。

她金色的头发中夹杂着绿色和黑色,绑着两根麻花辫。穿着一件黑色基调带白绿花纹的礼服裙。衣服上装饰着夺目的褶边,豪华美丽。礼服后背大开,从那里伸出一对蜻蜓般的翅膀。

那个妖精后面有几个和她很像,但着装较为朴素的人在飞行。

"锵锵——我正是伟大滴(的)……"

咬到舌头了。她说话时狠狠地咬到了自己的舌头。

我该吐槽吗?看来她彻底习惯了精神感应的交流,不擅长直接讲话。

"……你没事吧?"

听到这话,那个妖精伸出一只手表示制止,并重新说道:"我正是伟大的十大魔王之一!迷宫妖精(Labyrinth)菈米莉丝!你太傲慢了,给我跪下!"

看到她得意地说着,一脸傲慢。怎么回事?我感觉有点气愤……

## 第六章
攻略迷宫

总之，先拍她一巴掌。

"呀！你干什么？吓了我一跳！"

她小小的身躯躲过我的巴掌，向我抱怨道。

"太过分了——对吧——"

"杀了他？杀了他？"

"可是可是可是可是，圣灵守护巨像也被他干掉了！"

"不好。不好。我们会被干掉的！"

他们十分吵闹。

精神感应不断在我脑中响起。

"你也太卑鄙了！为什么'精神操纵'对你无效？我很久没遇到像你这样难以操纵的家伙了，很久没遇到了！"

她莫名其妙地生起气来。

这样啊，刚才那种气愤的感觉，是因为我在抵抗那个"精神操纵"吧。

但我的气愤不仅仅是因为这事。因为我感受到了她的恶意，她想欺骗我们。

说起来，这样的妖精不可能是魔王，她想用拙劣的谎言来欺骗我。也许她还想捉弄我？

"我说，你想骗人也要编个像样的说辞吧。你这样的小鬼怎么可能会是魔王？"

"不许叫我小鬼！你这家伙太失礼了。你说我不是魔王还能是什么？"

"咦？你是笨蛋吗？话说回来，我也认识魔王，米莉姆是我朋友，可你弱得太离谱了吧？以你这实力根本不配和她相提并论吧？"

"笨——蛋！笨蛋笨蛋笨蛋笨蛋！你个大笨蛋——"

菈米莉丝吼完，喘着粗气。

调整好呼吸，她继续说道："我说。人人都知道米莉姆是强到没边的魔王，任何事情都可以靠她的力量来解决。你竟然把那个不讲理的化身和可爱的我相提并论，也太失礼了吧？请你搞清楚这一点，否则我就头疼了！"

她的抱怨还没完。

"话说，你是不是也不大对劲？搞什么啊？你为什么会那么危险、那么离谱的技能？你刚才那招太离谱了，到底要有多少项特殊能力（技能）才能达到那种效果？你也要讲讲道理啊！"

我的"黑炎狱"太危险，把她惹恼了。我希望你讲讲道理……

"话说，你真的认识米莉姆？"

"嗯，她是我刚认识的朋友。"

"这样啊。既然这样……等等！难道你就是那个最近冒出来的鸠拉大森林盟主，那只史莱姆？"

"就是我，你怎么会知道我的事？"

"啊，果然是你啊！前不久，她跑到我这里炫耀自己交到了朋友，我嘲笑了她一番把她赶回去了……"

菈米莉丝一脸惊愕，啪嗒啪嗒地扇着翅膀。

看来她说的是真的，也就是说这家伙真的是魔王……

"既然你知道我，那就好说了。我名叫利姆鲁，是米莉姆的朋友。其实我这次是有事来请你帮忙。"

"算啦。看来你真的认识米莉姆，我相信你。所以！！你也别再用那种怀疑的目光看我，你要相信我也是魔王！"

原来她知道我在怀疑她啊。她似乎不会害我们，相信她也没问题。

我解除戒备，决定和她慢慢聊。

## 第六章
攻略迷宫

不知怎么回事，我准备了茶和点心。

她刚才还说什么客人之类的话，正常来说应该是她准备吧？

算了，算了。

孩子们也迅速和妖精打成一片，和我们一起享用点心，真是令人欣喜。

菈米莉丝原本打算用那个巨像吓吓我们，拿我们取乐。等她笑够了之后再出手救我们，博得我们的尊敬。

其实她没想杀我们，也没想让我们受伤。

传闻中那些没有回来的冒险者或旅人也被她从遥远异国的"出口"放走了。

对于我的指责，菈米莉丝若无其事地说："也就是回去的时候多花点时间罢了。"

因此，我毁了圣灵守护巨像之后，她才会不停地抱怨。准确地说，不是毁坏而是抹消，所以连修都没法修。

不管怎么说，这都是她自作自受。

"啊。难得捡到这么个玩具，大家一起摆弄了半天才弄好的……"她带着怨气不停地说着。

这也不能怪我吧。我还以为这是场你死我活的战斗。

"说起来，那个巨像可是非常厉害的。地之魔精操纵重量，水之魔精控制各关节，火之魔精提供动力，风之魔精调节热量——集元素之大成，是精灵工学的结晶……"

她这份执念令人震惊。

早知道这样我就不毁……不，我不能纵容她。

她刚才提到了精灵工学？我对这事更感兴趣。

凯金好像说过，矮人和精灵曾携手进行"魔装兵计划"……

"那巨像是矮人和精灵曾经计划共同开发的魔装兵?"

"叮咚叮——咚!你知道的还挺多嘛!那个计划因造不出'精灵魔导核'而失败了,这是魔装兵的心脏部分。普通钢材本来就无法承受魔精的力量。他们使用仿造品导致魔装兵失控造成外壳损坏,我把外壳捡回来并进行修复!我厉害吧?说不定我是个天才?"

她的自大令人不快,但她确实很厉害。

精灵工学利用的是魔精的力量,而妖精很熟悉魔精的力量,能够理解其本质也不足为奇。

听了菈米莉丝的话,我明白了"魔装兵计划"的大致经过。

该计划的目的是搭载使用魔精之力的动力装置,制造可由人工操纵的魔动装甲兵(Crucial Golem),称其为这个世界的决战军事武器也不为过。

盖泽尔国王也想造这种出格的东西。

基本构想是让魔素像血液一样在全身循环,像给油一样施加压力进行驱动,并用魔法控制重量,使其具有飞行能力。

这个计划以失败告终,但他们为什么要追求如此强大的军事力量?

我明白了。其实这只是方向性的不同。

其他国家通过召唤"异世界人"来增强军力,但矮人王国不同,他们想靠自己的技术实力开辟未来。

这么想来,这个看似胡来的开发计划也不是不能理解。

因为在这个世界,魔物是个巨大的威胁,所以他们也要寻求能与之对抗的力量。

虽然是这样,但连凯金他们都无法完成这个研究,菈米莉丝竟然自己想出办法完成了。

## 第六章
### 攻略迷宫

虽然这个魔王菈米莉丝看上去与笨蛋无异,但她也像是个非常厉害的角色。

虽然她改变了人为操作的设计初衷,但也算是完成了。

"好,我承认你很厉害。正因为我知道你这么厉害,所以我才有事相求!"

"哈?为什么我要听你这种人……的——"

我见菈米莉丝态度高傲正想拒绝,于是稍稍抬起右手展示了一下"黑炎"。

"我觉得听听也无妨!"

嗯,听话就好。

"啊,那真是太好了。当然,我不会让你白干的。只要你肯帮我,我就给你准备一个新的魔人偶怎么样?"

"这提议不错!"

这家伙见到好处立即变脸,真好笼络。

正好借这个机会说说我的目的。

我向她说明了孩子们的事。

我如实说明,毫无隐瞒。那些孩子也认真地听着。

"所以我才会来这里。我想去迷宫另一头的魔精栖巢。"

"原来是这样。这些孩子也不容易呢。"

菈米莉丝看着那些被魔精们团团围住的孩子叹了口气。

"是吧?所以我想请你带我去见那个魔精女王。我无论如何都需要高阶魔精的帮助。"我加重语气恳求道。

结果……

"啊,我没说过吗?魔精女王就是我啊!"她突然说出这样一句话。

"哈？现在可不是开玩笑的时候！"

"你太失礼了！我没开玩笑。这是真的！"

自称魔王的妖精竟然说自己是魔精女王。

"话说，为什么魔王会成为魔精女王？"

"你说反了！是魔精女王堕落成了魔王——"

喂喂，你自己说自己堕落？

虽然不能指望这个笨蛋，但既然她坚称自己是魔精女王，那我就问一问吧。

"知道了，我想召唤高阶魔精，你能帮我吗？"

这家伙没问题吗？我带着这个不安问道，结果菈米莉丝说了一件令我吃惊的事。

"对了，对了，我想起来了。以前有个家伙来到这里并通过了试炼。他叫莱昂，是莱昂小朋友！那家伙很狂妄，竟然想当魔王。是不是很难以置信？区区一个人类竟然想当魔王！我只用一拳就把他打败了！轻轻松松！啊，真是的。"

怎么看都不像真的。她的眼睛何止在游荡，简直就是转个不停。

不，现在先把菈米莉丝放到一边，重点是莱昂。想不到莱昂也来过这里……

虽然她没有表态，却说了一件令我无法忽视的事。我按捺焦急的心情，询问详细情况。

菈米莉丝是这么说的。

莱昂还是少年的时候来过这里。当时他还是人类，但菈米莉丝的"精神控制"却不起作用，还差点反被控制，她当时十分着急。

菈米莉丝擅长魔精系的"幻觉魔法"，可是那些魔法完全不起

## 第六章
攻略迷宫

作用。她没办法，只好任莱昂摆布。

"说起来，你也一样，幻觉系如果不起作用的话就完了，是吧？我还有什么办法？可爱的我也走投无路了。我没了魔法根本赢不了你们这样的敌人。所以，我才要制造圣灵守护巨像来帮我。我本以为这样一来就能在那些嘲笑我的魔王面前挽回一点颜面……"

她又来了。

"我已经说了会给你准备一个新的！"

"哎嘿嘿，我很期待！"

这家伙很单纯，拿出诱饵她就回到正题了。

"所以，我当时也帮了莱昂小朋友。"

当时莱昂只是人类，还没当上魔工，但菈米莉丝败得一塌糊涂，别无选择只好帮他。莱昂让她召唤出知识渊博的太古高阶魔精，似乎想调查某件事。

但令人意外的是，莱昂居然和那个魔精缔结了契约。

"那可把我急坏了。光之魔精可以算是我的心腹，结果却被莱昂小朋友轻松拐跑了。光之魔精认莱昂小朋友为主人，迅速寄宿到莱昂体内了。"

然后，菈米莉丝没办法只好认定莱昂为"勇者"并授予他圣灵加护。

"等一下。为什么被认定为勇者的家伙会成为魔王？"

"谁知道呢？也许那家伙也堕落了吧？说不定他是在学我？"

那不可能——不过我把这话留在了心里。

看来菈米莉丝也不清楚莱昂成为魔王的前因后果，看来详细情况只能直接问莱昂本人。

话说回来，原来这个世界勇者可以当魔王？勇者十分强大，但要面临因果报应……也许魔王莱昂比我想得更难对付。

如果小看他的话，吃苦头的人可能是我。幸好我在这里看到了莱昂实力的冰山一角。我要多留心，千万不能大意。

菈米莉丝继续说道。

如果事情到此结束也好，但事与愿违。

莱昂似乎从高阶魔精的知识中找到了某种线索。那件事激怒了莱昂，他迁怒到菈米莉丝身上，把炎之高阶魔精也抢走了。

菈米莉丝抱怨道："那个傲慢的莱昂小朋友说了一些不现实的话。他要把某个人从异世界召唤过来，这当然是不可能的。他是笨蛋吧！他当时都快哭了。不，他已经哭了！没错，他绝对是哭了。那笨蛋那么爱哭，居然还那么傲慢！"

菈米莉丝自顾自地回忆那些事，有些激动。她似乎非常不甘心，听得出她也只是嘴硬而已。

这是魔王？幸好我遇到的第一个魔王不是她，否则就太惨了。

虽然米莉姆也差不多，但她还有魔王的威严。虽然只是刚见面的时候……

这家伙这么说没关系吗？如果背地里说坏话被发现的话，她会被抹杀吧——

如果我发现她在背地里这样说我的话，我有自信把她抹杀。

"喂，你刚才是不是在想非常失礼的事？"

"没，我什么都没想。"

虽然眼中带着怀疑，但她终究是个笨蛋。

我轻松糊弄过去了。

不过，我也能理解菈米莉丝的戒备。

我现在的请求也是召唤高阶魔精,她可能会担心再出同样的事。

"我发誓我不会像莱昂那样,你就放心吧!"

"真的?你没骗我?"

"我保证!"

得到我的保证之后,她终于愿意帮我了。虽然有些担心,但现在还是相信她吧。

"那可以快点带我们去魔精栖巢吗?"

在我的催促下,菈米莉丝露出严肃的表情。

接着,她一一看了看在孩子周围飞舞的每一个魔精。

原来她也有这样的表情啊。

那满是慈爱的表情,一点也不像魔王。

"嗯。我是魔王同时也是圣者的指引者。既是迷宫妖精,也是魔精女王(Element)。我肩负授予勇者圣灵加护的职责,就像莱昂那时一样。所以,你大可放心。我是公平公正的。我正是世界平衡的维持者!!"

她突然冒出这样一番话。

魔精们开心地舞动,四周降下祝福之光。

庄严神圣——

菈米莉丝这副威严的模样和之前那个笨蛋判若两人。

菈米莉丝环视我和孩子们。

"好。我协助你们进行召唤!尽可能召唤出强大的魔精吧!"

*

菈米莉丝为我们讲解了魔精的事。

多亏了她的讲解,我总算明白了魔精到底是什么。

高阶魔精拥有自我意识,是否会回应召唤全凭心情。如果不回应召唤，还可以从那个什么大魔精身上夺取能量，创造出新的高阶魔精。

"你的意思是，如果高阶魔精不回应召唤，那就创造一个新的？"

菈米莉丝重重点头。

创造新的魔精就能消除不确定因素。在时限到来之前，我总算找到了希望。

这事没那么容易。

我也担心孩子们召唤不出合适的魔精，最理想的情况是能得到拥有意识的高阶魔精的帮助……

不管怎样，都非做不可。

我看着孩子们，每个人都认真地看着我。

"没问题吧？"

"嗯！！"

真是愚蠢的问题。

现在，我要做的只有相信他们并开始实行。

第七章

# 得到救赎的灵魂

Regarding Reincarnated to Slim

我们动身前往位于迷宫最深处的魔精栖巢。

事已至此，我要做的就剩下最后一件事——保护孩子们，而且菈米莉丝也会帮忙。

不管怎么说，菈米莉丝也曾是魔精女王。虽然从她身上完全找不出托蕾妮所说的威严风姿，但应该没问题……大概。

据说菈米莉丝的自我意识在转生之后会代代相传，所以她也认识托蕾妮她们。

她说过："嗯，那些孩子们也很有活力呢！她们曾经是小巧可爱的魔精。"菈米莉丝推测可能是在菈米莉丝堕落成妖精的时候，她们也受到影响，成了树妖精。这个推测似乎很有可能。

菈米莉丝成为妖精后，魔力一提高到极限就会生下分身（孩子）。那个分身会成为新的菈米莉丝，并完全继承原有的自我意识。她可以通过这一过程得到超越上一代的能力。

缺点是她在完成成长之前很弱。

菈米莉丝在进化与退化之间往复——是唯一一个可以世袭的魔王。

她感叹自己本来不需要进行世代交替，但堕落并转生为妖精之后，身体机能就变成现在这样，十分不便。

菈米莉丝现在是个孩子，所以我很担心……但总比没有强吧。

聊着聊着，我们到了目的地。

门后是一个空荡荡的广阔空间。这里与魔精栖巢相连，是神谕

## 第七章
### 得到救赎的灵魂

之间。

从这里开始是一条一米宽、二十米长的通道。通道另一头是一个直径五米的圆形落脚点。

那像是一个浮在空中的浮岛,我看不出那是什么材质。

"听好了。孩子们要在那个圆形地板上呼唤魔精!"

"要怎么呼唤?"

"随便怎么呼唤。'帮帮我'或者'来玩吧'都行。只要有魔精被吸引过来就成功了。"

"魔精……会来吗?"

"会来的!老师,魔精会来的,对吧?"

"魔精会来吗?"

孩子们抬头看着我,也许十分不安。

应该没事。就算是恶魔,我也要把它收服。

"……我说你,表情怎么那么邪恶?"

没想到菈米莉丝那家伙这么敏锐。

我无视菈米莉丝的吐槽,激励孩子们。

"没关系,没关系,总会有办法的!"

为了防止魔精不来,我也会一起去。

"我会陪你们去,别担心。"

"……这倒也行。去几个人都没关系,不过那里很窄!我也会一起去,所以孩子们最好一个个来。"

嗯,如果魔精也是一个个来就好了,某些情况下可能还需要进行交涉。

如果可以的话,我想尽量避免用拳头进行交涉……

"好!那你们就按顺序一个个去。谁先上?"

然后孩子们开始讨论顺序。

首先是年长的盖鲁，接着是爱丽丝，之后分别是剑也和良太，最后是库洛艾。

他们争执不休，最后定下来这样的顺序。

空间静谧。

寂静无声，微亮的灯光照亮整个空间。这地方和维鲁德拉的洞窟内部很像，充满了自然能量。

唯一的声响就是纷乱的脚步声。

"老师，如果我有什么不测……那些家伙就拜托你了。"

你紧张过头了，没必要这么僵硬。

我抚了抚盖鲁的头，什么也没说。

我们来到圆形大厅。

我感觉自己仿佛浮在空中。

我正要踏出脚步时，慌忙停了下来，眼前的地板不见了。

"魔力感知"探测到那里有地板。这是透明玻璃，或者是亚克力之类的东西？

我满心惊奇地踩了上去。

盖鲁很害怕，我对他说："没关系，脚下有东西。就算有事，我也会救你。"

他听后下定决心，迈出了脚步。

盖鲁小心翼翼地一步步往前。

我们来到了中央。

"好，就在这里吧！你会叫出怎样的魔精呢？真让人期待啊！"

菈米莉丝笑得很开心。

## 第七章
### 得到救赎的灵魂

我拍了拍盖鲁的头,接着盖鲁闭上眼睛开始祈祷。

他单膝跪地,这是对神明祈祷的姿势。

我抱着胳膊看着他。

过了一会儿,光之微粒从天上喷涌而至。

那些微粒像飞舞的雪花一样,但我感觉不到力量与意识。

看来回应他的不是高阶魔精,而是没有意识的低阶魔精。

那些微粒是自然能量的碎片,和魔素似是而非。

这能量状的碎片会汇聚成一个拥有自我意识的高阶魔精吗?没有出现意识,碎片四散开去,接着再次汇聚,过了一会儿,一个魔精诞生了。

一个小小的魔精出现了,但之后没有任何变化。看来回应盖鲁的不是高阶魔精。

我知道这不容易,回应呼唤的未必是大魔精。

既然这样,那就继续直到出现新的魔精!

如果这些小魔精是盖鲁从大魔精身上取得的碎片……那只要搜集这些魔精,应该可以进化成一个魔精——而且是实力超群的魔精。

"询问。是否用'暴食者''捕食'魔精,并将其'统合'?
YES/NO"

"盖鲁你继续祈祷!"

我毫不犹豫地吃了那个魔精。

"喂等等!你做了什么?"

"你别说话,就在旁边看着。我自有打算。"

"大贤者"在我的授意下开始进行高速运算。它瞬间得出最优解,并进行"统合"。

"提示。专属技能'异变者'已将魔精'统合'为高阶魔精,属性为'地'。已成功解析炎之巨人(伊芙利特)的自我意识,并生成用于辅助的虚拟人格赋予该魔精。是否将创造出的虚拟高阶魔精'地'与盖鲁·吉普森统合?

YES/NO"

我把手放在盖鲁头上,在心中默念 YES。

在我的命令下,"大贤者"开始在保障安全的前提下将创造出的虚拟高阶魔精"地"与盖鲁统合。

我满心期待地对盖鲁使用"解析鉴定",发现原本异常的魔素(能量)全部老实了。虚拟高阶魔精"地"完美地将魔素(能量)控制住了。

盖鲁的状态良好,他现在应该能在一定程度上操纵一度失控的能量。估计随着身体的成长,他会渐渐获得能力。

手术成功了!我抱着这种心情,在脑中和"大贤者"握手。这只是我单方面的想象(Image),说不定"大贤者"会不知所措。

"嗯,已经好了。你很努力!"

我对正在祈祷的盖鲁说道,他显得有些不安。

从时间上来说,这只是几秒钟的事,所以盖鲁似乎还没有实感。他抬起头茫然地看着我。

我重重点了点头。

"已经没事了。你的身体不会崩坏,我保证!"

听到我的话,盖鲁的眼眶湿润了。再怎么逞强,他终究是个孩

## 第七章
### 得到救赎的灵魂

子。心中的大石落地之后，估计他也忍不住了吧。

"老师，谢谢你！！"

"别放在心上。老师本来就应该保护学生。"

我抚摸着他的头以掩饰心中的害羞，接着把他带回其他人身边。

听说盖鲁的成功，所有人都开心地欢呼起来。可是还没结束，每个人都要成功，否则就没有意义。

"现在高兴还太早。等所有人都成功之后，再高兴也不迟。"

听到我的话，孩子们点点头。他们眼中的不安之色淡去，展现出希望之光。

那就开始第二个吧。

下一个是爱丽丝。

她说她害怕在这么窄的路上走，所以我决定把她抱过来。

库洛艾和爱丽丝之前在争吵，估计那是孩子的激励方式吧。

我毫不在意地一把抱起爱丽丝，来到大厅。

希望这次也能顺利……不，我一定要让她成功。

爱丽丝在我们的注视下如祈祷般闭上眼睛。她抓着膝盖上的裙子，双手紧紧握着。

这次也出现了盖鲁那时的现象。不久之后，光之微粒从天上落下，和刚才一样。

既然这样，我要做的事也只有一件。我要迅速吸收出现在祭坛上的魔精。

菈米莉丝看着我似乎想说什么，但我无视了。

第二次就熟悉了。

"提示。专属技能'异变者'已将魔精'统合'为高阶魔精。属性为'空'。已成功创造虚拟高阶魔精'空'。此外,通过对'空间属性'的'解析鉴定','潜影移动'已进化为'空间移动'。是否将该虚拟高阶魔精'空'与爱丽丝·伦德进行'统合'?
　　YES/NO"

　　回应爱丽丝呼唤的是空间属性的魔精。而且,将其捕食并进行"解析鉴定"之后,连我的能力也产生了进化。
　　这是个意外的收获。"空间移动"似乎也是个非常方便的能力(技能),真是太棒了。
　　爱丽丝的"统合"也顺利完成。
　　"爱丽丝,你很努力!已经没事了!"我抱起她说道。
　　爱丽丝睁开双眼,轻轻一笑,并亲了我的脸颊一下。
　　喂喂,这举止太成熟了。被九岁的孩子喜欢上,我也不知道该不该开心。不,我很开心,可是……
　　我只是绅士,希望你别误会。
　　"谢谢!"
　　听到她的感谢,我抚摸着她的头把她带回其他人身边。
　　我把爱丽丝放下之后,她和库洛艾大吵起来。看到她们关系这么好,我十分欣慰。

　　我带着剑也回到大厅。
　　一切顺利,我现在很有自信。
　　还剩三人。我本来计划一旦出现意外,就强行进行召唤,并打败魔精将其和孩子统合,看来没有这个必要。

## 第七章
### 得到救赎的灵魂

也许我应该庆幸,"统合"低阶魔精消耗的魔力比我预想的要多。只剩下三人,我应该有办法。

剑也正要开始祈祷,还没闭上眼睛,光之微粒就落下朝祭坛飘去。而且我感受到一股之前无法企及的压迫感(Pressure)。

什么?之前那些家伙和他可没得比。

不久之后,眼前的祭坛出现了一个魔精——而且是实力超群的魔精。

那是一个男孩子?

"哟——你好吗?我感觉不错。我今天心血来潮过来看看!"他随意地问候道。

他有自我。毫无疑问,他是高阶魔精。

"啊——啊——你跑到别人家里来干吗?"菈米莉丝瞪着眼睛逼问少年魔精。

看来他们认识。

"喂,那位是……"

没等菈米莉丝介绍,少年魔精抢先答道。

"你好!初次见面,我是光之魔精!和那边那位堕落为魔物的邪恶妖精不同,我是纯粹的光之魔精!"他自我介绍道。

真想不到,剑也竟然成功召唤出了光之高阶魔精,干得漂亮。

我也向他问好,并问了他的来意。

光之魔精说他感受到了剑也的资质……

"所以,我会帮助小剑!"他这么说。

据说光与暗的高阶魔精地位最高……看到他这轻浮的性格,很难把他和庄严这个词联系到一起。

而且光与暗的高级魔精有一项重要职责,他们要挑选勇者,并赐予加护。

光或者暗——能征服其中之一就能拥有"勇者"的资质。

正如米莉姆所说，擅自以勇者自居是不逊的行为，是禁忌。

这么说来，英格拉西亚王国的那个勇者正幸的资质是不是也得到了魔精的认可？感觉不像，他似乎只是为了耍帅才以勇者自居……

不，那种事现在无关紧要，我们连见都没见过，担心他也没用。

"所以，在小剑成长起来之前，我会一直保护他。说不定小剑也能成为勇者！"

光之魔精的话把我的意识拉了回来。

剑也成为勇者，这还……

我正吃惊时，光之魔精已经得到了剑也的允许，寄宿进他的体内。

剑也的情况稳定了下来，简单得有些扫兴。

"老师……"

"嗯？啊，我没事。一切都在计划之内！"

哪里在我的计划之内了！我很想吐槽自己，认真就输了。

总之就当是这样，赶紧继续吧。

剑也似乎也在怀疑我的话，但他应该也知道自己的状况稳定下来了。他接受了这一状况，没有继续发问。

我们回到其他人身边，剑也自己说明了状况。

这孩子相当稳重。

下一个是良太。

良太性格怯懦，也不知道魔精会不会回应他的呼唤。

良太很怕这狭窄的通道，但仍靠自己走到这里。看来他很有决心。

到了第四人，我已经轻车熟路了，我毫不犹豫地让他开始祈祷。

良太会怎么样呢？

# 第七章
## 得到救赎的灵魂

这次,过了好一会儿都没有出现那道光。我等急了,我刚开始犹豫是否要强制召唤高阶魔精时,青色和绿色的光球描绘出螺旋形的轨迹从天而降。

看来它们争着要回应良太的呼唤。

但它们都不是高阶魔精,所以我也不管那些,迅速把它们"捕食"了。毕竟时间宝贵。

赶紧进行"解析鉴定",是水和风两种。那么,良太适合哪种魔精呢?

总之先问问"大贤者"。

"提示。专属技能'异变者'已将魔精'统合'为高阶魔精。属性为'水'和'风'。已成功创造虚拟高阶魔精'水风'。此外,现已成功对'地、水、火、风、空'五种属性进行'解析鉴定',尝试取得'操纵量子'……失败。是否将创造出的虚拟高阶魔精'水风'与关口良太进行'统合'?

YES/NO"

我默念YES,对良太实行统合。

虽然虚拟高阶魔精"水风"拥有两种属性,但魔素量(能量)却和盖鲁及爱丽丝一样。只有剑也特别出众,但似乎是因为光之魔精的力量,他能完美地控制住魔素,所以剑也没问题。

总之,我也顺利地让高阶魔精寄宿进良太体内,现在只剩最后一人了。

不过……

我好像没听说过那个"操纵量子"。

这肯定是项了不得的能力（技能），但我连猜都猜不出它有什么用。

说起来，能力（技能）的本质是对某种发现深入研究的结果，或是某种强烈愿望的实现。

我的能力（技能）是"大贤者"实现我的愿望的手段，所以如果"大贤者"无法理解我的愿望，那它自然无法实现。

也许这就是进化失败的原因。

反过来说，如果我有具体的愿望，那就有可能实现……

最后的库洛艾也很害怕，所以我抱着她来到大厅。

她显得很开心……之前害怕像是装的。

"老师，那个……我超——喜欢老师！"库洛艾脸色通红地在我耳边说道。

我也喜欢你。不过，我希望你至少要等待八年后，最好是十年后再说。

不过，小孩子的率真真好啊。

虽然对我来说已经晚了，但就应该趁学生时代好好玩。如果我是中学生，应该就不会感到害羞了。

现在可不是想这些的时候，看来库洛艾的话让我有些害羞、有些混乱。

那么，回应库洛艾呼唤的会是怎样的魔精呢？

她是最后一个，打起精神上吧。

*

库洛艾和其他人一样开始祈祷。

# 第七章
## 得到救赎的灵魂

这时，出现了异变。

应该算异变吧。
这感觉像天塌下来一样。
一名美丽的女性出现了，她散发出鲜明强烈的圣气和压迫感。
她清爽柔顺的泛着银光的黑色长发飘在空中，向四周挥洒银光。
这存在力（能量）——不可能是魔精。可是，她也没有肉体……

"说明。她和高阶魔精一样是精神体（Spiritual Body）。检测到异常的存在力（能量）——其上限无法测定。"

又是无法测定。继米莉姆之后，她是第二个。
根据"大贤者"的说明，这个世界中有三种位相体。
星幽体（Astral Body），这是灵魂的容器，最为脆弱。
精神体，这是蓄积力量的基盘。
物质体（Material Body），与这个世界直接相连。
人类的身体由这三种位相体构成。
能量萌生出自我意识之后就是高阶魔精。也就是说自我意识就是灵魂，在星幽体保护下形成心核，并用心核控制精神体。
维鲁德拉这样的"龙种"也是这样。维鲁德拉不仅有精神体，他还能吸收周围的物质创造物质体供自己使用。
高阶魔精没有这种力量，他们离开精神世界后，能量会消散最终消亡。这是精神生命体的宿命，天使族（Angel）和恶魔族（Daemon）也不例外。
为了防止能量消散导致自身消亡，精神生命体必须通过契约确保自己有附身对象，或为自己寻找肉身。在这个世界中，物质体的重要性就在这里。

可以肯定，出现在我眼前的黑发女性不是人类。她和高阶魔精很相似，但所拥有的能量却连"大贤者"都无法检测。可是，她不是物质体。如果一直保持这个状态，她终将消亡，但这个魔精栖巢充满了能量，所以目前不会有问题。

她拥有压倒性的力量，相比之下连高阶魔精都黯然失色。

那家伙盯着我，突然抱了过来。

遗憾的是她和幽灵差不多，所以没有触感。实在太遗憾了。

如此美女，就算是幽灵——扯太远了！这到底怎么回事？

黑发的美丽女性满是遗憾地看了我一眼，然后把手伸向库洛艾。

这时——

"等等！休想，我不会让你为所欲为的！"

菈米莉丝突然制止道，她一说完就举起双手准备攻击。之前，她一直默默地看着这一切。

刚才那种轻松的表情消失得无影无踪，她现在非常严肃。

"喂！这也太突然了，你这话什么意思？"

"闭嘴！那家伙不对劲！你看不出来吗！？"

"我怎么可能看得出来！她哪里不对劲？"

我们说这话时，那名女性依然在自由行动。

她竟然直接寄宿到库洛艾的身体里了。

我根本来不及阻止。

就连已经摆好架势的菈米莉丝，也来不及做出反应。

## 第七章
### 得到救赎的灵魂

"啊——已经晚了。不,我不管了!"菈米莉丝鼓着脸颊叫道。

我也慌忙对库洛艾进行"解析鉴定",可是那么庞大的存在力(能量)竟然消失得一干二净。

看上去没有任何问题……

库洛艾的状况很稳定,魔素(能量)失控的危险也消失了。

我一头雾水。

库洛艾眨着眼睛,似乎也很意外。

"刚才是怎么回事?"

菈米莉丝对我这问题无动于衷。

库洛艾睁大眼睛来回看着我和菈米莉丝。

她似乎搞不清状况,但我也搞不清楚。

我再次追问菈米莉丝。

"我不知道!我也不清楚到底发生了什么。我估计那东西诞生于未来。那是来自未来的,类似魔精的某种东西。实在难以置信,那东西是想寄宿在那孩子体内创造土壤等待自己诞生……啊——实在搞不懂。那东西拥有巨大的力量。我觉得将来那东西诞生之后会出大事。说不定……那东西有……时之大魔精的加护……?"

听了她的说明,我更混乱了。

我也搞不清状况,所以我放弃了。

结果是好的,只要库洛艾没事就好。

无法确定的未来对现在没有意义。

"太好了,库洛艾。和我的计划一样!你也顺利避开了危险!"说完,我把她抱了起来。

"真的和你的计划一样?"

唔,一针见血的问题。这招明明对剑也很管用的。

"嗯，嗯，那是自然！"

听到我这话，库洛艾终于露出了开心的微笑。

看到我们这样，菈米莉丝叹了口气，似乎放弃了。

"算了。从那东西寄宿到那孩子的体内之时起，我就已经无能为力了……"

菈米莉丝说完，把头转向别处。

"算啦，这有什么关系呢？虽然最后那家伙让人有些着急，但还算顺利。不管怎么说，所有人都成功了，谢谢。多亏了你，孩子们也得救了！"

我边向菈米莉丝道谢，边走回其他人身边。

等我把库洛艾放下之后，孩子们也纷纷向菈米莉丝道谢。

"谢谢你！"

"啊！这点事就别那么认真啦！"

菈米莉丝满脸通红，害羞地飞来飞去。

她竟然是魔王，这世道到底怎么了？

那些追随菈米莉丝的妖精也飞来飞去，构成了一幅梦幻般的画面。

这个魔王虽然十分傲慢，但笑起来也很可爱。

她们好像在祝福孩子们——

所有人的心中都燃起了喜悦之火，每个人都不由得露出发自内心的笑容。

就这样，我帮助孩子们的誓言实现了。

*

终于可以放心了，我决定回学校。

## 第七章
### 得到救赎的灵魂

"啊，菈米莉丝，感谢你的关照。那有缘再见啦！"

我向菈米莉丝道别准备离开，可是……

"等等！你等……一下！"菈米莉丝慌忙把我叫住。

她真是个咋咋呼呼的家伙。

"等一下，你是不是忘了什么？"菈米莉丝拉着我的后领叫道。

脖子被勒住可是很难受的。但我不需要呼吸，所以没事。

"怎么了？你想找碴吗？"

"我是要找碴！喂，约好的东西呢，那个东西！"

约什么？这家伙说什么啊……

"那个东西？"

"难道你忘了？你说如果我帮你，你就给我做一个新的魔人偶（魔像）——"

"啊！"

"'啊'你个头啊，你果然忘了？"

"别这么说嘛，菈米莉丝。你以为我是谁？我当然记得那个约定！"

我想起来了！我当时就是随口一说，拿这话来引诱她帮忙。

"我帮了你们，你谢我是应该的！当然，只要有这份心意就够了。可是，这次你已经答应我了，所以我可以有所期待吧？对吧？"

我把菈米莉丝的话当成耳边风，像捏黏土一样加工"胃"里的魔钢。虽然很可惜，但我没有其他材料可以用，所以只能这样。

我照着记忆中机器人的样子做了一个人偶，并交给菈米莉丝。

"嗯，抱歉。那就请收下——"

这是约定好的魔钢人偶——简称魔人偶。

"咦？等等！"

这是一个高约三十厘米的人偶，和菈米莉丝差不多大。菈米莉丝抱住人偶，难以动弹。

"那就再见了！"

我已经履行了诺言，现在没事了。我正准备走，这时……菈米莉丝"呜哇——"一声惨叫又让我停了下来。

"你这家伙是真心要毁约吗？"

"我已经把魔人偶给你了吧？"

"不！是！这！个！我要的不是这个——不，这个也很帅气，不对！你毁了我的圣灵守护巨像，你让我用什么来保护自己？除非你做一个能够保护我的东西，否则我是绝对不会让你从这里出去的！"菈米莉丝挂着眼泪叫道，最后还威胁说不放我们离开这个迷宫。

"啊，没关系，我学会了'空间移动'，应该能离开这里。"

想不到事情会变成这样，幸好我恰巧学会了这项能力（技能）。

"呜哇——等一下，等一下！喂，情况真的很不妙！你看，我还是个孩子！我还很弱！所！以！说！我很危险！快想想办法啊——"

说完，她号啕大哭起来。

这也是魔王吗？真让人头疼。

唔——不好办啊。

我很想吐槽"这是你自作自受"，但巨像确实是被我毁掉的。

而且，孩子们的目光也变得有些扎人。我感觉他们已经开始误会我在欺负弱小了。

那个巨像彻底蒸发了吧？说实话，我也没想到那招的威力会这

## 第七章
得到救赎的灵魂

么大。虽然这是实话，可是……

魔钢拥有优秀的对魔性能，而且以拥有最高硬度著称。可是，只要是金属就存在沸点。我以为魔钢很坚固，结果一不小心下手过重。

事实上，我本以为"大贤者"老师应该会留余地，没想到结果会是那样。

这是我第一次在实战中使用"黑炎狱"，所以威力没有调整好。虽然我可能极少有机会使用，但也许应该把威力降低一些。

那么，说到魔人偶（魔像）的替代品……

"这我没办法啊，要做出那么大的家伙太难了。"

"也不是非要那么大。只要足够强大，可以保护我，什么都行。"

好。既然菈米莉丝愿意妥协，那我应该会有办法。虽然我有不少魔钢，但用在这里太可惜了。圣灵守护巨像的外壳全是魔钢，估计耗费巨大。

唔……只要够强就行啊。

制作一个和人类等身的人偶，并让魔精依附，使其动起来……等等，能用魔法做点什么吗？

"说明。已找到'创造魔法（Create）'——魔人偶（魔像）。可以实行。魔人偶（魔像）的实力取决于材料的强度及附身的魔精或恶魔。此外，常用材料为钢材（Iron）、石材（Stone）、木材（Wood）、黏土（Clay）四种。魔人偶（魔像）的外形取决于施法者的想象——用材料制成素体后再进行附身合体即可。请在条件齐备后默念实行。"

不愧是"大贤者",它发现了"刻印魔法"的升级版"创造魔法"。它瞬间从魔法书的海洋中帮我找出了这项魔法。

这项魔法相对简单。我在接受冒险者测试时学会了召唤魔法"恶魔召唤",召唤恶魔比较轻松。召唤并使役魔精似乎比较困难,所以现在似乎用恶魔比较好。

魔精和施法者间的连接很重要,但只要支付代价,恶魔什么都会答应。

而且,菈米莉丝的目的是保护自己,如果使用魔精的话,至少要高阶魔精,否则就没有意义。因为没有意识的魔精派不上用场,所以让恶魔附到魔人偶(魔像)身上应该更好。

可能有人会觉得恶魔有背叛的风险,但事实并非如此。召唤是一种契约,因此受召唤者不会背叛召唤主。前提是契约是公平的。

如果召唤主提出超出契约范围的要求,那契约就会失效。此外,如果契约内容不公平,那契约会自动中止。恶魔讲究平等交易,以信誉为先。

把恶魔等同于恶是不对的。

计划决定了。

用魔钢制造素体,并让恶魔依附上去,制作魔人偶(魔像)吧。

老实说,这样做出的魔人偶(魔像)对付那些 A 级魔物应该绰绰有余。

\*

"我明白了,我明白了。别闹啦,小菈米。那就说好了,我会给你创造一个强得一塌糊涂的守护者,你别抱怨啦。作为交换,你下次能不能教我那个什么精灵工学?"

## 第七章
### 得到救赎的灵魂

estimated 凯金和贝斯塔也会对圣灵守护巨像很感兴趣,如果他们想做出圣灵守护巨像那样的东西的话,那就让菈米莉丝在城镇里和他们共同研究吧。既然这样,那我提供素材也不可惜。

那我就给菈米莉丝做一个可靠的守护者,就当是酬劳吧。

"那倒是无所谓……不过,你该不会又想骗我吧……"

这个魔王疑心很重。

她为什么就不能放下戒心相信别人呢?

"我既不会骗你,也不会做任何对你不利的事。我的城镇中住着矮人工匠,他们也参与过魔装兵计划。我想既然要做,干脆去那里一起研究,怎么样?"

"老师,我们也想参与研究!"

"我也是!"

孩子们也开始起哄了。

是啊,能搭人的魔装兵可是相当浪漫的。

"你是说把巨像做成这样?"

菈米莉丝伸出我刚才做的人偶。

"是啊,做成这样挺帅的。"

"老师,让我第一个搭乘!"

"我也想坐!"

连腼腆的良太都说想坐,那我一定要实现这个计划。

我边想边伸出手,想从菈米莉丝手中接过人偶。

菈米莉丝唰一下把人偶藏在身后。几名追随她的魔精飞过来,一起抱着人偶逃走了。

"喂……"

"你不是已经把那个送我了吗?我不会还你的。"

321

这家伙是有多任性啊。

看来她既要我给她守护者，又不愿意把刚才的人偶还我。

我突然想到，不少魔王都很任性。我不是特指某人，总之，魔王相当任性……

算了。是我不对，谁叫我刚才想骗她。

"那就要拜托你帮忙啦！"

"这事就交给我吧！那你要给我做一个什么样的守护者？"

"嗯？啊，我打算做一个强大的守护者，比被我打败的那个更强……"

"真的？其实，你人超好嘛！"

于是，我决定做一个菈米莉丝专用的守护者。

准备工作已经开始。

我从"胃"中取出魔钢摆在地上。

这些魔钢从我身上吸收了大量魔素，魔法亲和度很高，是最高级的魔钢。

孩子们也津津有味地看着。

"我说……这些到底是从哪里拿出来的？算了……"

菈米莉丝似乎想说什么，但又打住了。

感觉她有些紧张。

既然她不再发牢骚，那我就尽快开始吧。

我把取出的魔钢加工成各个部位。

说到人偶，当然是球形关节。这一点我不会让步。各部位一个个做好，和我想象的一样，出乎意料地完美。

各部位都有我的原创要素，我慎重地将可动关节组装起来。

## 第七章
### 得到救赎的灵魂

生前，我很羡慕会制作手办的朋友。但我的手没有那么巧，最多只能做做塑料模型。

但是，我今非昔比！

有了"大贤者"的辅助，我可以随心所欲地进行加工。

菈米莉丝带着怀疑的眼神看着我操纵，仿佛在说："这家伙在干什么？"

她中途突然大叫起来。

"喂，喂！这个……好厉害！竟然会这样！我说……这个……太厉害了吧！它竟然能够随心所欲地活动？"

她非常兴奋。

虽然这是我做的，但我自己也想不到会如此精密。无杂质的魔钢具有一定的变形能力，可以变化成我想要的形状，估计是拜此所赐吧。

忙了一阵之后，人偶完工了。

说到这个完成的人偶——

它的相貌和我的面具一模一样，体格与人类无异。身形高瘦，身高一米八左右。

这是我的自信之作。

"好，完成了！之后就是召唤恶魔并让其依附上去。不过，你绝对不能用它干坏事哟！我会对它施加制作者命令（Master lock），如果你下了奇怪的命令，它有权拒绝！"

"OK，OK！没问题！我在这里拿它取乐应该没问题吧？"

"嗯？嗯，前提是在迷宫里。你不能给别人添麻烦！还有，我估计这个守护者相当强，你要是不小心，可能会受伤的。"

菈米莉丝答应之后,我进入了最后阶段。

我召唤出恶魔,并让其附身到魔人偶(魔像)上。

我如此劳心劳力,所以这个魔人偶应该会比普通的"创造魔法"魔人偶(魔像)强几个档次。

我张开双手,装模作样地咏唱咒文。

场所就在刚才的祭坛。我不确定会不会有危险,所以先让孩子们躲到远处。

只有菈米莉丝跟在我后面。

如果能成功当然最好,但我担心自己实力不足,控制不住恶魔。在那种情况下就只能通过武力制服恶魔,或者放弃这个打算解除召唤。我只能祈祷事情不会变成那样。

刚才接连不断地做了不少事,消耗了不少体力和魔力,我可不想再出什么乱子。

我边随意找咒文装装样子,边在地上画魔法阵。事实上,我不需要进行咏唱,但这样更有感觉。

我想召唤的不是低阶恶魔,而是更强韧的个体——高阶恶魔。他拥有 $A^-$ 级的实力,是相当强的魔物。

不过,没有自我意识的恶魔派不上用场,所以我在召唤时祈祷着能出现一个睿智年长的个体。

毫无疑问,我召唤出了一个高阶恶魔。

我见过低阶恶魔,十分凶暴,必须由施法者操控。但这个高阶恶魔不同,我能看到他眼中的理性。

这个恶魔的行动也与低阶恶魔有着明确的区别。

他跪在我面前,恭敬地低下头。

"主人(Master),您在召唤我吗?"

## 第七章
### 得到救赎的灵魂

看来召唤成功了。我眼前的高阶恶魔表达了自己的忠诚。

他拥有低阶恶魔无法企及的高大体形和发达的肌肉。这身体是用魔素创造的，会在一定时间后消失……

他破烂的衣服遮不住漆黑的皮肤。这衣服虽破，却是上等布料。从衣服的状态也能确定他经历了漫长的岁月。

我看不出恶魔的性别。他头上长着两根巨大的角。

说起来，恶魔也有肌肉吗……

那种无关紧要的问题先放到一边。

跪在我眼前的高阶恶魔，满足我想要的所有条件，我很满意。

"嗯。我召唤你不为别的，是为了创造魔人偶（魔像）。我把那个人偶赐予你，希望你依附上去，把它当成你的肉体。代价是我的魔素（能量）。契约时间嘛……"

我看了菈米莉丝一眼。

菈米莉丝慌忙开始数手指——

"我要一百年！再给我一百年，我就能完成成长！"她答道。

"契约时间为一百年。一百年后，你也可以留着那个人偶当自己的身体，怎么样？"

这种特殊契约很麻烦。

如果是让他打败眼前的敌人，那契约一下就能结束，但指定期限很麻烦。

想把恶魔留在身边，只要定期供应魔素就行，但恶魔必须有肉体，否则魔素消耗过大。

正常来说召唤出一个魔物之后，就不能再召唤其他魔物，可也有特殊手段打破这项限制。

现在，我必须让他留在这里当菈米莉丝的守护者。

也是出于那方面的考虑,我必须和这个恶魔订立契约。

"主人,这也是我所期盼的!另外,我已经取得了报酬。"

他立即答应了,这比什么都好。契约顺利成立。

我没想到召唤时消耗的魔素就足以支付报酬。

我确实消耗了很多魔素,但我的魔素量(能量)很高,所以不成问题。

慷慨地把魔素给他是正确的。难怪他的态度会如此恭敬。

只要和恶魔能达成契约就没问题,但如果召唤者用极少的魔素进行召唤,又要提出过分的要求,也可能会当场被杀。

只有使用恰当的魔素进行召唤并订立契约才能放心。我也要注意。

恶魔召唤成功了。

这个恶魔不是性急易怒的性格,而是一个冷静睿智的家伙。幸好召唤出的恶魔和我的要求一样,我很满意。这么看来,他应该也会遵从我的制作者命令。

接下来要让高阶恶魔依附到我做好的人偶身上。

简单来说就是取得肉体。

从体形上看,这个人偶偏小,但融合看上去很顺利很成功。恶魔主动褪去魔体,和新的身体完全融合。融合之后,他开始确认身体状况,看上去没有问题。

人偶的脸和我的面具一样,但恶魔一附上去,表情就变得很邪恶,真是有趣。

他的惊讶和喜悦写在脸上。

"太棒了,不愧是召唤主。只要用魔力改变关节就能让这副身

## 第七章
### 得到救赎的灵魂

体动起来。这样一来,我就能随心所欲地操纵这副身体。这副肉体很适合我!"

他喜欢比什么都好。

接下来,我根据菈米莉丝和高阶恶魔的要求对人偶进行微调。

菈米莉丝的新守护者就这样诞生了。

"感觉怎么样?"

"嗯。非常棒,没得说。数值显示,物理层面的干涉力很高。不用说,不仅攻击力比魔兽和人类的高,就连物理防御力也远在他们之上。太棒了!!这身体简直强得可怕!!"

他动了动身体,确认完状态之后,报告道。

恶魔要想干涉这个世界就必须取得肉体,这时候需要动物或魔物充当容器。这次的容器是用魔钢制作的人偶,但看来也没问题。

人偶的材料是金属,而且是硬度最高的魔钢,防御力当然高。

顺带一提,稀有金属连沸点都在五千度左右。而魔钢的沸点近一万度,对超高温也有耐性。而且,魔钢还有自我再生能力,这种金属非常优秀。

事实上,要想用物理手段毁坏这个守护者难于登天。

确认完状况,高阶恶魔对我跪了下来。

"我以这身体起誓,我愿效犬马之劳。等守护那位妖精的百年契约结束之后,请让我为召唤主效力。"

他突然说出这样一番话。

百年后……我是死是活都不知道呢。而且在这一百年里,他也许会改变主意,向菈米莉丝效忠。别看菈米莉丝这样,她毕竟是魔王。

"如果到时候我没死的话,倒也无妨……"

"哈哈哈，您真会开玩笑。区区一百年，召唤主不可能会死的。只要有这个约定，到时候就不需要额外支付报酬。"

说起来，我的寿命到底有多长？

我没想太多。无所谓了，反正迟早会有一死。毕竟我已经被路过的歹徒刺死过一次。

他似乎对我很有好感，说不定我天生招魔物喜欢。

既然要为我效力，没有名字也很不方便。

我的魔素量（能量）还剩一半左右。根据我此前的"命名"经验，高阶魔物有吸光我魔素的倾向。

高阶恶魔，大概也算高阶魔物。

虽然他本身的实力是 A⁻ 级，但如果取得的肉身够强，就能与 A 级匹敌。所以，现在他明显超越了 A 级。

不管了。

"好！那从今天起你就叫'贝雷塔'。今后要继续对我和菈米莉丝效忠。你要好好努力。"

刚才我的脑中突然闪过这个名字，于是就给他命名了。

因为他那美丽的形态（Forme）令我联想到那把美丽的名枪。

接着，虚脱感如期而至。我这次勉强承受住了。魔力即将耗尽。

这家伙若无其事地夺走了我三成以上的魔素……不可小觑，似乎相当强。

在我进行"命名"的同时，贝雷塔开始了进化。

他的胸部、头部、腰部、腕部、脚部本来是通过各球形关节连在一起，现在他长出了皮膜。

他变得和人类一样。

内部构造在那层透明的皮膜之下更加美丽，太迷人了。

## 第七章
### 得到救赎的灵魂

他的脸和我的面具一样。

他漆黑长发的颜色变淡，散发出银色的光泽。

他身上有种奇特的美感，他是人偶恶魔。

变化结束后，他穿上了衣服。

面具的眼睛部位带着红光，看来进化结束了。那么，我要赋予他什么能力呢？

贝雷塔站起来，对我深深地鞠了一躬。

"我是'魔将人偶'贝雷塔。我将忠诚地履行您的命令。"

这是一个令人毛骨悚然的人偶。

他的脸是面具。没人能见到他的真面目，他是破坏人偶。

接着，他转向菈米莉丝，行了一个礼。

"菈米莉丝大人，您的命令就是我主人的声音。您的护卫工作就交给我吧。"

菈米莉丝连连点头，似乎被震慑住了。

"哦，哦，就交给你了！你靠得住吧？"她努力保持自己的威严回应道。

这个嘛。

用他代替圣灵守护巨像绰绰有余。

他的战斗力起码是圣灵守护巨像的两倍。

这样一来，我也履行了对菈米莉丝的承诺。

我一时兴起，导致这个守护者比我预想的更强。

这是我做的第一个人偶，菈米莉丝一直在挑刺。这让我有些生

## 第七章
### 得到救赎的灵魂

气,我头脑一热和她犟上了。贝雷塔似乎也通过魔力强化了各种武器,所以在实力方面应该可以让菈米莉丝满意。

这是我的倾心之作,希望他多少能派上用场。说实话,我不愿去想象,要在怎样的事态下,贝雷塔才会全力战斗。

孩子们在我制作人偶时睡着了。

这一路来发生了很多事,他们一直处于紧张和恐惧之中,现在他们终于可以放下心了。

他们活在阴影之下,事情解决之后应该可以安心。

他们枕着岚牙睡着了,呼吸平稳。想想也是,虽然我不需要睡眠,但睡眠也是孩子的工作。

睡得好才能茁壮成长。

我就等到孩子们自然醒吧,于是我也悠闲地休息一下。

到了第二天早上……

孩子们充满了活力,我带着他们离开了魔精栖巢。

魔精成功寄宿到孩子们体内,他们的生命危险解除了。

静的夙愿也得以实现,问题全部解决。

我本以为自己现在终于能放心回魔国联邦(特恩佩斯特)了,然而……

\*

我们离开迷宫后,我用新学到的高阶技能"空间移动"带孩子们回到英格拉西亚王国。虽然连接空间需要花几分钟,但这项技能(能力)可以让我前往自己去过的地方,非常方便。

我也没忘记去收回之前设置的魔法阵,这本来是留作逃跑用的。

我的"空间移动"不需要魔法阵,所以我把它放进"胃"里,虽然估计用不上了。

我一回到学校,立即和优树取得联系。

我报告了这次旅途的事。并且和他详细商讨了孩子们的未来计划。

我也考虑过接收孩子们,但考虑到他们的学习环境很重要,于是放弃了。

所幸这里有学校,教师也多是优秀的人才。基础教育自不必说,还能学到魔法。

孩子们自己也商量过,他们决定要在这里学习。见识了我的魔法之后,他们也很清楚魔法有多方便。他们以为我会继续当教导官,一听说我要回去都哭了。

他们一个个都激动地说,毕业之后一定要去看我。我自然十分欢迎。

那些孩子已经没有大碍了。他们的魔素量(能量)被抑制住,只比平均水平高一些,可以过上普通的生活。估计就算是拥有鉴定能力的人,也看不透他们的情况。

关于这些,我也和优树仔细讨论过。

"各国已经放弃了他们,应该不会再打他们的主意。这有违国际法,而且也会与我们自由组合为敌。"

"那也给那些孩子发放冒险者的身份证明,让他们当组合成员,怎么样?"

"是啊,如果那些孩子有这个想法,说不定这样也好。"

"不过他们还是学生,就让他们慢慢考虑吧。"

"是啊。"

## 第七章
### 得到救赎的灵魂

他们现在还是孩子,但在这个世界,十五岁就算成年。他们很快就会成年,到时候就有资格加入自由组合。只要他们愿意,也可以光明正大地过上自由的生活。

优树多次询问我解决孩子们问题的手段。

这是秘密。在优树看来,孩子们也是普通人,这样就好。

是魔精帮他们控制并中和魔素的,我没必要把这事说出来。各国也想知道这种手段,这可能会引发新的问题。

我和优树讨论完孩子们的问题,并完成教师工作的交接,我的使命也完成了。

那些孩子也在进行基本的战斗训练,也算习惯了和"虚拟魔精"的对话。

我们还抽空一起去郊游,卡巴鲁他们也来过王国。

生意方面也很顺利,我去找缪鲁麦尔的时候受到了热烈的欢迎。他似乎赚得盆满钵满,我也很满意。

我每次回到魔国联邦(特恩佩斯特),那里的冒险者都比上一次多,一片繁荣的景象。我也该回去了,否则说不定又会出什么乱子。

回去的时候到了。

启程那天……

"老师……你要走了吗?"

"库洛,你可不能拉住老师哟。"

"是啊!其实我也……"

"可是……"

库洛艾眼看就要哭了,看着她,我的心也很痛……

才怪。虽然我要回去,但随时都可以用"空间移动"过来玩。

"哈哈哈，库洛艾还是那么爱哭。这个送你，你要打起精神来！"

说完，我摘下自己的面具交给库洛艾。这"抗魔面具"是静的遗物，它曾经损坏，后来又被我修复了。

不知为何，我突然想把这个面具给库洛艾，她也毫不犹豫地接下面具。

"啊——我也想要——"

"哎嘿嘿——老师给我了！"

库洛艾止住了哭泣，这就好。

爱丽丝显得很不甘心，于是，我拿出了朱菜给我的学院制服。

"啊！"

"这难道是我们的？"

剑也和盖鲁也有，当然也少不了良太的份。

他们五个的制服看上去和其他学生的一样，但使用的是特殊布料，性能优异。所有人都开开心心地收下了制服。

"记住，你要好好学习。离别虽然很难受，但我们又不是再也见不到面。你们放假的时候就来玩吧。"

"好！"

孩子们破涕为笑向我道别。

我趁孩子们的笑容没有消失，赶紧离开王都。

\*

在人类城镇漫长的生活转瞬即逝。

虽然也有辛苦的经历，但我反而因此收获了无可取代的情感。

我变成了史莱姆，要和人类的孩子接触简直是痴人说梦。

一切顺利。

## 第七章
### 得到救赎的灵魂

不,这一切太顺利了。

这世上有嫉妒和攀比等负面感情,这些感情会在本人未察觉的情况下,在身边的人心底萌芽。

我本打算谨慎行动,避免引起他人这类负面感情。

可是,如果输入的数据有误,那得到的答案也是错误。"大贤者"的预测计算是难得的好东西,但如果我的问题本身不对,那它的回答也会出错。

如果魔国联邦(特恩佩斯特)欣欣向荣,自然也会有人因此利益受损。我当然也很清楚这一点,但我没想到这一切会来得这么突然,没想到后果会这么严重。

其结果——

在这个世界,我一生下来就是史莱姆,所以我很憧憬人类的生活。

憧憬与异世界人交流。

我这小小的愿望已经达成,我本打算为新的故乡魔国联邦(特恩佩斯特)奠定进一步发展的基石。

从某种意义上说,我很成功,从另一种意义上说,这是失败。

我原先只是个普通人,不知道什么是政治、什么是国家。不知道那种冷酷的利己主义——马基雅弗利主义。

命运加速推动事态发展,决定了我今后的动向。

命运向我宣告和平结束,战乱开始。

终章

# 魔物天敌

Regarding Reincarnated to Slim

## 终章 魔物天敌

向优树以及孩子们道别之后,我来到郊外。

到了这里就可以用"空间移动"回去,不用担心被人看到——本来应该是这样,但不知为何,能力(技能)没有发动。

怎么回事?

"提示。已被大范围结界囚禁。通往界外的空间干涉系能力(技能)已被封住。"

什么?

我有种不好的预感。

我有生以来第一次感觉自己陷入绝境。

米莉姆来袭时没有杀意,所以我当时没有多大的危机感。但这次我的危险预知系统发出了最大的警报。

这时——

"利……利姆鲁大人,快逃——"

伤痕累累的苍影突然出现。

看样子他是全力逃到这里,他的身体已经快消失了。

"出什么事了?"

"有敌人。而且是无法想象的强大敌人——"

留下这句话,苍影就消失了。

这是苍影的"分身"之一,所以本体应该没事。可是,虽说这是"分身",但肉体能力也只比苍影差一点……

他中什么圈套了？

我想叫出潜伏在影子里的岚牙，但他没有反应。

与外界隔绝——正如"大贤者"之前说的，就连潜伏在影子里的岚牙也无法干涉结界内部。

看来这个结界内部完全与外界隔离，应该是空间断绝系结界。我现在既无法呼救，也无处可逃。

这种糟糕的感觉让我十分焦虑，为防万一，我上了一道保险。所幸在结界内部可以使用能力——这时，我又收到了警告。

"提示。已被大范围结界囚禁。该结界试图封印内部的能力使用……已成功抵抗。但魔法系能力（技能）全部受到限制。"

什么？到底出了什么事？

几乎所有的魔法和操纵魔素的能力（技能）都是魔法系，也就是说"黑炎"和"黑炎狱"等能力（技能）也受到了限制，而且"粘钢丝"等操作系能力也无法使用……

就连天空龙作乱时也没发动这么强的结界。

而且如果有人想发动这种结界的话，苍影不应该注意不到。如果说他在用"思维传递"通知我有危险之前我就已经被结界囚禁的话，那这个结界的覆盖范围就非常大了。

这……是针对其他人的结界，我只是被波及？不，这应该是直接针对我的。

如果是这样的话，那布下结界的人又有什么目的？

我感觉到一股强烈的杀气，于是摆好架势等待敌人表态。尝试解除结界必须要等"大贤者"完成解析。本来被困在里面的情况下一下就能完成解析，但这个结界的范围非常大，解析似乎很花时间。

我现在能做的只有一件事，就是等待敌人。

情况非常糟糕。

我十分不安，第一次这么慌。

我来这个世界后很少感到不安。

我变成史莱姆之后心境有所变化也是原因之一，但最大的原因是我知道"大贤者"会帮我预测结果。对于我想做的事，它会在我行动之前预测结果并告诉我，所以我在面对强大的敌人时不会害怕。因为敌人虽强，但我对结果心中有数。

反过来说，就算我知道自己绝对无法取胜，也不会感到不安。

要是赢不了就逃跑。如果我出于某种原因不能逃走，那就尽量输得体面一点。

但这次不同。敌人的战斗力无法预测，是个未知数。而且，敌人对我有杀意。

我不知道自己能不能赢，也逃不掉。

连对方的人数都不清楚。

一人之力应该无法展开这么大范围的结界，但从"热源感知"的反应来看，只有一人朝我过来。

这个结界内的魔素已经消失，"魔力感知"无法发挥作用。在这种状态下，如果我解除人形就什么都看不到。

万能的视觉也失效了，我很难一下把握四周的状况。从被困在这个结界内的那一刻起，我的胜率就大幅降低了。

对方竟然特地在战斗前封锁我的能力……原来还有这种战斗方式啊。

和敌人拉开距离，在敌人的感知范围外悄悄布下大范围结界，这种战术十分稳妥。

我的敌人简直是和魔物战斗的专家。

恐怕这个结界的覆盖半径在两千米以上。这是计划周密的偷袭。

真是可怕的心机。

时间一分一秒地流逝——

"初次见面，应该是吧？但我们马上就要永别了。"

一名女性向我问好。

她从我的正面出现，只有一人，真是可怕的自信。

她的年龄也许是二十岁……

她的双目有着深入骨髓的冷酷，眼中闪着理性的光辉。她美丽的容貌更加突显那双冰冷的眼睛。

我没见过那人，却有种怀念的感觉。

闪着光泽的美丽黑发剪得整整齐齐，与肩头齐平，右侧的头发梳到后面，左侧的头发垂在前方挡着眼睛。

从刘海的间隙能看到她左眼戴着单片眼镜（Monocle）。

她很快就摘下眼镜收进怀里，看来这只是单纯的装饰品。

她穿着方便行动的服装，以白色为基调。那造型让我联想到西服套装。她的裙子不长，可以看到穿着黑色长筒袜的修长双腿。

她身上披着圣职者的纯白法袍，领口上有十字形纹章。这是西方圣教会最高职级的证明。

圣骑士——法律与秩序的守护者，魔物的天敌。

"我们应该是初次见面，你找我有事吗？我名叫利姆鲁，你是不是认错人了？"

估计这话毫无意义，但我还是先确认一下。

她的目标明显是我。她应该不会认错人，我也不想因为误会打

# 终章
## 魔物天敌

起来。

"你很懂礼貌啊,魔物国家的盟主大人。我没认错。你的城镇很碍事,所以我要毁了它。因此,我现在不方便放你回去。你明白了吗?"

直言不讳,语气平淡。她说明了原因。

这事可不是随口一句"原来是这样啊"就能过去。

这么说来,我魔国联邦(特恩佩斯特)盟主的身份也暴露了吧?

"我怎么会是魔物,而且还是魔物国家的盟主?如你所见,我只是个普通的冒险者。"

"哦,你想装傻吗?但这没有意义。有人举报你。虽然我不能说是谁,但装傻就免了吧。这座英格拉西亚王都中有许多耳目,你最好时刻防备监视。"

举报?我一点线索也没有。

我一直在防备跟踪,使用能力(技能)移动时也是慎之又慎。

想不出来。不过我知道这家伙确信我的身份,并且想杀了我。

情况非常糟糕。

她的武器只有腰上的细剑(Rapier),连铠甲都没穿,就那么轻松地站在那里。

四周没有人,展开结界的人也没有来帮忙的迹象。

敌人布下陷阱,想置我于死地,可是只来了一个人。

还是说,这人有这个实力?

我现在没时间思考。

我从这个女人口中得知有个势力想毁灭魔国联邦(特恩佩斯特),说不定那个势力已经开始攻击了,我没时间在这里和她耗。

会是哪个国家,或者是魔王?

不，不会是魔王。西方圣教会应该不会和魔物联手。

这么说来，应该是某个国家吧。

与我们接壤的有武装国多瓦贡、法尔姆斯王国、布鲁姆特王国，还有魔导王国萨利昂。

排除武装国多瓦贡和布鲁姆特王国之后，就剩下两个国家。不过，魔导王国萨利昂也能排除。那个国家没有开辟通往森林的道路，要进军就必须借道别国。那么大的动静应该逃不过苍影的眼睛。

这么看来，法尔姆斯王国有嫌疑。

就算法尔姆斯王国举兵，按理说抵达魔国联邦（特恩佩斯特）最快也要两周。他们必须选一条能够行军的大路，要绕很远才行。

就算昼夜不息地赶路估计也要十天。

但也不能大意。这个世界有军团魔法，如果运用得当，应该可以缩短行军时间。

总之，现在不能犹豫不决。

"看样子，就算我说你认错人，你也不会相信。"

"是的。因为我听说那只魔物的名字叫利姆鲁。"

"哦，这样啊。"

真糟糕。她连我的名字都知道。

"你该放弃挣扎了吧？"

"我还不想放弃，至少可以让我知道你的名字吧？"

她正准备拔出细剑。

那名美貌的女性疑惑地看着我，似乎觉得很不可思议。

"你这个魔物竟然对名字有兴趣？名字对我没有意义，我已经忘记了——"

说完，她微微一笑继续说道。

# 终章
## 魔物天敌

"那我重新自我介绍。我是神圣法皇国露贝利欧斯的神之右手、法皇直属近卫师团首席骑士、圣骑士团长,名字是坂口日向。请多关照,但我估计我们来往的时间不会长。"

那名女性报上了自己的名字。

这样啊,原来这家伙就是——坂口日向啊。

"你是日向?我听说你是圣骑士团长,你还是法皇直属近卫师团首席骑士?"

"你倒是知道不少啊。就算我的名字在魔物中传开,我也不会高兴。事实上,我身兼二职。不过这没有意义。因为我侍奉的不是法皇,而是真神露米纳斯。"

日向边说边拔出细剑。她的态度很明确——闲聊到此为止。

银白色的剑身上散布着七颗小宝石。剑身上一层淡红色的魔力肉眼可见。这好像是魔法剑(Magic Sword)。

我听说她是个极度合理主义者,但没想到会是这样。她独自一人来对付我。我还以为如果她想打败我的话,应该会派出更强的战斗力以保万无一失。她的情报搜集能力不可小觑。她查出了我的真实身份是鸠拉大森林的盟主。

这可不好办。日向似乎决心一战,但我不好对静的学生出手。沟通好像是不可能的。我也拔出刀摆好架势,继续尝试沟通。

"你等一下,我还有话要说!"

"我对魔物的话不感兴趣。"

她冷冷地说道,与此同时,一记突刺如闪光般袭来。我的眼睛只能勉强跟上她的速度。幸好我的感知神经直接与大脑相连,否则我很难躲开这一击。"魔力感知"被封住太致命了。

"等等。你是日本人吧?我也是日本人。静把你托付给我——"

"你能躲过那一击啊，我有些意外。不愧是杀死静老师的魔物……我要为老师报仇。话说回来，魔物是日本人？静老师把我托付给你？怎么可能？你别说笑了。"

她完全不相信我。甚至不愿和我说话。

我突然想到一个办法。

"我真的是日本人！我在那个世界遇害，变成史莱姆来到这里——"

我用日语说道。

这样一来，日向应该也会相信我了。

"不出所料，你说了日语。你再怎么演也没用。"

日向的声音更加冰冷。

她不仅不相信我，反而被我惹怒了。

她说"不出所料"？

难道给日向提供情报的人知道我是日本人？

知道我以前是日本人的人一只手都数的过来——或者是因为她听我说自己是日本人，所以猜到我会说日语——

她得到我杀死静的情报，所以知道我是异世界人，并且想到我可能学会了日语……她能想到这么多吗？

这已经不是预想，而是"预测推演"！

"你无论如何都要和我动手吗？你打算一个人对付我？"我问道。

就算日向是异世界人，而且是圣骑士也没那么容易对付我，我现在拥有魔王级的战斗力。

日向毕竟是人类，就算我的能力（技能）受到限制，我也没理由输给她。

## 终章 魔物天敌

我本来是这么想的。

"咦,你笑了。你觉得自己能赢?在这个结界里?"

她呢喃般地反问道,脸上的微笑有些迷人。

紧接着,剑尖射出七色的彩虹。

那是超高速的突刺招数,宝石的残影宛如彩虹。

我想躲开,可是身体十分沉重。看来连我的肉体能力也被削弱了。我反应不及,中了三剑。

不是吧?我十分焦虑。

火辣的痛感传遍我全身。

疼痛?我有"痛觉无效"可为什么?

"哼,只中了二剑?也许,我有点小看你了。"

虽然她嘴上这么说,但那表情在说一切尽在她的掌控之中。这也在她的计算之内吗?她不给我喘息的机会,一口气攻了过来。

我把刀举到正面,尝试用刀抵挡攻击。然而,她的突刺穿过我的刀,没入我的身体。

我不清楚到底发生了什么,但直觉告诉我情况很不妙,我本能地朝后方逃去。

这是我中的第四剑。我知道再被打中就危险了。

"难道你发现了这项技能的危险性?有的蠢货直到最后一直故作从容地进行正面抵挡,结果无力抵抗就死了。你好像还有点脑子。"日向歪着头称赞道。

"我很高兴能得到你的称赞,如果你能听我解释就更好了……"

我打算用对话争取时间。

"说明。推测该技术攻击的不是物质体,而是直接攻击精神体。"

竟然能绕过肉体直接作用于精神……

难怪那一剑能穿过我的刀。她的攻击无法防御,她在我身上留下的伤痕就是证据。

根据"大贤者"的预测,我再中三剑就会丧命。

不是肉体,而是精神的死亡。

难以置信的技能。我也不能确定这是技能的效果还是魔法剑的效果……

老实说,小看敌人的是我才对。

日向应该拥有专属技能。想不到她还没使出专属技能,就能让我如此狼狈。

日向的能力(技能)尚不明确,我的能力(技能)又被封住,这么看来情况比我预想的要糟糕。

现在贯彻逃跑的方针才是明智的选择。可是,能不能逃得掉也是个未知数。

我彻底陷入被动。

我刚才已经试过,我放不出"黑炎"和"黑炎狱"。

而且,由于没有魔素,连"万能变化"都无法使用。我连维持现在的身体都非常勉强。

我的必杀技"黑炎狱"也用不了,连撒手锏都用不了。

但我也不是束手无策。

"哼,你想争取时间?可惜这是徒劳。你已经是瓮中之鳖了。在这个'圣净化结界(Holy Field)'里,A级以下的魔物连动都动不了。这可是西方圣教会引以为傲的究极对魔结界。"

日向看出我的想法,于是说出了一件可怕的事。看来我身上的沉重感——我肉体的衰弱是那个"圣净化结界"导致的。

## 终章
### 魔物天敌

既然能让我衰弱到这个地步，那估计不足 C 级的魔物会直接死在这里面。

如果换作我的那些人鬼族（大型哥布林）部下——估计他们连动都动不了。

想到这里，我的心里更加焦虑。

"你明白了吗？这个结界里的魔素会被净化。所以像你们这种高阶魔物也要消耗大半力量维持自身的存在，发挥不出原有的实力。"

不用日向解释，我也明白。一旦亲身体验就能明白这个结界有多危险。

恐怕这是用于狩猎 A 级之上的灾害级魔物的结界。圣骑士团（十字军）是魔物天敌，也许这是他们的撒手锏。

成功用结界困住目标之时，他们就已经取得了胜利。这似乎是日向的想法。

日向这话是为了让我失去冷静。我不能再鲁莽地和她闲聊，否则可能会丢掉性命。

通过对话争取时间这条路也被日向堵死了。

"看到只有我一人，你似乎很不满，其实这项工作本来用不着我出手。我是圣骑士的统帅，我出动的理由只有一个……"

我拉开和日向的距离。这个距离下，那柄细剑十分危险。我正想着，左脚突然传来一阵疼痛。我中了一剑。

现在只剩两剑……

"因为我听说你杀了静老师。我刚才说过吧？我是来报仇的。我想亲手杀了你。"

"静的仇……她确实是我杀的，可那是因为……"

关于我变成史莱姆这档事4 Regarding Reincarnated to Slime

"因为什么？结果就是一切，原因不重要。她是这个世界上唯一关心我的人。可是，她已经不在了……"日向看着我呢喃道。

她的眼中没有感情，我连猎物都不算。

她没有任何防备，只是游刃有余地站在那里。

日向之所以独自过来，是因为她有自信一定能杀掉我。

她的自信不是因为这个结界，估计是因为她那深不可测的战斗能力。也许在日向眼里，出动她一个人就已经是浪费战力了。

虽然她也小看了我，但在这现状下，我无力反驳。在这个结界内，我的胜率微乎其微，再不想办法我必败无疑。

到底是谁把静的死讯告诉日向的？她彻底把我当成了坏人，也许有人故意抹黑我。

现在不是考虑这事的时候，我最担心的是魔国联邦（特恩佩斯特）的人。

"你担心你的同伙？也是啊。要是再这么拖着，你就无家可归了。不过我也没打算放你回去。"

如果他们使用这种结界发起进攻，魔国联邦（特恩佩斯特）的人将被全歼。

现在不能陪她磨蹭，可是这家伙很棘手。

我剩下的攻击手段只有不依靠魔素的技能，也就是剑技或专属技能。

论剑技，日向在我之上。就算不考虑我衰弱的肉体能力也一样，从交锋的触感来看，日向还没拿出真本事。

难以置信，她带给我的压迫感竟然不亚于白老。

这么说来，就只剩专属技能。

刚才我一直在考虑那个终极手段——用这种手段难免会有所

## 终章 魔物天敌

犹豫。

我用"气斗法"提高肉体能力,并在此基础上发动了"刚力"和"肉体强化"。

不出所料,活化体内魔素的能力(技能)和魔法可以使用。

"你还没赢,得意还太早了!"

我的刀尖直指日向的眼睛,凭借经过增幅的力量猛地刺过去。经过白老的实战训练,我的剑技也练得不错。如果她以为自己不会输,从而放松警惕的话,这一击就……

日向立即转入防守,她似乎很意外。

不,应该是出于谨慎。

她的目光冷静透彻,和献身于逻辑证明的数学家一样。

她没有感到意外,大意与她无缘。

她没有自大,只是轻描淡写地完成工作。

她观察我的动作,冷静地寻找弱点。

日向之所以这么说,是因为她经过精确计算做出了预测。

对付我确实不需要出动日向,估计在她看来这是理所当然的事实。

她并没有小看我。

她现在仍在观察我的动作,预测我的下一步行动。她算出了我提升后的速度,并用最合适的速度应对。

她仿佛在和我的专属技能"大贤者"对抗……

经过能力(技能)强化的一刀被她用细剑拨开,这时我明白了。

我明白了自己和日向之间那无法逾越的力量差距。

我剑尖的速度直逼音速,却被她用自己的剑轻柔地拨开,她没受到一丝伤害。

日向看透了我这一刀的轨迹、速度、力量。估计必须要有不亚于白老的技量（等级）才会有如此精湛的技艺。

接着——

在我失去平衡的同时，她紧抓机会给了我一记反击。

"结束了。你在这个结界内还能做出这么大的动作，很了不起。老实说，我小瞧你了。不过你赢不了我。"

"因为只剩一剑就能杀掉我？"

"哦？你知道？我的'七彩终焉刺（Dead End Rainbow）'，利用了这把剑的特殊能力，第七剑一定能置对手于死地。就算是精神生命体也一样。你尽力了，可以放弃了吧？"

我本想就算能力（技能）被封也能想出办法，然而敌人太强了。

这个敌人既不会大意，也不会自大。她会为了胜利采取最有效的手段。她的观察分析能力也很强。她有必胜的信心，并且时刻不忘分析形势，十分慎重。

我对她无计可施，我也无机可乘，第一次陷入毫无胜算的困境。

"不管怎样总得挣扎一番。我还没有老实到会乖乖受死！"

我答道，我要试遍一切手段。我承认敌人比我强，但我要试遍一切手段。

魔素不行的话，那魔精又如何？魔精的能量体系与魔素不同，也许不会受到"圣净化结界"的影响。

结界内与外界隔离，所以无法召唤魔精。但我体内有一个异变的强大魔精。

"提示。专属技能'异变者'已将高阶魔精'炎之巨人（伊芙利特）''分离'为纯粹的魔精。"

我将半魔物化的伊芙利特还原成纯粹的魔精。

虽然可以通过伊芙利特使用精灵魔法，但应该对她无效。

我不耍那种小聪明，我要用出乎敌人预料的强大技能一口气决胜负。

"打败我的敌人，炎之高阶魔精伊芙利特！！"

我释放出伊芙利特。

超越A级的高阶魔精蕴含巨大的热量，力量十分可怕。召唤者必须给魔精提供魔力，但我和伊芙利特之间有魔力回路相连，所以这不成问题。我的魔素（能量）转化为魔精之力流入伊芙利特体内。

伊芙利特开始对日向发起攻击。估计日向会把这当成我的最后一搏。但……

伊芙利特是诱饵，我另有所图。

日向疲于应付伊芙利特，无法将注意力集中在我身上。她现在要优先对付威胁度较高的伊芙利特，应该无暇顾及给我最后一剑的事。

我要的就是这种状况。

我绕到日向背后打算发动强化到极限的攻击，这时……

"这里与外界隔离，没想你竟然能使役高阶魔精。但它不是我的对手。"

日向转过来把剑指向我，无视了伊芙利特。

伊芙利特停了下来。

高阶魔精不是魔物，应该不会受"圣净化结界"的影响……

但现实是残酷的。

伊芙利特正抱着头蹲着。他似乎接到了相反的命令，不知该怎么办。

## 终章 魔物天敌

"你做了什么？"

"如果你告诉我你刚才想干什么，那我也可以回答你。"

我当然不能告诉她。这是我所剩不多的撒手锏。

"回来，伊芙利特！"

我一说完伊芙利特便消失，回到我的体内。我立即对他使用"解析鉴定"分析情况。

"说明。根据状况判断，伊芙利特受到了'强制篡夺'的影响。推测相连的魔力回路保护了伊芙利特不被夺走。"

"强制篡夺"？难道她能夺取敌人的能力（技能）……

那就是日向的专属技能？

这家伙——异世界人坂口日向的实力远在我之上，是个怪物……

看来是我没搞清情况。

我把注意力放在结界上，深信这是敌人的撒手锏。其实我搞错了，这不是我陷入苦战的原因。

结界只是用于分散我注意力的伎俩。

我看着日向，她美丽的脸庞上露出慈爱的微笑。

恐怕这家伙真的非常强。就算没有结界，她也有自信能赢我。

"……你想夺取伊芙利特？"

"真让人意外。你怎么知道的？算了，既然被发现了，那我就告诉你。你说得对。我使用了专属技能'篡夺者'。"

专属技能"篡夺者"？

她能夺走他人使役的魔物或魔精？难道连能力（技能）也可以？

如果是这样，那就和我的专属技能"暴食者"很像。

这项能力（技能）非常适合实战。

除了优树提供的信息，我另外还了解到各国给异世界人提供特殊待遇是有原因的。

异世界人拥有专属技能，和他们战斗时必须考虑到这一点。专属技能运用是否得当是左右胜负的关键。

在不清楚敌人实力的情况下过分自信，这毫无疑问是我的失策。

原来如此，所以日向才处处留心，没有自大。

她的战斗方式堪称典范。

可见我们在这个世界中实战经验的差距之大。

专属技能本身的能力差距尚不明朗，但使用者的力量差距非常明显。

必须下定决心。

我必须抱着必死的决心才有机会赢这种敌人，但事实是再中一剑我就输了。

大意……啊。如果只是受到一些伤害，我还可以通过"超速再生"治愈……

我的撒手锏伊芙利特也被轻松击败了，现在只剩下最后一个方法。

我也想过出其不意杀了日向，但这也行不通。

就算我拿出全力也没有把握赢她，虽然我不一定会输……

只能这样了。

"日向……虽然静把你托付给我，但我没时间了。抱歉，我无法手下留情。就用下一击决出胜负吧。"

"哼,你还没拿出真本事吗?无所谓。那在最后,我也稍微让你见见我的真正实力。你要有心理准备。因为这一击会让你尝到前所未有的剧痛。"

我们视线交汇。

就这样,最后的攻击开始了。

"受死吧!'七彩终焉刺'!"

"醒来吧,'暴食者'!"

"明白。已接受命令。立即实行。"

在下达这个命令的同时,我的意识沉入黑暗之中,渐渐消失。我的意识就此中断,如同陷入睡眠。

> 现 状

# 菈米莉丝
**Ramiris**

| | |
|---|---|
| **种族** Race | （Pixie）妖精族 |
| **加护** Protection | 不详 |
| **称号** Title | （Labyrinth）迷宫妖精<br>妖精女王<br>魔精女王(前) |
| **魔法** Magic | 精灵魔法（全种类） |
| **固有技能** Peculiar Skill | 迷宫创造 |
| **必杀技** Special | 48种必杀技（此为本人宣称，未确认） |
| **耐性** Tolerance | 不详 |

　　据说是十大魔王中最弱的一个，其实相当厉害。只要她认真利用固有技能"创造迷宫"，估计面对大多数敌人都能不战而胜。

## 现状

# 贝雷塔
**Beretta**

| 种族 Race | ——（Archdoll）魔将人偶 |
| 加护 Protection | ——迷宫加护 |
| 称号 Title | ——（Labyrinth）菈米莉丝的守护者 |
| 魔法 Magic | ——元素魔法 / 精灵魔法 |
| 技能 Skill | ——不详 |
| 耐性 Tolerance | ——异常状态无效 / 自然影响耐性 / 精神攻击耐性 / 圣魔攻击耐性 / 物理攻击耐性 |

　　利姆鲁胡闹的产物，用于替代菈米莉丝被损毁的魔像。由于人偶中依附着高阶恶魔，所以也精通恶魔系魔法。因利姆鲁的"命名"，高阶恶魔产生了进化，拥有很高的智慧与战斗能力。

## 后记

各位，好久不见。

《史莱姆》终于也发售了第四卷。

每次都有这句话，这也多亏了各位读者的支持。

谢谢各位！

这次也要写后记……

我每次都会为写后记烦恼。老实说，我不知道该写什么。

所以，我想在此透露一件事，责任编辑 I 氏告诉我本书已经决定连续出版（估计不少读者已经知道了，五月会发售本书第五卷）。

※ 请注意，以下内容可能包含轻微剧透。

*

去年十月中旬，当时第三卷的初稿和改稿结束，我刚有机会喘息。

"伏濑先生，你计划第四卷什么时候发售？"

"那你说什么时候发售好？"

"是啊，一月和二月已经有其他计划了，三月怎么样？"

"如果要三月发售的话，要在什么时候写出初稿呢？"

"这个，十二月底应该来得及。"

"十二月？"

## 后记

听到这话,我立即开始计算,在十一月和十二月写出一本倒是有可能,可是……

"我现在正在写番外篇,如果你希望我优先写番外篇的话,这个时间就很紧……"

我请他多给我一点时间。

与此同时,我突然想到漫画是在春季开始连载,如果同月发售的话还有宣传作用!

"对了,我们配合漫画开始连载的时间,在四月和五月连续出版怎么样?之前也说过春季发售,这时间不是正好吗?"

"连续吗?唔……"

"啊,不必勉强。那就在四月之后吧!"

当时,我们对话到此结束。

然而,过了不久……

"说起来,我们计划四月发售第四卷,没问题吧?"

"啊,嗯。四月没问题。我想在结尾留一个小小的悬念,如果可以的话,请把第五卷的时间定早一点!"

"那就连续出版吧?"

"这没问题吗?"

"我更担心伏濑先生有没有问题。连续出版的工作可是很辛苦的。"

当时是十月底。

第四卷要在四月发售的话,截稿日期就是一月底,第五卷是二月底。

我当时认为十一月、十二月、一月这三个月的时间很充裕。

我当时想,虽然第四卷有很多新内容,但第五卷只要在网络版的基础上进行修改就行。现在看来，我当时的想法太天真了……

"四月和五月发售时间充裕！"

"好！那就连续出版吧！"

就这样，我们按照最初的提议，决定在四月和五月连续出版。

可！是！

网络更新的番外篇越写越长超出我的预想；我得了感冒；年底的本职工作繁忙；而且还要去东京开会，冒出一堆事……

时间不够！！

事态变得十分严峻。

"……那……那个，关于连续出版，第五卷的发售日期……"

"啊，没问题！保证在五月！"

"不……不是，我不是那个意思……"

"我已经和 Mitz Vah 约好了，而且出版社的工作也围绕这个时间进行！"

不……不行！这氛围容不得我提延期？

"这样啊，我……我明白了！我会努力写完的……"

我没能说出延期的请求，每日奋笔疾书。

典型的自作自受。

不能抱有天真的想法！这就是我这次的教训。

我发誓，今后制订行程时一定要留有余地，宁可搞错也不能把自己逼上绝路。

总而言之，下个月将会发售第五卷。

在写这个后记的时候，第五卷的初稿已经完成，应该不会出问题了。

所以，期待我们能在第五卷再次见面。

## 后记

\*

  换个话题，我有件事要告诉各位。

  本书的漫画版将会在三月二十六日发售的五月号讲谈社《月刊少年・天狼星》中开始连载。

  虽然这是上一期月号，但读者随时可以在主页上看到。

  因此读者可以在看完网络版上的第一话之后，从正在出售的六月期开始追载。

  有兴趣的读者请一定去看看！

  请各位读者今后继续支持《史莱姆》。